Knight Reload

마검전생

FANTASY FRONTIER SPIRIT

김재한 판타지 장편 소설

마검전생 3
김재한 퓨전 판타지 소설

초판 1쇄 찍은 날 § 2010년 9월 6일
초판 1쇄 펴낸 날 § 2010년 9월 13일

지은이 § 김재한
펴낸이 § 서경석

편집팀장 § 서지현
편집책임 § 박우진
편집 § 주소영

펴낸곳 § 도서출판 청어람
등록번호 § 제1081-1-89호
등록일자 § 1999. 5. 31
어람번호 § 제1-1180호

주소 § 경기도 부천시 원미구 심곡2동 163-2 서경B/D 3F (우) 420-822
전화 § 032-656-4452 팩스 § 032-656-4453
http://www.chungeoram.com
E-mail § chungeoram@chungeoram.com

ⓒ 김재한, 2010

ISBN 978-89-251-2288-5 04810
ISBN 978-89-251-2257-1 (세트)

도서출판 청감
3
오크의 신
김재한 판타지 장편 소설
FANTASY FRONTIER SPIRIT
Knight Reload
마검전생

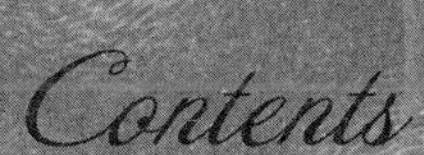

Contents

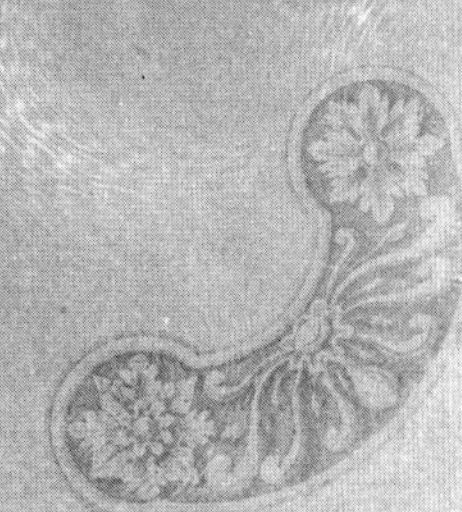

CHAPTER 12
마검사

마검전생

아이오네스는 여전히 얼어붙은 성에서 작업을 계속하고 있었다. 보고를 위해 오팔리안 제국과 이곳을 왕복할 때마다 베이런이 투덜거렸지만 아직은 준비가 다 되지 않았다.

베이런의 보고를 다 들은 아이오네스가 베이런에게 물었다.

"자네는 마법의 탄생 비화에 대해서 알고 있나?"

"우화에 가까운 이야기 아닙니까? 고대에 이름없는 신이 인간에게서 순수를 대가로 받는 대신 금지된 지식을 전해주었다고."

"잘 알고 있군."

아이오네스가 의외라는 표정을 지었다. 전사들은 마법의 효과에 대해서나 알 뿐, 그에 관련된 이야기들은 모르는 게 보통이었기 때문이다.

베이런이 피식 웃었다.

"저는 마나에 관련된 모든 것을 공부했습니다. 익히지는 않았지만 마법에 대한 지식도 마법사하고 논쟁을 벌여볼 만한 수준은 되지요."

"자화자찬이 심하군. 나랑 한번 논쟁해 볼 텐가?"

"마법사라고 다 똑같은 마법사가 아니죠. 사양하겠습니다."

"시시하구먼."

"그런데 그런 건 왜 갑자기 물어보십니까?"

"아아, 갑자기 생각나서 말일세. 자네는 그 이야기에 대해서 어떻게 생각하나?"

"신화 같은 것 아니겠습니까? 소드 마스터에 대해서도 비슷한 이야기가 있습니다. 지금은 완전히 잊혀져 버린 이야기입니다만."

"소드 마스터의 기원에 대한 이야기가 존재한단 말인가?"

"북방에 있는 검의 신전에 가면, 아득할 정도로 오랜 이야기가 보존되어 있습니다. 지금은 그 신을 경배하는 자도, 신전을 지키는 자도 아무도 없지만……."

베이런이 젊은 시절을 떠올리며 대답했다. 이 세상에는 무수한 신앙이 있었다. 그러나 지금까지 살아남아 사람들 사이에 자리 잡고 있는 것은 소수다. 굳이 마법의 신만이 아니라 수많은 신들이 이름은 물론이고 그 존재마저 잊혀지고 말았다.

"어떤 이야기인지 들려주겠나?"

"긴 이야기도 아니니 그렇게 할까요."

베이런은 폐허처럼 변해 버린 검의 신전에서 발견한 문헌에 적혀 있던 이야기를 들려주었다.

아주 오래전, 인간은 연약하고 겁 많은 존재였다. 그 시절 지상에는 온갖 무서운 것들이 가득했고 인간은 그들에게 맞설 방법을 찾지 못했다.

그러나 인간에게는 그 어떤 존재들보다도 검을 뛰어나게 다루는 재능이 있었다. 최고의 검사는 오로지 인간에게서만 나왔기에, 검의 신은 자신을 경배하는 인간들에게 검술을 통해 세계의 비밀을 엿볼 수 있는 자격을 주었다.

"그렇게 해서 소드 마스터가 탄생했단 말인가?"

"그것이 끝은 아닙니다."

그러나 검술을 익히는 자가 모두 세계의 비밀에 도달할 수 있는 것은 아니었다. 검의 신을 경탄시키는 극의를 터득한 자만이 무수한 전사들의 검이 묻혀 있는 장대한 검의 무덤에 들어갈 수 있었다.

"검의 무덤?"

“그들의 기록에 의하면 그것이 소드 마스터가 부리는 힘의 근본입니다.”

검이라는 병기가 처음 만들어진 이후 오랜 시간 동안 무수한 전사들이 검을 쥐었고, 무수한 살육을 벌였으며, 무수한 죽음을 맞이했다. 그때마다 그들의 영혼에 새겨진 검은 검의 신이 다스리는 검의 무덤에 묻혔다. 인간의 영혼으로 정련된 그 검들은 신조차 흠잡을 수 없는 최고의 검이었다.

“소드 마스터는 인간이 검의 신과 나눈 계약에 의해, 그 검을 가져와 쓸 수 있는 존재라는 것이죠.”

“그리고 그것이 오러 블레이드라는 것인가?”

“그렇습니다. 물론 그들의 입장에서 기록한 주장일 뿐이겠습니다만, 제가 아는 한 소드 마스터의 기원에 대한 유일한 기록이기도 합니다.”

“재미있군.”

아이오네스는 웃었다. 소드 마스터, 아니, 오러를 다루는 존재들에 대해 지긋지긋할 정도로 연구해 온 그도 처음 듣는 이야기였다.

그가 베이런에게 물었다.

“그럼 인간이 다른 종족과는 달리 오로지 검을 통해서만 오러에 닿을 수 있는 이유는, 애당초 인간이 검의 신과 계약함으로써 그 힘을 손에 넣었다고 할 수 있는 건가?”

“그렇습니다. 드워프는 암석과 강철의 진실을 탐구하여 대지와 소통할 수 있어야 하고, 엘프는 나무와 대화하고 그 생명을 나누어 받을 수 있어야 하며, 오크는 용맹과 무력으로 신을 감탄시켜야만 오러에 닿을 수 있죠. 인간은 검의 이치를 통해서 오러에 닿기에 소드 마스터라는 이름으로 불리는 것입니다."

"정말 재미있는 이야기야. 그 검의 신전, 나도 한번 가보고 싶군. 나중에 안내해줄 수 있겠나?"

"얼마든지 안내해드리지요."

"검의 신이라, 좀 더 야만적인 시대에는 그런 신도 신앙의 대상이 되었나 보군. 하긴 마법의 신이 있는데 검의 신이 있는 게 이상하지 않지. 혹시 자네는 마법의 신이 실재한다고 생각하나?"

"세상에 온갖 신들이 존재하고 있으니 마법의 신도 있지 않겠습니까? 신이 실재하는지 아닌지에 대한 토론은 사양하겠습니다."

"그런 모호한 이야기를 할 생각은 없네. 단언컨대 마법의 신은 실재하네."

"굉장히 자신있게 단언하시는군요. 뭔가 근거가 있습니까?"

베이런이 의아함을 느끼며 물었다. 마법의 신의 실존 여부라니, 지금까지는 생각해 보지도 못한 이야기였다. 수많은 교단이 존재하고, 그들은 자신이 모시는 신들이 내려준 지혜를

통해 마법사들과는 다른 방향으로 발전시킨 신성마법을 사용
한다고 주장하지만 베이런은 아직도 신들의 존재 여부를 반
신반의하고 있었다.

"그건 아주 간단하다네."

아이오네스가 미소 지으며 대답했다.

"내가 바로 마법의 신에게 마법을 전수받은 존재이기 때문
이지."

2

붉은 폭풍이 휘몰아친다. 주변을 모조리 휩쓸면서 몰아치
는 그것을 피해서 라곤이 빠르게 뒤로 물러났다. 보호막으로
스스로를 지킨 그는 곧 다리에 힘이 풀린 듯 털썩 주저앉고
말았다.

"라곤 경!"

그 모습을 본 질리언이 놀라서 성벽에서 뛰어내렸다. 그가
폭주하는 붉은 오러를 피해서 다가오자 라곤이 놀라서 물었
다.

"어, 질리언?"

"괘, 괜찮습니까?"

질리언이 믿을 수 없다는 듯 그를 바라보며 물었다. 라곤의
방어구는 완전히 걸레짝이 되었고 옷도 너덜너덜해져 있었으

며, 몸 여기저기에 생채기가 나 있었다. 하지만 그는 힘없이 웃으며 대답했다.

"괜찮아."

몸에 힘이 죽 빠져 버렸다. 오크 히어로를 쓰러뜨렸다는 것을 자각하는 순간, 칼날처럼 날카롭게 벼려졌던 집중력이 떨어져서 몸의 마력을 맹렬하게 소모시키던 마법들도 풀려 버렸다. 오로지 스크롤을 찢기 직전에 마셨던 비약의 효과만이 살아서 정신을 활성화시키고 있었다.

"도대체 어떻게 한 거죠?"

질리언은 점차 사그라지는 붉은 오러 폭풍을 돌아보며 물었다. 그 목소리에는 혼란스러운 기색이 가득했다.

그럴 수밖에 없었다. 여태까지는 상상도 해본 적이 없는 마검사의 존재가 나타나서, 보는 사람의 가슴이 타들어갈 정도로 아슬아슬한 싸움을 거듭한 끝에 오크 히어로라는 괴물을 쓰러뜨린 것이니까.

아마도 이 순간은 분명 역사에 기록될 가치가 있으리라. 오러를 다루지 못하는 전사가 오러를 다루는 전사를 쓰러뜨린 최초의 사건으로서.

라곤이 다리를 주물럭거리더니 검을 지팡이 삼아서 영차, 하고 몸을 일으켰다.

"요즘 활약이 대단하다며? 내가 세상하고 담을 쌓고 사는 중인데도 네 이야기는 자주 듣게 되더라."

“아, 별로 대단하지는… 아니, 그게 중요한 게 아니고!”

“윌로우 경이 중상을 입고 후송됐다는 소식을 듣고 와본 건데 오자마자 오크 히어로랑 싸우게 될 줄은 몰랐어. 솔직히 이번에는 이럴 생각은 없었는데, 직접 마주하게 되니까 또 충동을 주체힐 수가 없더라고.”

라곤이 쓴웃음을 지었다. 만약을 대비해서 여러 가지 준비를 해오기는 했지만, 정말로 이성적으로는 오크 히어로와 맞닥뜨릴 생각이 없었다. 하지만 분명 마음속 한구석에는 그러고 싶은 욕망이 있었던 것이리라. 아직 완전하지는 않지만 목숨을 걸고라도 자신이 다시 쌓아올린 것의 가치를 확인하고 싶은 그런 욕망이.

질리언이 눈살을 찌푸렸다.

“라곤 경……..”

“어떻게 한 것인지는, 뭐 딱히 설명할 건 없어. 난 그동안 마법을 익혔고, 검술과 마법을 같이 구사하고 거기에 운이 좀 더해져서 오크 히어로를 쓰러뜨렸을 뿐이야. 정말로 그뿐인 일이지.”

“그뿐인 일이라고 해도 되는 겁니까, 그게?”

“이번엔 정말로 운이 좋았으니까. 아직 멀었다는 걸 새삼 실감하게 되는군.”

1년 반 전에 질리언이 남겨준 감각 덕분에 오크 히어로의 실력을 거의 정확하게 파악하고 싸울 수 있었다. 집요할 정도로 완벽함을 추구하며 준비해 오지 않았더라면, 자신의 부족함을 예상하고 능력 부족을 메워줄 도구들을 마련해 오지 않았더라면 결코 이길 수 없었을 터.

라곤이 피식 웃었다.

"그럼 난 이만 갈게. 원래는 얼마간 머무를 생각이었는데 오자마자 목적을 이뤄 버렸군."

"간다뇨? 어딜?"

"내 영지로 돌아가야지."

"네?"

질리언이 황당해하며 그를 바라보았다. 아니, 굳이 여기까지 와서 오크 히어로를 격파하는 엄청난 전과를 세운 후에 그냥 돌아가겠다고?

게다가 지금 전방에서는 전투가 한창이었다. 라곤과 질리언이 기습해 온 오크 돌격대를 쓰러뜨리기는 했지만 여전히 대병력과의 교전이 이루어지고 있는 것이다.

"그냥 돌아간다니 말도 안 되지."

그런데 그때 낯선 목소리가 귀를 자극했다. 뒤이어 감각을 자극하는 오러 파동에 라곤은 흠칫 놀라서 목소리의 주인을 바라보았다.

흑단 같은 머리칼을 휘날리는 엘프 여성, 리리디카 보르드누스가 허공을 나는 진녹색 오러의 파편에 올라선 채 그를 내려다보고 있었다. 라곤을 보는 그녀의 눈에는 호기심이 가득했다.

질리언이 당황해서 물었다.

"리리디카? 저, 전투는 어떻게 하고?"

"끝났어. 키메라를 셋 격퇴한 시점에서 물러가는 걸 보니 저놈들의 오늘 목적은 키메라의 성능 시험이었나 본데."

뿌우우우우.

곧 전투 종료를 알리는 뿔나팔 소리가 울려 퍼졌다. 그 소리를 들으면서 리리디카가 지상으로 내려서서 라곤에게 다가왔다. 그녀가 숨결이 닿을 정도로 가깝게 얼굴을 들이대며 물었다.

"당신이 바로 질리언 경이 입에 침이 마르도록 칭찬했던 라곤 클란드인가?"

그 말에 라곤이 반사적으로 질리언을 바라보았다. 질리언이 잽싸게 고개를 저었다.

"그, 그런 적 없습니다."

"했으면서 뭘. 뭐만 물으면 라곤 클란드가 그렇게 대단해서 많이 배웠다고 대답했으면서."

"제가 언제……."

"솔직하지 못하군, 질리언. 그나저나 당신… 오크 히어로를 쓰러뜨리는 마검사라니 정말 대단한데?"

"보고 있었나?"

라곤은 굳이 리리디카의 정체를 묻지 않았다. 그녀가 하는 짓을 보면 엘프의 오러 테이커라는 것은 쉽게 알 수 있었고, 크루세스에서 활약하는 오러 테이커는 리리디카 보르드누스 뿐이었으니까.

리리디카가 고개를 끄덕였다.

"그래. 믿을 수가 없었지."

"그럼 감사해 두지."

"뭘?"

"쓸데없이 참견해 주지 않은 것을. 덕분에 끝까지 실험을 마칠 수 있었어."

"실험이라고?"

리리디카가 눈을 동그랗게 뜨며 물었다. 라곤이 피식 웃었다.

"그럼. 내가 지금까지 훈련해 온 게 맞는지 틀린지 실험해 보러 온 거니까. 만약 당신이 끼어들었으면 확실해지지 않았을 거야."

"호오."

리리디카가 눈을 가늘게 떴다. 그리고 라곤의 어깨를 잡으며 말했다.

"어쨌든 다리가 후들거리는 게 꽤 힘들어 보이는데 잠깐 들어와서 쉬기라도 하고 가. 안 그러면 분명히 할로드가 뒤쫓아가서 멱살 잡고 추궁해댈걸."

"…그건 좀 무서우니까 그렇게 하지."

할로드라면 그러고도 남을 것 같다. 라곤은 쓴웃음을 지으며 고개를 끄덕이고 말았다.

3

"믿을 수가 없군!"

라곤이 크루세스 요새에 들어오자, 소식을 전해 들은 할로드가 엄청 흥분해서 그가 있는 방으로 달려들어 왔다. 이건 잘못하다간 덮쳐서 쓰러뜨릴 것 같은 기세라 라곤도 흠칫했다.

"마검사라니… 자네가 마검사라니! 아니, 라곤 경, 이게 도대체 무슨 소린가! 마검사 따위가 실존할 리가 없는데!"

"그런데 그것이 실제로 일어났습니다. 일어난 일을 부정하진 마시죠. 할로드 경."

라곤이 투덜거렸다.

마법사의 관점으로 볼 때 라곤은 소드 마스터보다도 몇 배, 아니, 몇만 배는 더 경이로운 존재였다. 검과 마법을 함께 사용하는 마검사의 존재를 완성시킨 것에 그치지 않고 오크 히어로를 쓰러뜨리기까지 하다니!

"허 참! 자네가 오러를 잃었을 때 마력이라는 점 하나만으로는 대단한 잠재력을 가졌다는 것을 알았지만 고작 1년 정도 만에 이런 일을 해내다니 정말 말이 안 나올 정도로군."

"저도 좀 놀라긴 했죠. 하지만 마력이라는 게 남들보다 강하다는 것은 굉장한 이점이더군요."

"확실히 그건 좀 생각해 볼 문제로군. 자네 같은 경우는 공부의 효율이 달라도 너무 달랐으니."

원래 타고난 마력이 뛰어난 자는 마법을 터득함에 있어 많은 이점을 가진다. 그런데 라곤은 남들이 몇십 년을 노력해야 손에 넣을 수 있는 마력을 몇 개월 만에 갖게 되었으니 그것으로 마법을 숙련하는 속도가 빠를 수밖에 없었다. 하지만 그 점을 감안해도 단기간에 마법 이론을 이해하고 실전 투입하는 경지에 이른 라곤의 성취는 높이 사야만 할 것이다.

"아무리 그렇다고 해도 그게 가능했다는 것을 믿을 수가 없군. 도대체 어떤 주문을 어떻게 사용하면 그런 결과를 낼 수 있는 건가?"

"그건 맨입으로 가르쳐 드릴 수 있는 게 아닌데요? 덤으로 이렇게 듣는 귀가 많은데 제 밑천을 다 까발릴 수도 없고."

라곤이 삐딱한 어조로 대답했다. 지금 이 방에는 할로드뿐만 아니라 질리언과 리리디카, 자서스, 아르센드, 그리고 나머지 한 명의 소드 마스터인 센더스까지 모여 있었던 것이다.

"허어! 무슨 소릴 하는 겐가. 왕국이 위기에 처한 지금, 그런 정보는 대범하게 공유해서 왕국의 국력을 신장시키는 것이……."

"할로드 경이 궁극주문하고, 장기로 삼으시는 8대 비전주

문을 모든 마법사가 터득할 수 있도록 공개하신다면 생각해
보죠."

"……."

라곤이 툭 한마디 던지자 입 발린 소리를 늘어놓던 할로드
는 힐 밀이 없어지고 말았다. 애당초 기술의 독점욕이 어느
누구보다도 강한 마법사, 그중에서도 정점에 선 대마법사가
늘어놓을 만한 소리가 아닌 것이다.

"으음. 자네 이해득실을 많이 따지게 됐구만."

"원래 많이 따졌습니다. 게다가 이런 몸이 되고 보면 더더
욱 그럴 수밖에 없고요."

그때 벽에 기대어 서 있던 리리디카가 눈을 빛내며 물었다.

"흐음. 그럼 대가를 지불할 수 있는 사람은, 당신의 비밀을
들을 수 있다는 건가?"

라곤이 씩 웃으며 고개를 끄덕였다.

"그게 내 구미를 당긴다면."

"왠지 할로드에게 요구하고 싶은 건 이미 정해둔 눈치인
데?"

"눈치가 빠르네. 하지만 그건 할로드 경과 둘이서 할 이야
기지."

"나한테는 뭐 요구하고 싶은 거 없어? 우리 엘프들도 당신
에게 제공할 만한 게 있을 것 같은데?"

리리디카가 눈을 반짝반짝 빛내자 할로드가 눈살을 찌푸

렸다. 이 엘프가 감히 자신의 먹이를 가로채려고 하다니, 이 건 그냥 놔둬서는 안 된다.

"무슨 말씀을. 라곤 경은 나한테 볼일이 있는 거요. 대마법 사인 나만 줄 수 있는 요구사항이라는 게 있는 것 아니겠소? 뭐든지 말해보게. 내 힘을 다해서 자네가 원하는 것을……."

"무기가 필요하진 않나?"

그때 자서스가 불쑥 나서서 물었다. 드워프를 처음 보는 라 곤은 흥미로운 기색으로 그를 바라보았다. 커다란 쌍날도끼 를 매고, 바퀴가 달려서 굴러가는 신발을 신고 다니는 그에게 아까부터 눈길이 갔던 참이다.

리리디카와 할로드가 도끼눈을 뜨고 바라보는 것을 싹 무 시한 채 자서스가 말을 이었다.

"조금 전에 들어보니 오크 놈과 싸우다가 검이 부러졌다고 하더군. 방어구도 망가진 것 같고. 검을 여러 개 갖고 다니는 것을 보니 처음부터 부러질 거라고 생각하고 싸우는 것 같은 데, 맞나?"

"맞소. 오러 블레이드는 만만한 게 아니니까."

라곤이 고개를 끄덕였다. 그가 가져온 다섯 자루의 검은 모 두 시에나가 구해다 준 드워프제 마법검이다. 하지만 그런 검 에 마법까지 걸어도 오러 블레이드와 정면으로 맞서기에는 역부족이었다.

자서스가 말했다.

"자네의 기술이 궁금하기도 하지만 그 이상으로 목숨을 걸고 불가능을 실현해 내는 그 기개가 마음에 드는군. 자네에게 우리 드워프의 이름을 걸고 만들어낸 마법의 무구를 제공하고 싶은데, 그 정도라면 조건이 맞겠나?"

"으음……."

자서스가 전사라면 다들 혹할 수밖에 없는 조건을 걸고 나오자 리리디카와 할로드의 표정이 일그러졌다.

드워프제 마법의 무구는 꾸준히 시장에 나와서 거래되고 있지만, 그럼에도 불구하고 그들은 인간에게 판매하는 무구의 기술 수준을 엄격히 제한하고 있었다. 자서스가 사용하는 무구 같은 경우는 그것들과는 차원이 다른 성능을 자랑한다. 대쉬 롤러만 해도 인간들은 도대체 이게 어떤 구조로 만들어졌고, 어떤 원리로 움직이는지 전혀 이해할 수 없는 물건인 것이다.

그런 무구를 제공해 준다고 하면 혹하지 않을 수 없으리라. 과연 라곤도 흥미를 보였다.

"나야 물론 환영이지. 그 바퀴 달린 신발 같은 것도 제공해 줄 수 있소?"

"이 대쉬 롤러 말인가? 이건 오러를 가진 자가 아니면 사용할 수 없는 것이지만, 뭐, 까짓 거 기술국에 의뢰하면 오러를 마력으로 대신하도록 개량하는 것도 어렵지 않을 걸세. 자네가 원하는 사양에 맞춰주지."

"그런 조건이라면 마검사의 노하우를 사기에 충분하지."

"맙소사! 라곤 경, 지금 무슨 소리를 하는 건가? 그런 노하우를 드워프들에게 팔겠다니!"

"제 걸 제가 팔겠다는데 문제 될 일은 없을 것 같습니다만? 게다가 드워프들도 이미 우리의 동맹 아닙니까? 동맹의 힘이 강해진다면 그건 좋은 일이죠."

"그, 그건 그렇네만……."

할로드가 끄응, 하고 신음했다. 라곤이 피식 웃으며 말했다.

"그럼 당신… 음. 이름을 안 들었군."

"나는 엑서 하이어 자서스 디디 쿰일세."

"라곤 클란드요. 잘 부탁하오."

두 사람은 힘차게 악수를 나누었다. 라곤이 말했다.

"그럼 자서스 당신과는 오늘 안에 다시 자리를 마련하기로 하고, 지금은 일단 할로드 경과 둘이서만 이야기를 할 수 있게 자리를 비켜주면 감사하겠소."

"그러지."

자서스가 고개를 끄덕이고 방을 나섰다. 아르센드가 다가와서 말했다.

"소드 마스터의 힘을 잃었다는 소리를 듣고 도대체 어떻게 되려나 싶었는데, 정말 자네는 나를 깜짝 놀라게 만드는 데 재주가 있구만."

“언제까지고 넘어져서 질질 짜는 건 별로 취향이 아니라서
요.”

“자넨 최고야. 나중에 한잔하자구.”

“알겠습니다.”

아르센드가 웃으면서 방을 나섰고, 센더스는 조금 불만 어
린 표정으로 라곤을 흘겨보고는 그 뒤를 따라나갔다. 그리고
질리언이 다가왔다.

“도대체 뭘 어쩌시려고요?”

“뭐가?”

“아니, 그 마검사의 노하우를 드워프들에게 팔겠다고 하시
니까…….”

“그런 노하우를 팔고 내가 원하는 걸 얻겠다는 소리지.”

“그게 그런 식으로 넘겨줄 수 있는 종류의 기술이에요?”

“별로 어렵지 않아. 질리언 네가 나한테 훔쳐 간 소드 마스
터의 기술들에 비하면 오히려 뚜렷한 형태로 전달할 수 있는
것이지.”

“허어, 라곤 경 설마… 예전부터 이럴 생각을 하고 있었던
거예요?”

질리언이 기가 막혀하며 물었다. 라곤의 태도는 아무리 봐
도 오래전부터 자신의 노하우를 팔 준비를 해온 사람의 그것
이었기 때문이다.

“응. 뭐 드워프와 엘프들도 거래를 원하는 것은 예상외였

지만."

"대단하군요. 그런 상황에서 일어난 것만으로도 대단한데 그 이상을 생각하고 있다니."

"그것만으로는 부족하다는 것을 알았기 때문에 준비한 거야. 나는 베이런 크로네스를 쓰러뜨리기 위해서라면 뭐든 한다. 어쨌든 질리언, 이야기는 잠시 후에 하자. 할로드 경이 너를 한 대 쳐서라도 끌어내고 싶어하는 표정이니까."

그 말에 질리언이 흠칫하며 뒤를 돌아보았다. 뒤에서 할로드가 험악한 시선으로 빨리 나가 버릴 것을 재촉하고 있었다. 계속 시간을 끌다간 진짜 마법이라도 한 방 날려 버릴 기세에 질리언도 잽싸게 방을 나갈 수밖에 없었다.

"두, 두고 봐. 나도 반드시 거래할 만한 조건을 가져올 거니까. 알겠지?"

마지막으로, 자서스에게 뒤진 셈이 된 리리디카가 분한 듯 말하면서 문을 나섰다.

그녀가 나가고 문이 닫히자 할로드가 곧바로 주문을 외워서 방 안의 소리가 바깥으로 새어나가지 않도록 차단했다. 할로드가 의자를 끌어다 앉고는 말했다.

"그럼 어디 자네의 조건이라는 것을 들어볼까?"

4

질리언은 밤의 성벽을 거닐고 있었다. 밤이라곤 해도 성벽 위는 마법사들이 띄워둔 마법의 빛 때문에 아주 환했다. 그런 빛 아래를 거닐다 보니 문득 엄청 커다란 나무가 바람에 가지를 떨고 있었다. 리리디카의 파트너인 포스 트리 칼로디엄이었다.

"리리디카?"

질리언은 칼로디엄의 가지 위에 누워 있는 리리디카를 발견했다. 그녀는 뭐가 마음에 안 드는지 토라진 표정으로 혼자 투덜투덜거리고 있었다. 아마도 칼로디엄과 대화를 나누고 있었던 모양이다.

"아, 질리언 경?"

"뭐 하고 있어요?"

"칼로디엄하고 놀고 있었어."

"놀다니…… 야간 대기조도 아니면서 이 시간에 잠도 안 자고."

"아니, 좀 열받아서. 자서스 그 작자가 선수를 쳐서 거래를 해버리다니. 아아, 그에 비해 나는 아예 거래를 못하게 됐으니."

리리디카가 가지 위에서 훌쩍 뛰어내려서 질리언 앞에 내려섰다. 질리언이 물었다.

"거래라면 라곤 경하고요?"

"그래. 으으, 나한테도 자서스처럼 권한이 많았으면 그냥 대충 생각나는 대로 협상해 봤을 텐데, 그렇지가 않다 보니 우왕좌왕하다가 결국 거래 자체를 안 하는 걸로 됐잖아.”

리리디카가 투덜거렸다. 엘프는 중요한 문제는 무조건 평의회의 인가를 받아야 하는 구조로 되어 있었다. 그에 비해 드워프들은 엑서 하이어에게 상당한 권한을 주고 있어서 자서스는 대뜸 중요 기술이 담긴 무구를 거래 조건으로 내밀 수 있었던 것이다.

“다들 라곤 경의 노하우를 탐내는군요.”

“그럼? 당연한 거 아니야? 마검사라고, 마검사. 역사상 최초일지도 모르고, 아니, 오크 히어로를 쓰러뜨릴 정도의 마검사는 역사상 최초가 맞을걸?”

“하지만 당신은 굉장히 강하잖아요. 오러 테이커의 기술이 실전되지 않고 교류되고 발전하고 있다면 빛의 전사단의 다른 엘프들도 강할 거고.”

“그거하곤 또 별개의 문제지. 질리언 경 당신은 어떻게 생각할지 모르겠지만, 우리 엘프나 드워프는 인간처럼 숫자가 많지 않아. 그렇기 때문에 힘이 없으면 권익을 위협받을 수밖에 없지. 바이더스 제국의 쓰레기 같은 놈들에게서 우리 종족을 보호하려면 힘이 필요해.”

대륙 최대의 국가인 바이더스 제국은 예나 지금이나 이종족들을 멸시하고 종속시키려는 정책을 펴고 있었다. 그들에게 잡혀가서 노예 생활을 하고 있는 엘프와 드워프도 상당수다.

게다가 장수하며 아름다운 엘프, 재주 많은 드워프를 원해서 폭력적인 수단을 동원하는 것은 바이더스 제국의 인간들만이 아니었다. 그런 자들에게서 동족을 보호하기 위해 필요한 것은 함부로 넘볼 수 없을 정도의 무력이다.

그녀가 그런 입장을 이야기하자 질리언은 말문이 막혀 버렸다. 자신은 개인의 명예와 가문의 영광, 그리고 나아가서는 국가의 안정을 생각하며 싸우고 있었지만 리리디카는 좀 더 큰 것을 짊어지고 있는 것이다.

"그렇군요. 라곤 경이 정말 대단한 카드를 쥔 셈이네요."

"응. 질리언 경이 말해준 것만으로도 대단한 남자라고 생각했는데… 직접 보니 더 대단하네. 누군가 옆에 붙어서 가르쳐 주고 이끌어주는 것도 아닌데 저렇게 큰 그림을 그리고 행동할 수 있는 이는 찾기 힘들지."

"큰 그림이라……."

"아무나 할 수 있는 일이 아니야. 그의 행동은 일개 전사의 스케일을 넘었어."

"근데 왜 거래를 안 하게 된 건데요?"

리리디카가 입에 침이 마르도록 라곤을 칭찬하는 소리를 듣던 질리언은 의아해하며 물었다. 그녀의 말만 들어보면 무슨 수를 써서라도 라곤의 노하우를 손에 넣어야 할 것 같은데, 도대체 왜 엘프들은 거래를 안 하기로 했다는 것일까?

"음. 그건… 사실 우리한테는 마검사가 그리 드문 존재가 아니거든. 정확히는 마법전사라고나 할까?"

리리디카는 쓴웃음을 지었다.

엘프들은 타고난 마나 감응력이 인간보다 높고, 오랜 세월을 살기 때문에 작심하고 오러 테이커가 되고자 하는 자가 아니라면 마법을 익히는 경우가 드물지 않았다. 그들에게는 마법을 터득해 정령을 다루는 것 자체가 일종의 교양인 것이다.

그렇기에 전사이면서 마법을 터득한 존재는 엘프들 중에는 차고 넘쳤다. 물론 그들은 라곤과는 다른, 그저 마법을 사용하는 전사일 뿐이지만 그 실체를 알 수 없는 라곤의 기술을 알아내기 위해 높은 대가를 지불하는 것은 별로 현명한 선택이 아니라고 여긴 것이리라.

"뭐야? 내 이야기하고 있었어?"

그때 성벽 아래쪽에서 불쑥 끼어드는 목소리가 있었다. 둘 다 깜짝 놀라서 난간 아래쪽으로 고개를 내밀었다. 라곤이 아래쪽에서 그들을 올려다보며 웃고 있었다.

"라곤 경."

"에구구, 드워프들하고는 협의할 사항이 좀 많아서 이야기가 길어졌어. 피곤하구만."

라곤은 너스레를 떨며 비행주문을 사용해서 성벽 위로 올라왔다. 그러자 리리디카가 그에게로 다가가며 말했다.

"어떤 조건으로 협의했는지 물어봐도 될까?

"음. 뭐 별로 감출 만한 일은 아니니까 말해주지. 할로드
경은 마탑의 인력을 동원해서 나를 위해 새로운 주문을 만들
어줄 것과 그 외에도 내가 필요로 하는 마법들을 지원해 줄
약속했고, 드워프들은 내가 요구하는 사양에 맞춰서 최고의
마법 무구들을 지원해 주기로 했어."

라곤이 긴 시간 동안 협의한 끝에 결정된 거래 조건들을 이
야기해 주었다. 그들에게서 제공받는 것을 통해 라곤은 자신
이 도달하고자 하는 완성형에 한발 더 가까워질 수 있을 것이
다.

리리디카가 아쉬운 표정을 지었다.

"대단하군. 거기에 우리의 정령마법까지 더해진다면 천하
무적이 될 수도 있겠지만, 유감스럽게도 우리 평의회는 거래
를 포기했어."

엘프의 마법은 정령을 다루는 데 특화되어 있었다. 인간의
마법에도 정령을 불러내어 다루는 기술이 있긴 하지만 엘프
앞에서는 명함도 못 내밀 정도로 수준이 낮다.

인간, 엘프, 드워프는 서로 같은 지점에서 출발해서 마법을
발전시켜 왔지만 그 발전의 결과물은 확연히 달랐다. 종족적
인 특성과 환경이 그러한 결과를 만든 것이다. 한마디로 마력
을 사용하는 기술을 다 뭉뚱그려서 '마법' 이라고 부르고 있
기는 하지만 그 속을 파헤쳐 보면 서로 상당한 거리감이 존재
하고 있었다.

라곤이 쓴웃음을 지었다.

"그건 좀 아쉽군. 정령마법에는 나도 흥미가 있었는
데……."

"뭐, 그건 그렇게 됐으니까 다른 이야기나 좀 해볼까?"

"다른 이야기?"

"질리언 경한테 당신 이야기를 많이 들었거든. 질리언 경
이 일반적인 소드 마스터들과 다른 기술을 가진 이유는 당신
때문이라고 했어. 아무래도 질리언 경은 당신을 아주 존경하
는 것 같아."

그 말에 라곤이 질리언을 바라보았다. 질리언은 당황해서
슬쩍 시선을 피했다.

"조, 존경이라니 무슨. 전 그냥 라곤 경에게 좀 도움을 받
았다고 말했을 뿐이라고요."

"질리언 네가 나를 그렇게 생각하는 줄 몰랐는데."

"아니라니까요."

"알았어, 알았어."

라곤은 피식 웃으면서 질리언의 어깨를 두들겨 주었다. 그
리고는 리리디카를 보며 물었다.

"그렇긴 하겠지만 지금 나는 소드 마스터도 아닌데 그런
이야기를 해봤자 별로 의미가 없지 않을까?"

"소드 마스터의 기술이라던가 하는 것에 대해서 이야길 하
려는 건 아니야. 나는 궁금해. 당신이 상대했던 베이런 크로

네스가 어떤 존재인지."

"……"

생각지 못한 화제에 라곤은 조금 당혹감을 느꼈다. 리리디카가 도발적인 미소를 지으며 말을 이었다.

"그는 우리 엘프의 숙적이었던 바이더스 제국을 엿먹였던 존재지. 그리고 그가 죽이고 다닌 것은 인간이지 엘프가 아니고. 그렇기 때문에 사실 그가 희대의 살인마라고 해도 우린 그에 대한 감정이 별로 나쁘지는 않아."

"그건 생각지도 못했던 시각이군."

라곤은 신선함을 느꼈다. 엘프와 바이더스 제국의 험악한 관계를 생각해 보면 확실히 그렇게 여길 수도 있을 것 같았다.

"하지만 그건 과거의 이야기지. 지금의 그는 아마 우리가 공통적으로 맞서야 할 적일 거야. 그렇지 않아?"

"그는 내가 죽인다."

라곤이 표정을 굳히며 단언했다. 베이런 크로네스는 자신의 원수다. 그의 목은 누구에게도 양보할 생각이 없었다.

살벌한 라곤의 결의에 리리디카가 살짝 몸을 움츠리며 말했다.

"어지간히 지독한 일을 당한 모양이네."

"당신이 오러의 힘을 빼앗겨보면 내 기분을 알 수 있을 걸?"

“하긴.”

리리디카는 고개를 끄덕였다. 그것은 하늘을 날던 새가 날개를 빼앗긴 것과도 같은 일이다. 건강하고 활력있게 살아가던 인간이 타인의 악의로 인해 더 이상 뛰지 못하게 되었을 때 그 인간이 증오를 품는 것은 당연하지 않을까?.

“하지만 당신의 복수와는 별개로, 우리는 그에 대해서 알아둘 필요가 있어. 당신이 이곳에 없는 동안 언제 그와 맞닥뜨리게 될지 모르니까.”

“지금까지 한번도 맞닥뜨린 적이 없지 않나?”

“냄새나는 오크들만 계속 상대했지.”

“그런데 왜 이제 와서 그에 대해서 걱정하지?”

“꿍꿍이를 알 수 없는 존재이기 때문이야. 아니, 사실은 우리는 오크들이 뭘 바라고 행동하는지조차 파악하지 못하고 있어. 그러니 조금이라도 그놈들의 속내에 접근할 수 있는 단서가 필요해.”

리리디카는 크루세스의 현재 상황을 설명해 주었다. 마치 새로운 병기를 만들어서 투입하듯이 차례차례 나타나는 강력한 특수 전력들과 아무리 봐도 이해할 수 없는 오크들의 행동에 대해서.

그 이야기를 들은 라곤이 눈살을 찌푸렸다.

“확실히 그건 이해할 수 없는 짓이군. 왜 병력을 그런 식으로 운용하지? 이렇게 말하긴 좀 그렇지만 차라리 방어를 굳히고 있다가 한번에 몰아쳤으면…… 크루세스는 버티지 못했을 것 같은데?"

만약 라카듐이라는 그 강력한 오크 히어로를 필두로, 지금까지 해치운 수십의 오크 히어로들이 한꺼번에 몰려왔다고 치자. 그렇디면 크루세스의 병력이 버텨낼 수 있었을까?

아무리 생각해도 부정적인 결론밖에 나오지 않는다. 그런데 적은 그런 귀중한 전력을 쓰레기를 버리듯이 낭비하면서 크루세스에 피로만을 누적시키고 있는 것이다.

리리디카가 밤의 어둠 저편을 노려보며 말했다.

"녀석들은 마치 우리를 상대로 실험을 하고 있는 것 같아."

"실험이라고?"

"그래. 라곤 경, 당신이 오크 히어로를 상대로 자신의 힘을 실험해 봤다고 말한 것처럼…… 왠지 지금까지 내보인 모든 것들이 실험을 위해 버리는 패에 불과한 것은 아니었을까, 난 그런 생각을 지울 수가 없어."

"설마……."

리리디카의 절망적인 예측에 질리언이 뭐라고 반박을 하려고 했다. 하지만 곧 그는 말문이 막혀 버리는 것을 느꼈다. 자신도 리리디카와 똑같은 생각을 하고 있었다는 사실을 깨달았기 때문이다.

리리디카는 그를 바라보고는 훗 하고 자조적인 웃음을 흘렸다.

"녀석들은 우리가 볼 수 없는 커다란 그림을 그리고 있는 게 틀림없어. 내 생각에는 인간들이 지금처럼 작게 나누어져서 서로 반목하는 상황에서는 절대 그놈들의 계획을 막을 수 없을 거야."

"그렇기 때문에 읽어낼 수 없는 배후에 있는 존재에 대한 정보를 하나라도 알고 싶다 이거군."

"그래."

"그렇다면 대답해 주지. 베이런 크로네스가 나타나면… 무조건 도망쳐."

라곤은 무겁게 가라앉은 표정으로 경고했다. 너무나도 단호한 그 말에 리리디카가 눈살을 찌푸렸다.

"그건 나를 너무 무시하는 말인 것 같은데? 나를 소드 마스터와 같은 수준으로 생각하고 하는 말이라면……."

"질리언을 옆에 두고 그런 말을 하는 것은 좀 무례하지 않나 싶은데, 뭐 좋아. 당신이 우리 쪽의 소드 마스터들보다 강력한 존재이든 아니든 상관없어. 냉정한 기준을 제시해 보지. 당신은 오크 히어로 열과 동시에 싸운다고 쳤을 때, 그들을 전부 격퇴하는 데 얼마나 시간이 걸리지?"

"갑자기 무슨 엉뚱한 소리를……."

"대답해 봐."

라곤이 진지하게 요구하자 리리디카는 눈살을 찌푸렸다. 하지만 일단 끝까지 들어보자고 생각하고 물었다.

"다른 조건은 일체 배제하고, 오크 히어로 열과 나 하나만 싸운다고 가정했을 때 말이지?"

"그래."

"그런 조건이라면…… 10분 정도는 걸리겠지. 어쨌든 이길 수 있어."

리리디카는 냉정하게 머릿속에서 그 상황을 계산해 보고 대답했다. 지금까지 질리도록 싸워왔기 때문에 오크 히어로의 전력은, 라카둠을 제외하면 완벽하게 파악하고 있다. 오러 테이커의 전투 스타일은 오크 히어로에게는 최악의 상성을 자랑하기 때문에 설마 열 마리와 동시에 싸운다고 해도 확실하게 승리할 자신이 있었다.

그녀의 대답에 라곤이 좀 의외라는 표정을 지었다. 오크 히어로 열 마리와 동시에 싸워도 10분이면 이길 수 있다고? 열 마리와 동시에 싸운다는 것은 하나하나 격파해서 열 마리를 격파하는 것과는 완전히 다른 문제다. 리리디카의 태도로 보건데 신중하게 생각해보고 대답한 것 같은데, 정말 그렇다면 그녀의 기량은 확실히 리할드 왕국의 소드 마스터들을 미숙하다며 내려볼 만할 것이다.

하지만 라곤은 고개를 저었다.

"그럼 당신은 베이런 크로네스에게 절대 이길 수 없어. 그가 진심으로 죽이려고 하면 1분도 버티지 못할걸."

"뭐?"

　전혀 생각지도 못한 대답에 리리디카의 눈썹이 꿈틀거렸다. 불쾌감을 느낀 그녀에게서 위압적인 기세가 흘러나왔지만 라곤은 태연하게 말을 이었다.

　"아니, 생각해 보니 오러 테이커는 인간하곤 전투 방식이 다르지. 그렇다면 좀 더 오래 버틸 수도 있겠군. 하지만 그래 봤자야. 그를 이길 수는 없어."

　"그렇게 단언할 만한 근거를 가진 건가?"

　"물론."

　"그 말을 증명해 줬으면 좋겠는데, 오러의 운용원리를 어디까지 깨우쳤지?"

　"진동."

　라곤이 서슴없이 대답하자 리리디카가 흠칫했다. 설마 라곤이 진동의 원리를 알고 있을 줄은 몰랐다.

　"하지만 내가 진동의 원리를 깨달은 것은 베이런 크로네스와 싸우면서야. 당신 표정을 보니 진동의 원리를 알고 있는 것 같군."

　"그런데도 내가 그에게 쉽게 패할 거라고 생각하나?"

　"당신이 자기 자신의 전력에 대해 대답한 게 정확하다면…… 역시 승산이 없다고 생각해. 베이런 크로네스는 당신의 이해범주 바깥에 위치한 괴물이야."

　"그런 괴물을 죽이겠다고 하는 당신은 뭔데?"

　"나는…… 미친놈이지."

라곤이 잠시 생각해 보다가 내놓은 대답에 리리디카는 눈을 동그랗게 떴다. 그리고 잠시 후 미친 듯이 웃기 시작했다.

"아하하하하하! 이거 걸작인데!"

"그렇게 웃을 말이었나?"

"아, 눈물 난다. 아니, 그럼 자기 자신을 가리켜서 미친놈이라고 하는데 어떻게 안 웃겠어?"

"원 참."

라곤은 멋쩍어져서 머리를 긁적였다. 리리디카가 훌쩍 뛰어서 성벽 난간에 올라서며 말했다.

"하지만 솔직히 자존심이 팍팍 상한 게 사실이야. 당신에게 확실한 판단 근거를 줘보도록 하지. 내일, 만약 오크들의 공격이 없다면 연무장으로 나와. 내 실력을 보여줄 테니까."

"소드 마스터도 아닌 나랑 대련을 하겠다고?"

"오크 히어로도 쓰러뜨려 놓고 약한 소리 하기야? 살살 해줄 테니까 피하지 말라고."

리리디카가 도발하자 라곤이 씩 웃었다.

"좋아. 오러 테이커의 기술도 궁금한 참이었으니 한번 경험해 보도록 하지."

"그럼 내일 아침 식사 후에 연무장에서 만나기로 하지."

리리디카는 그렇게 말하곤 훌쩍 뛰어서 성벽을 내려갔다. 하품을 하며 걸어가는 그녀의 뒷모습을 보던 라곤이 질리언을 돌아보며 물었다.

"저 아가씨, 얼마나 세?"

질리언이 쓴웃음을 지으며 대답했다.

"세기만 한 게 아니고 성깔도 있으니 내일은 죽었다고 복
창하시죠."

5

다음날 아침 연무장에는 상당한 인원이 모여들었다. 처음
에는 엘프들만 오는가 싶었지만 이야기가 전해지고 전해지면
서 너도나도 흥미를 갖고 구경하러 온 것이다.

모여든 관객들을 본 라곤이 투덜거렸다.

"구경거리가 되는 건 달갑지 않은데?"

"나도 마찬가지지만 이렇게 되었으니 어쩔 수가 없지."

리리디카가 어깨를 으쓱했다. 연무장 중앙에서 그녀와 마
주 보고 선 라곤이 물었다.

"그럼 시작할까?"

"일단 어떤 형식으로 할지부터 정하지."

"봐주겠다는 건가?"

"어차피 죽기살기로 싸울 것도 아니고 대련이니까 룰을 정
해두는 게 당연하지 않겠어? 게다가 처음부터 불공평하기도
하고. 그쪽도 설마 오크 히어로를 쓰러뜨릴 때의 힘을 전부
발휘할 수 있는 건 아닐 텐데?"

“그건 그렇지.”

라곤이 쓴웃음을 지었다. 리리디카가 제안했다.

“그럼 먼저 검술부터 시작하지. 나는 겉으로 드러나는 오러는 사용하지 않겠어. 오러 디펜더 때문에 힘과 순발력, 반응속도가 올라가는 것까지 어쩔 수는 없지만 그 정도면 해볼 만하겠지? 물론 그쪽은 가속마법을 사용해도 좋아.”

“좋아.”

라곤은 고개를 끄덕이고는 마법을 사용했다. 단 한 마디 주문도 없었는데 스피릿 액셀, 소울 부스트, 게일 스피릿, 오우거 파워, 윈드 워크가 순식간에 발동되면서 그 몸이 안개처럼 흐릿한 빛에 휘감겼다.

그 광경을 본 리리디카가 휘파람을 불었다. 구체적으로 어떤 마법이 걸렸는지는 알 수 없지만 마력 파동이 퍼져 나가는 기세를 보고 몇 개의 마법이 걸렸는지는 알 수 있었다.

“정말 빠르네.”

“아직도 많이 느리지.”

라곤이 어깨를 으쓱하고는 검을 뽑아 들었다. 리리디카도 씩 웃으면서 검을 뽑아 들고는 눈을 빛냈다.

“그럼 간다.”

“언제든지.”

라곤이 말하는 순간, 리리디카가 움직였다.

보고 있던 사람들이 그녀의 모습이 휙 하고 흔들렸다고 생각한 순간, 그녀는 잔상을 남기면서 라곤의 코앞까지 뛰어들며 검을 내지르고 있었다. 세검이 흐릿한 궤적을 남기며 허공을 가르나 싶더니, 뒤이어 검과 검이 맞부딪치는 파찰음이 연달아 울려 퍼졌다.

채채채채챙!

보던 이들은 다들 숨을 삼켰다.

빠르다.

오러 테이커인 리리디카는 그렇다 쳐도 라곤도 거의 눈으로 따라갈 수도 없을 정도로 빠르게 움직이고 있었다. 두 사람이 검을 휘두르는 속도가 계속해서 가속되면서 검과 사람의 잔상이 겹쳐져 도저히 실체를 알아볼 수 없을 지경이었다.

하지만 소드 마스터인 질리언과 아르센드, 센더스는 그 움직임을 확실하게 보고 있었다. 엑서 하이어인 자서스 역시 마찬가지였다. 그가 질리언에게 다가와서 작은 목소리로 말했다.

"라곤 경은 정말 대단하군. 리리디카 저 작자가 신경질을 내고 있어."

"그럴 만하군요. 정말 대단해요."

주변의 사람들은 두 사람에게 어리둥절해하는 시선을 던졌다. 애타게 해설을 갈구하는 시선이었지만 두 사람은 자신들만 알고 다른 사람에게 말해줄 생각이 없는 모양이었다.

폭풍처럼 검격을 교환하던 라곤과 리리디카가 서로 반대

편으로 물러났다. 그리고 잠깐 숨을 고른 뒤, 리리디카가 으르렁거리는 목소리로 말했다.

"큭, 정말 대단한데. 나이도 어린데 어떻게 그런 검술을 익혔지?"

방금 진의 검투에서 리리디카는 진한 패배감을 맛봐야 했다. 힘과 속도, 양쪽에서 리리디카는 라곤을 완전히 압도했고, 반응속도 역시 그녀가 위였다. 그런데 정작 검투를 벌였을 때는 우위를 점할 수가 없었다.

이것이 의미하는 바는 아주 간단하다.

라곤이 검술 면에서 그녀보다 뛰어나다.

마치 그녀가 어떻게 공격할지 라곤은 모조리 알고 있는 것 같았다. 공격 타이밍을 읽고 공격이 완전히 가속하기 전에 방어해 버리거나, 움직임이 리듬을 타기 전에 맥을 끊어버리고, 연격을 퍼부으면 공격의 도달점을 읽고 선 굵은 검격 한 번으로 그것을 모조리 차단해 버렸다.

리리디카는 기술적으로 압도당하는 경험은 수십 년 만에 처음이었다. 그 상대가 자신보다 훨씬 어린 인간이라는 점을 믿을 수가 없었다.

라곤이 어깨를 으쓱했다.

"나이하고는 별로 상관없지. 내가 10대 애송이라면 또 모를까, 20대는 인간에게 있어서 가장 강건한 시기라고."

"건방진 소리를 하네."

“그저 오래 연마한다고 기술이 더 뛰어나다면, 세상에는 늙은 사람보다 기술이 뛰어난 젊은 사람은 어디에도 없을걸. 시간은 인간을 강하게 만들기도 하지만, 약하게 만들기도 하지.”

“재능을 이야기하고 싶은 거야?”

“아니, 그런 이야기가 아니야. 다만 무조건 축적한다고 해서 더 뛰어나지지는 않는다는 것뿐.”

감각은 적절한 훈련에 의해 연마되지만, 단 한 번의 경험으로 망가질 수도 있다. 인간이 필사적으로 쌓아올리는 것은 견고하지만 동시에 믿을 수 없을 정도로 연약하기도 하다.

그저 훈련을 계속하기만 하면 강해질 수 있다는 것은 환상에 불과하다. 집념을 발휘하여 훈련을 거듭한 끝에 오히려 그릇된 방향으로 나아가 돌이킬 수 없는 고장을 안게 되는 경우도 세상에는 빈번하며, 달인이었던 자가 10년을 고련한 후에는 오히려 어설퍼지는 경우마저 있다.

그렇기에 무술을 체득함에 있어서도 객관적으로 상태를 살펴보고, 올바른 길로 이끌어줄 스승의 존재가 중요하다. 그런 스승이 없다면 끊임없이 자신의 상태를 파악하고 올바른 방향으로 단련할 수 있는 능력이 필요한데, 라곤은 스스로를 어떻게 발전시킬지 설계하고 훈련과 실험을 통해 그것을 조율해 나가는 능력이 탁월했다.

리리디카가 말했다.

“흠. 좋아. 당신의 검술이 나보다 뛰어나다는 것을 인정하지. 솔직히 내가 본 그 누구보다도 뛰어난 것 같아.”

“칭찬 고맙게 받아들이지.”

“그럼 당신의 힘을 봤으니 이제는 오러 테이커의 힘을 알려줄 치례겠지?”

“어떤 식으로 할 거지?”

라곤이 물었다. 리리디카가 검을 빙글빙글 돌리며 말했다.

“본격적으로 오러 테이커로서 당신과 싸울 생각은 없어. 그래서는 도저히 대련이라고 말할 수 있는 형태가 되지 않으니까. 그러니 다른 방식으로 당신의 실력을 시험해 보기로 하지.”

웅웅웅웅웅…….

공기가 떨리는 소리가 울려 퍼졌다. 동시에 리리디카의 몸에서 일어난 진녹색 오러가 무수한 파편이 되어 허공을 노닐기 시작했다.

리리디카가 그중 하나에 올라서자 그녀의 몸이 두둥실 떠올랐다. 휘날리는 검은 머리카락 아래쪽에서 빛나는 그녀의 진녹색 눈동자를 마주한 라곤이 숨을 삼켰다.

“이게 오러 테이커의 스타일인가.”

“크게 다칠 정도로는 하지 않을게.”

리리디카가 미소 지으며 말했다. 동시에 무수한 빛의 파편들이 라곤을 향해 날아들었다.

파파파파파!

라곤은 급히 몸을 날려서 오러 파편들을 피해냈다. 윈드 워크를 운용해서 미끄러지듯이 옆으로 빠진 다음 허공으로 도약, 측면으로 돌아서 날아드는 것들을 피해내고, 그다음에는 다시 허공을 세 번이나 딛고 다이나믹하게 몸을 회전시켜 가면서 나머지를 피해냈다. 원숭이 뺨치는 그 움직임에 리리디카가 혀를 차는 순간, 라곤이 새로운 주문을 전개했다.

"스트라이크 소드."

시동어와 함께 검에서 섬광이 솟구쳤다. 거기까지 본 마법사들이 깜짝 놀라서 자기들끼리 수군거렸다.

"윈드 워크를 저런 식으로 쓰는 것도 가능한 건가?"

"말도 안 돼. 아무리 운용기술이 뛰어나도……."

윈드 워크는 바람을 딛고 이동하는 기술. 잘만 사용하면 물 위를 걷는 것도 가능하고, 허공을 딛고 달리는 것도 가능하다. 하지만 라곤이 윈드 워크를 쓰는 방법은 너무나도 세련되어서 정말로 저렇게 사용할 수 있다는 게 믿어지지 않을 정도였다. 수백 번, 수천 번을 사용해서 운용기술을 숙련하고, 거기에 초일류 전사의 몸놀림이 더해졌기에 가능한 묘기인 것이다.

"말도 안 돼……."

질리언이 입을 쩍 벌리며 중얼거렸다.

수십 개에 이르는 오러 파편들이 군무를 추는 나비 떼처럼 사방팔방에서 라곤을 덮쳐 갔다. 라곤은 보는 사람이 다 어지러워질 정도로 역동적이고 3차원적인 움직임으로 그것들을 피해내는 한편, 도저히 피해낼 수 없는 것들은 스트라이크 소드가 걸린 검으로 쳐내기 시작했다.

파파파파피피!

리리디카의 오러는 무수한 파편으로 나뉘어졌고, 또 살상력이 없을 정도로 위력을 낮추었기에 오러 블레이드에 비해 응집력이 낮았다. 쳐낼 때마다 스트라이크 소드의 힘이 깎여 나가긴 했지만 충분히 맞부딪쳐서 쳐낼 만했다.

그러나 무수한 오러 파편에 포위당한 채, 날아드는 그것들을 전부 피해내고 쳐내는 라곤의 움직임은 신기라고밖에 할 수 없었다. 리리디카도 오기가 생겨서 계속해서 더 많은 오러 파편을 내보내고 더 복잡하고 빠르게 라곤을 공격하고 있었지만 라곤은 그 모든 것에 반응했다.

하지만 분명히 한계는 있었다. 몸놀림으로도, 검술로도 리리디카의 공격을 따라갈 수 없게 되자 라곤은 제삼의 카드를 내놓았다. 바로 마법이었다.

퍼버버버벙!

빛이 폭발하며 현란하게 주변을 수놓았다.

라곤은 시동어조차 없이 포스 볼트를 연달아 뿜어냈다. 한순간에 수십 발의 포스 볼트가 사방으로 퍼져 나가 오러 파편들을 요격하니 모두 경악하지 않을 수 없었다. 특히 마법사들의 표정은 가관이었다.

"말도 안 돼! 포스 볼트를 쏘는 마법 무기라도 갖고 있나?"

"아냐, 아무리 그렇다고 해도 저런 식으로 마구 쏴대서는 도저히 마력이……."

"마력이 할로드 경 정도 되지 않으면 저건 도저히 무리라고."

"그보다 정확성에 더 주목해 봐. 마구 쏴대는 게 아니고 전부 오러 파편에 명중시키고 있어. 설마 따로 표적을 잡는 마법을 운용하고 있는 건가?"

그들의 말대로였다. 라곤은 눈 돌아갈 정도로 빠르게 움직이는 오러 파편들을 확실하게 파악하고, 포스 볼트로 요격하고 있었다. 위력 차이가 있었기 때문에 일대일로 상쇄되진 않았지만 하나당 두세 발을 꽂아 넣고, 나머지는 검격으로 처리하면 충분히 버텨낼 수 있었다.

"으음……."

그 광경을 보는 리리디카는 정말 기가 막혔다.

검술을 겨루어보고 경탄하긴 했지만, 마법까지 사용하면 이 정도일 줄은 상상도 못했다. 지금도 부상을 피하기 위해 위력 면에서는 많이 봐주고 있고, 장기인 활도 쓰지 않고 있긴 하지만 그것을 감안해도 라곤의 기량은 믿어지지 않을 정도였다.

신들린 듯이 검무(劍舞)를 추던 라곤이 어느 순간 몸놀림을 멈추었다. 공격하던 리리디카가 경악할 정도로 갑작스러운 행동이었다. 멈춰 버린 그를 향해 오러 파편들이 일제히 달려들고, 그리고……

"후우!"

다음 순간 그의 모습이 사라졌다.

파아아아아!

동시에 오러 파편들이 한 점으로 모여들며 폭발했다. 충격파에 의해 공기가 쩌렁쩌렁 울리고 흙먼지가 자욱하게 일었다. 그리고 전혀 생각지 못한 위치에서 라곤의 목소리가 들려왔다.

"여기까지 하지."

리리디카가 고개를 휙 돌렸다. 라곤이 흙먼지 속에서 걸어나오고 있었던 것이다.

"블링크?"

"응. 하나 남았었거든. 어차피 조금 있으면 사라지니까 이렇게라도 쓰는 게 낫지."

라곤이 자신의 손등을 바라보며 말했다. 어제 스크롤을 찢어서 몸에 각인시켰던 블링크는 세 개. 오크 히어로와 싸울 때는 그중 두 개만 사용했고 하나는 남아 있었다. 하지만 그런 식으로 각인시킨 마법은 하루 이틀 지나면 사라져 버리기에 아깝단 생각이 들어서 지금 사용했던 것이다.

"어쨌든 당신 실력은 잘 알았어. 기록으로 남아 있는 '엘프의 '오러 테이커는 멀리 닿는다' 는 말은 이런 의미였군. 혹시 오러의 응집력을 높이면 어느 정도 거리까지 닿지?"

"100미터 정도까지는 오크 히어로를 상대로도 충분히 일 격필살의 위력을 낼 수 있지."

"대단하군."

"지금 경험한 것과 그것까지 감안해도, 나와 베이런이 붙 었을 때의 평가가 변하지 않나?"

리리디카는 정말로 궁금해하며 물어보았다. 라곤의 실력 이 대단하다는 것은 충분히 알았다. 그런 그가 단순히 그녀의 실력을 폄하해서 베이런과 만나면 무조건 도망치라는 말을 하지는 않을 것 같았다. 그 점을 납득한 이상, 그녀는 라곤에 게 확답을 듣고 싶었다.

라곤은 잠깐 눈을 감고 생각에 잠겼다. 머릿속에서 그가 기 억하고 있는 베이런의 모습과 방금 전에 경험한 리리디카의 능력이 비교되었다. 하지만 라곤은 곧 쓴웃음을 지으며 말했 다.

"미안한데, 역시 그가 나타난다면 무조건 도망치는 게 좋 을 거야."

"…그런가."

리리디카는 자존심이 상하는 것을 느끼면서 입술을 깨물 었다. 동시에 궁금해졌다. 라곤이 이렇게까지 높게 평가하는 베이런 크로네스는 도대체 어느 정도의 실력을 갖추고 있단 말인가?

라곤은 그녀의 심정을 헤아린 듯 말해주었다.

"내가 경험한 베이런의 능력은 소드 마스터이면서도 반경 수십 미터의 원거리를 자유자재로 지배하고, 압도적인 힘조차 가볍게 길라 버리는 초신동의 오러를 사용하는 것이었어. 오러 블레이드도, 오러 디펜더도 셀 수 없을 정도로 빠르게 진동하지."

"모든 오러를 항시 진동시킨다고? 그게 가능한가?"

리리디카가 경악했다.

그녀도 진동의 힘을 사용한다. 하지만 항시 사용하지는 못하고 필요할 때 정신을 집중하여 잠깐잠깐 사용할 뿐이다. 오러를 고르게, 그리고 고속으로 진동시키는 것에는 그만큼 많은 집중력이 필요했다. 그에 비하면 움직임이 크고 한 번 가속하기 시작하면 힘을 보태주기만 하면 되는 회전은 난이도가 낮았다. 물론 그것도 공격할 때로 한정되긴 하지만.

"사실이야. 당시에 나는 어그레시브 오러 모드를 사용해서 목숨을 걸고 달려들었지만 터럭 하나 상하게 할 수 없었어. 그를 흉내내서 오러 블레이드를 진동시켜보기도 했지만 진동수의 차이가 너무 컸지."

"믿을 수가 없군……."

리리디카가 신음 섞인 목소리로 중얼거렸다. 라곤은 한숨을 쉬고는 몸을 돌렸다.

"그럼 난 땀을 많이 흘려서 좀 씻으러 가봐야겠어. 이만 실 례할게."

연무장에서 걸어나가는 라곤의 등뒤로 무수한 시선들이 꽂혔지만, 그는 꿋꿋하게 그것을 무시하고 걸어나가서 사라 졌다. 리리디카가 한숨처럼 중얼거렸다.

"저 남자가 소드 마스터였다면 정말 믿을 수 없을 정도로 강했겠군. 안타까워. 힘을 잃기 전에 만났더라면……."

아무리 경탄할 만한 기량을 갖고 있어도, 아무리 희귀한 마 검사의 개념을 구현해 낸 존재라고 해도…… 그의 한계는 명 백하다. 오러 테이커인 리리디카는 마음만 먹으면 손쉽게 그 를 분쇄할 수 있었다.

그래서 안타까웠다. 어째서 운명은 수백 년에 한번 태어날 까 말까 한 인재에게 극복할 수 없는 시련을 내린 것인지.

6

자신의 숙소로 향하던 라곤은 문득 빠르게 따라오는 인기 척을 느꼈다. 이미 익숙해진 오러 파동, 질리언이다. 라곤이 아무렇지도 않게 뒤를 돌아보자 질리언이 머뭇거렸다.

"아, 저기, 라곤 경……."

"왜?"

질리언은 잠시 더 머뭇거리다가, 결국 결심을 굳히고 입을 열었다.

"진동이라는 것은, 무슨 이야기죠?"

질리언은 지금까지 계속 리리디카가 싸우는 것을 보아왔으면서도 진동의 기술을 파악하지 못하고 있었다. 그것은 눈에 보일 징도로 두드러시는 현상이 아니었기 때문이다. 그에 비해 회전기는 라곤이 사용했던 스파이럴 차징도 그렇고 리리디카나 자서스가 쓰는 회전기도 규모가 크고 현상이 뚜렷하게 드러났기 때문에, 그것을 주의 깊게 관찰하고 모방하기에 이르렀다. 지금은 완전하지는 않았지만 간간이 오러 블레이드를 회전시켜서 강렬한 파괴력을 발휘하곤 했다.

라곤이 웃으며 말했다.

"그거 맨입으론 못 가르쳐 주겠는데?"

"……."

"농담이야. 이제 소드 마스터도 아니니까 못 가르쳐 줄 것은 없지."

"의외로군요. 전 뭘 드려야 할지 고민하고 있었는데."

"너한테 요구해야 할 것은 나도 대부분 손에 넣을 수 있는 것들이니까. 네가 나를 도와준 것도 있으니 나도 조금쯤은 도와주지."

라곤은 이전에 질리언이 전장으로 떠나기 전에 자신을 방문하고, 소드 마스터의 힘을 파악하는데 도움을 준 것을 기억하고 있었다.

“질리언, 오러 블레이드는 어디까지 사용할 수 있게 되었지?”

“그럭저럭 라곤 경 흉내 정도는 낼 수 있게 됐지요.”

“오늘 저녁에 여기 지하 연무장을 빌려놓도록 해. 다른 사람한테는 알리지 말고, 나에게 실력을 보여줘. 그걸 보고 가르쳐 줄지 말지 결정하지.”

“알겠습니다.”

질리언은 희색을 드러내며 사령관실을 향해 뛰어갔다. 라곤이 그 뒷모습을 보며 실소하고 있는데 위이이잉, 하고 바퀴가 땅을 구르는 소리와 함께 자서스가 다가왔다.

“이야, 자네 정말 대단해. 오크 히어로를 쓰러뜨렸다고 했을 때부터 알아봤네만 저 여자를 한 방 먹여주다니 최고일세.”

“칭찬 고맙게 받아들이지.”

자서스를 대하는 라곤의 말투는 어제와는 달랐다. 마검사의 노하우를 제공할 것을 협의하는 과정에서, 드워프 기술자들이 들으면 신이 나 어쩔 줄 몰라할 정도로 재미있는 구상을 연달아 내놓은 라곤이 마음에 든 자서스가 그를 친구로 대하기로 했기 때문이다.

자서스가 말했다.

“그런데, 저 꼬맹이를 가르쳐 볼 생각인가?”

“가르쳐? 아니, 그럴 생각은 없어.”

"음? 가르칠 생각이 없다고?"

"그냥 힌트를 줄 뿐이지. 난 지금 저 녀석을 가르칠 만큼 여유가 있는 몸이 아냐. 할 일도 끝났으니 내일은 여길 떠날 거야. 어제도 말했잖아?"

"그린 긴가? 그것만으로 서 꼬맹이가 뭔가를 얻을 수 있나? 인간 소드 마스터들은 다들 꽉 막혀 있던데. 뭐, 저 꼬맹이는 좀 다르긴 하지만……."

"질리언은 다르지. 소드 마스터가 되었을 때부터 나를 보고 다른 인식을 갖기 위한 노력을 했으니까. 솔직히 저 녀석의 할아버지인 크루소 경의 선견지명이 대단했다고 봐야겠지만."

질리언은 평생 동안 크루소에게 감사해야 할 것이다. 어제 이곳 사람들에게 들은 질리언의 활약만으로도 그가 다른 소드 마스터와는 다른 존재로 발전해 나가고 있다는 것을 알 수 있었다. 그것은 크루소가 일찌감치 라곤의 가치를 알아보고 질리언에게 보고 배울 것을 명한 덕분이었다.

"그럼 난 씻으러 가야겠어."

"그러게나. 이따가 술이나 한잔하자구."

"질리언하고 볼일이 끝나고 나면."

라곤은 그와 주먹을 한 번 맞대고는 숙소로 걸어갔다. 리리디카와 겨루느라 너무 많은 심력을 소모해서 지금은 좀 씻고 쉬고 싶었다.

저녁이 되자 라곤은 질리언과의 약속을 지키기 위해 지하 연무장으로 향했다. 질리언은 미리 와서 그를 기다리고 있었다.

"그럼 시작하지. 어디 한번 지금 네 실력을 보여줘 봐."

"근데 어떤 식으로 하죠?"

질리언이 물었다. 그는 지금 자신도 리리디카처럼 라곤과 실력을 겨뤄야 할지 진지하게 고민하고 있었다.

라곤이 어이없어하며 말했다.

"야, 나는 그냥 지금 네가 소드 마스터로서 오러를 다루는 실력이 얼마나 늘었는지를 보고 싶은 거지 총체적인 기량을 보려고 하는 게 아니야. 그러니까 예전하고는 다른 오러 운용만 보여줘도 돼."

"그런 거라면 문제없죠. 아르센드 경이나 센더스 경이 못 하는 것들만 보여 드리죠."

질리언은 곧바로 오러를 전개해서 휘둘렀다. 기본이라고 할 수 있는 여러 갈래로 뻗어나가는 오러 블레이드는 여섯 개나 일곱 개 이상으로 나누어서 날릴 수 있었고, 오러의 질을 조절해서 예전 라곤이 자유자재로 사용하던 채찍 같은 오러 블레이드도 사용했다. 그리고 마지막으로 정신을 집중해서 오러 블레이드를 회전시켰다.

후우우우웅!

"호오."

회전까지 사용한다는 사실에 라곤이 조금 감탄했다. 채찍 같은 오러 블레이드는 검술을 단련해서 오러 운용에 대한 시야를 넓히면 충분히 모방해 낼 수 있는 것이었다. 질리언은 그런 방면으론 계속 노력해 왔으니 지금 해내는 것도 이상하지 않다. 그러나 회전은 또 다른 문제였다.

"라곤 경의 스파이럴 차징이 힌트였어요."

"그걸 기억하고 있었군."

"저한테 몇 번이나 보여주셨는데요. 그런 일을 겪고 나면 도저히 잊을 수가 없죠. 계속 머릿속에 박혀 있었습니다."

질리언이 기억하고 있는 라곤의 스파이럴 차징은 세상 전체를 부숴 버릴 듯 어마어마한 위력을 발휘했다. 그것을 기억하고 재현해 보려고 했지만 아직까지는 어림도 없다는 사실을 깨닫게 되었을 뿐이다. 이렇게 오러 블레이드를 고속으로 회전시키는 것이 지금의 그가 할 수 있는 한계였다.

"전장에서 실전을 통해서 갈고 닦은 것 같군. 생각보다 많이 발전했어."

라곤이 칭찬하자 질리언은 멋쩍은 듯 시선을 피하며 볼을 붉적였다. 설령 소드 마스터의 힘을 잃어버렸다고 하더라도, 질리언의 마음속에는 밉살스럽지만 경이로운 기량을 가졌던 라곤의 모습이 강렬하게 기억되어 있었다. 그래서 그의 작은 칭찬 한마디가 기뻤다.

"하지만 그 정도로는 아직 내가 진동에 대해서 알려준다 한들 사용할 수 없어."

"상관없습니다. 알고 있다면 앞으로 노력해서 도달하면 되니까."

"회전기를 터득한 것처럼 말이군."

라곤은 미소 지었다. 나태한 다른 소드 마스터들과 달리 향상심을 불태우는 질리언의 태도가 마음에 들었다.

"내가 알려줄 수 있는 것은 많지 않아. 네가 오러 블레이드를 회전시키는 것처럼, 진동시키면 된다는 것뿐이야."

"오러 블레이드를 진동시킨다니… 오러는 항상 진동하고 있잖아요?"

오러는 격렬한 에너지다. 그것은 결코 고정되어 있는 법이 없다. 그런데 새삼스럽게 그것을 진동시키라는 것은 어떤 의미일까?

라곤이 대답했다.

"간단한 문제야. 너는 오러를 모아서 일정한 방향으로 회전시켰지. 그것과 마찬가지로 오러를 모아서 진동시키는 거야. 최대한 일정한 폭과 리듬으로, 최대한 빠르게."

"그게 회전보다 더 큰 파괴력이 나온다고요?"

오러의 회전은 알기 쉬운 파괴력의 증가를 낳는다. 10의 힘으로 전개한 오러 블레이드를 휘둘렀을 때, 고속회전이 가미된 오러 블레이드는 그렇지 않은 오러 블레이드보다 몇 배의 위력을 발휘하는 것이다.

그에 비하면 진동기는 너무 얌전해 보였다. 오러 블레이드를 고속으로 떨리게 하는 것이 노대체 어떤 의미가 있단 말인가?

라곤은 조금 난감한 듯한 표정을 지었다.

"그건, 음. 네가 마법을 공부했으면 좀 더 이해시키기가 쉽겠지만 그렇지가 않으니 간단하게 설명하지. 진동은 더 큰 규모의 파괴력을 발휘하기 위한 기술이 아니야."

"그러면요?"

"오러 블레이드를 고속 진동시키는 데 성공한다면, 너는 지금보다 날카로운 검을 갖게 되는 거야."

"날카로운 검이라고요?"

"그래. 고속 진동하는 오러 블레이드는, 그렇지 않은 오러 블레이드를 종잇장처럼 찢어버리지. 마치 오러 블레이드와 보통 검이 맞부딪쳤을 때처럼."

"정말 그렇게 된다고요?"

"생각해 봐. 베이런 크로네스가 블란드 경을 베어버렸을 때의 일을."

그 말에 질리언은 흠칫 몸을 떨었다. 그때의 경험은 그에게도 몸서리쳐지도록 두려운 기억으로 남아 있었다.

“그게… 오러 블레이드를 진동시키고 있었기 때문이라는
겁니까?”

“그래. 당시에 나는 진동에 대해서 모르고 있었지. 그를 관
찰한 끝에야 깨닫고 같은 기술을 사용해서 맞섰지만…… 어
림도 없었어. 숙련도에서 너무 차이가 나서 같은 기술로 부딪
쳐도 무조건 밀리더라고.”

라곤이 이를 갈았다. 지금 생각해도 분하다. 자신에게 조
금만 더 시간이 있었더라면, 적어도 소드 마스터가 된 지 4, 5
년은 된 후에 베이런을 만났더라면…….

‘뭐 의미없는 망상이지만.’

라곤은 아직도 과거에 집착하고 있는 자신을 발견하곤 실
소했다. 다 떨쳐 버리고 앞으로 나아가고 있다고 생각했는데,
역시 사람 마음이라는 게 그렇게 뜻대로 되는 게 아닌가 보
다.

한숨이 섞인 목소리로 라곤이 말했다.

“그러니 너는 회전기를 완전히 터득했다고 생각하면 반드
시 진동기를 연습하도록 해. 그게 아마 앞으로의 싸움에서 너
를 지켜줄 수 있는 열쇠가 될 테니까.”

설령 베이런 크로네스를 만난다고 하더라도, 진동기를 사
용할 수 있다면 도망치는 것 정도는 가능할지도 모른다. 라곤
은 그 정도 희망만을 담아서 질리언에게 말해주었다.

그가 아는 한 베이런 크로네스를 상대할 수 있는 존재는 이

세상에 없다. 대마법사인 할로드라면 압도적인 화력과 다채로운 마법으로 어떻게든 해볼 수 있겠지만, 전사 중에 그와 대적할 만한 기량의 소유자는 없을 것이다.

'아니, 어쩌면……'

문득 리곤의 뇌리를 스쳐 가는 인물이 있었다.

알리시아 미세룬.

역시 천재적인 재능과 집념으로 소드 마스터의 경지에 오른 여기사. 그때 만난 이후 꽤나 시간이 지났으니 지금의 그녀라면 어쩌면…….

"후. 할라드 왕국이 참전해 주기라도 하지 않으면 의미없는 일이지만."

"네?"

"아니, 아무것도 아냐."

혼자서 중얼거리던 리곤은 질리언의 물음에 고개를 저었다. 질리언은 무슨 소린가 싶었지만 캐묻지 않고 대신 다른 것을 물었다.

"그런데 라곤 경."

"음?"

"라곤 경은 마법을 정말 빨리 익히셨군요. 1년 좀 넘은 것으로 아는데 벌써 그 정도로……."

"뭐, 여러 가지 요건이 작용했지. 하지만 확실히 말해두자면 지금 내 마법사로서의 공부는 견습생 수준에 지나지 않아.”

“네?”

겸손이라기에는 너무 지나친 라곤의 말에 질리언이 눈을 휘둥그레 떴다. 검과 마법을 결합시켜 오크 히어로를 쓰러뜨린 것은 물론이고, 마법사들이 전장에서 장기로 사용하는 주문들을 엄청난 위력과 속도로 사용할 수 있으면서 견습생 수준이라니?

“내가 지금 이렇게 할 수 있는 것은 필요한 주문만 죽어라 익혔기 때문이지. 난 6서클 주문도 사용할 수 있지만 터득한 주문의 숫자는 열 개를 좀 넘는 정도밖에 안 된다고. 어디 가서 마법사라고 말할 수도 없는 수준이야.”

“열 개라니…… 그게 가능해요?”

마법사라면 이론을 넓게 공부하고, 다양한 마법을 공부함으로써 그것을 토대로 좀 더 수준 높은 마법들을 이해해 가게 마련이었다. 전투마법사들은 그중 몇 개의 주문들을 반복 숙련해서 보다 능수능란하게 써먹긴 하지만 그러기 위해서 수십 개의 주문을 익힌다. 마법에 대해서 잘 모르는 질리언도 이 전장에서 활약하는 마법사들이 수십 개 이상의 주문을 익히고 있다는 사실은 알고 있었다.

라곤이 말했다.

“나처럼 좀 변칙적인 수단을 사용하면 불가능하진 않아. 나는 내가 필요로 하는 주문을 익히기 위해 필요한 마법이론만 죽어라 공부하고, 그리고 그 주문을 죽어라고 익혀서 숙련한 거거든. 나 혼자서 했다면 힘들었겠지만 모자라는 부분을 풀어서 알려줄 사람도 있었으니, 거기에다가 마력이라는 에너지를 다루는 감각만 있으면 어떻게든 되긴 해."

리곤은 마법이론에 대한 이해는 얕았지만 마력을 다루는 감각은 뛰어났다. 대마법사 급의 마력에 그것을 자유자재로 제어하는 감각까지 가진 것이다. 마력이 워낙 빠르게 성장한 덕분에 제어력의 성장이 따라가지 못하는 면이 있긴 했지만, 지금은 자신이 터득한 주문에 한해서는 누구보다도 능숙하게 사용할 수 있었다.

그 감각은 라곤이 마법사로서의 재능을 타고나서 가진 것이 아니었다. 이전부터 소드 마스터로서 마나를 감지하고, 오러라는 에너지를 자유자재로 다루는 데 익숙해졌던 덕분이었다.

하지만 마법은 단지 감각만으로 어떻게 되는 게 아니라, 마법식이라는 정밀한 설계도대로 마력을 움직여서 목표로 한 현상을 구현하는 기술이다. 그렇기 때문에 아무리 감각이 뛰어나다고 하더라도 이론을 이해할 수 없다면 높은 수준의 마법은 터득할 수 없었다.

"그래서 아직 블링크 같은 주문은 터득할 수가 없었단 말이지. 지금은 한참 관련된 이론과 주문들을 공부하고 있는 중이야."

블링크는 라곤이 오크 히어로를, 나아가서는 베이런을 상대하기 위해 반드시 필요하다고 여기는 주문이었다. 앞으로도 꽤 많은 시간을 잡아먹을 것 같지만, 그래도 끈질기게 매달려서 터득할 생각이었다.

"그렇군요. 요는 마법사 입장에서 보면 라곤 경의 존재 자체가 반칙 같은 거라는 이야기죠?"

"대충 그렇게 이해하면 되지. 정통파 마법사들 앞에서 내가 마법사라고 하면 화낼걸. 발화주문은 쓸 수 있어도 냉각주문은 쓸 수 없는 인간이 그런 말을 하면 안 되는 거지."

라곤이 쓴웃음을 지었다. 그리고는 몸을 돌렸다.

"그럼 난 이만 실례하지. 앞으로 열심히 해봐."

"고맙습니다."

"고마우면 차라리 돈을 줘라."

라곤은 밉살스러운 말을 남기고는 지하 연무장을 나섰다. 이제는 자서스와 함께 식당으로 가서 시원한 맥주를 한잔 들이켤 생각이었다.

8

다음날 라곤은 정말로 크루세스를 떠났다. 많은 사람들이 황당해했고, 센더스는 충분한 전력이 될 수 있는 그가 도망친다며 노골적으로 경멸하기까지 했지만 라곤은 깨끗하게 무시해 버렸다.

떠나는 그를 배웅한 것은 질리언과 할로드와 자서스였다. 리리디카는 가볍게 스쳐 지나가면서 눈을 찡긋하는 것으로 인사를 대신하고 이 자리에는 나오지 않았다.

할로드기 말했다.

"아마 곧 선별된 연구진이 자네의 저택으로 가게 될 걸세. 나도 이쪽에서 시간을 내서 자네가 요구한 것을 연구할 테니, 약속한 것은 잘 부탁하네."

"알겠습니다."

라곤이 고개를 끄덕이자 자서스가 말했다.

"우리 쪽 전령이 두두베르다에 도착하면 곧바로 팀을 편성해서 그쪽으로 찾아갈 걸세. 잘 대접해 주라고."

두두베르다는 대륙 동쪽에 위치한 드워프들의 수도였다. 5만을 넘는 드워프들이 살고 있다고 하며 대륙에서 가장 기술이 발달해 있는 도시라고도 불린다.

"알겠어. 근데 내 쪽에선 뭘 준비하면 되지?"

"충분한 자재와 먹을 것과 맥주 정도면 되겠지. 필요한 장비는 전부 가져갈 테니 염려 안 해도 될 거고."

"그러지."

"나도 여기서 할 일이 끝나면 한번 찾아갈 테니 박대하지 말게나."

"그럴 리가 있나. 맥주를 잔뜩 준비해 놓고 기다릴 테니까 꼭 찾아오라고."

라곤은 자서스와 굳게 악수를 나누고는 질리언을 바라보았다. 질리언이 그에게 손을 내밀며 말했다.

"다음 번을 기대하겠습니다."

"그래."

라곤은 그와 악수하고는 몸을 돌렸다. 곧 비행주문이 발동되며 그의 몸이 빠르게 허공을 날아가기 시작했다. 바람을 가르며 날아가던 그는 문득 하늘을 올려다보며 중얼거렸다.

"자, 그럼 또 알렉스 녀석을 열심히 조지러 가볼까?"

알렉스는 요즘 정말 천국 같은 시간을 맛보고 있었다. 원래 항상 행복하게 사는 인간은 자기가 행복한 줄도 모르게 된다더니 그게 사실인 모양이다. 지난 반년간 라곤에게 시달리며 지옥 같은 생활을 하다가 해방되고 나니 세상이 어찌나 아름다워 보이던지.

라곤은 자신이 자리를 비우는 동안의 훈련 스케줄을 치밀하게 짜놓고 갔지만, 알렉스는 매일 빈둥빈둥 놀면서 게으름을 피우고 있었다. 그래도 라곤에 대한 공포가 있는지라 하루한두 시간 정도는 훈련을 하지만 그것도 크게 의욕을 보이지 않았다. 그냥 용병들과 대련할 때나 좀 힘을 내는 정도였다.

아직 라곤이 크루세스로 떠난 지 2주도 되지 않았다. 그렇기 때문에 알렉스는 마음 놓고 게으름을 피웠다. 3주 정도는 이렇게 슬금슬금 놀다가 일주일 정도만 나름 열심히 하면서 다른 사람들과 말을 맞춰놓고, 라곤이 돌아오면 진지한 척해주면 될 것이다. 다들 알렉스가 얼마나 들들 볶이는지 봤기 때문에 동정적인 태도를 보인다는 점이 계획의 성공을 확신하게 했다.

'아, 진짜 그 양반 전장에서 콱 죽어버리면 좋을 텐데.'

그래도 라곤이 언젠가는 돌아온다는 사실이 끔찍한 것은 어쩔 수 없었다.

기왕이면 한 달이 지나도 돌아오지 않으면 좋겠다. 그럼 크루세스 쪽에 기별을 넣고, 그다음에는 라곤이 오크들과 용감하게 맞서 싸우다가 장렬하게 전사했다는 소식이 날아오는 것이다. 그러면 정말 더 바랄 게 없겠는데…….

"…너 뭐 하냐?"

소파 위에서 뒹굴거리고 있던 알렉스에게 시큰둥하게 묻는 목소리가 있었다. 알렉스가 아무 생각 없이 대답했다.

"뭐 하긴. 꿀 같은 자유의 시간을 만끽하고 있잖……."

거기까지 대답하던 알렉스는 갑자기 등골이 오싹해지는 것을 느꼈다.

이상하다? 왠지 들릴 리가 없는 목소리가 들린 것 같은데?

알렉스는 슬그머니 몸을 일으켜서 주변을 둘러보았다. 하지만 아무도 없다.

'아, 내가 너무 압박감에 시달리다 보니 환청이 들리나

보…….'

"꿀 같은 자유의 시간이라? 그럴싸한데? 아주 시적이다?"

안도의 한숨을 쉬려는 순간, 뒤쪽에서 그 목소리가 다시 들려왔다. 잔뜩 비꼬는 기색이 담겨 있는 게 너무 생생해서 절대 환청이라고는 생각되지 않는 목소리였다.

알렉스는 얼굴에 핏기가 가시는 것을 느끼며 침을 꿀꺽 삼켰다. 그리고 천천히, 아주 천천히 뒤를 돌아보았다.

그곳에는 꿈에도 잊을 수 없었던, 절대 다시 보고 싶지 않던 사람이 팔짱을 끼고 선 채 자신을 바라보고 있었다.

"매, 매형……."

왠지 그를 부르는 목소리가 마구 떨려 나온다. 알렉스 스스로는 눈치채지 못하고 있었지만 몸이 덜덜 떨리면서 이빨이 딱딱 부딪치고 있었다.

헝클어진 금발에 무섭도록 차가운 푸른 눈동자를 가진 청년, 라곤이 비틀린 미소를 지은 채 그를 바라보고 있었다. 라곤이 성큼성큼 다가와서 알렉스의 머리를 탁 잡으면서 말했다.

"그동안 아주 자알~ 지낸 모양이구나. 안색이 아주 훤해졌는데?"

"아, 아니 그게… 그러니까 이건 매형이 오해하시는 그런 게 아니고요. 그, 그, 그러니까……."

"자세한 이야기는 즐거운 훈련을 하면서 듣자꾸나."

　라곤이 상큼한 미소를 지으며 말했다. 알렉스는 그 미소를 보는 순간, 등 뒤에서 지옥의 입구가 입을 벌리는 것을 느끼며 하얗게 질려 버렸다.

　'망했다.'

CHAPTER 13
눈뜨는 신

오크들이 지배하는 땅, 오팔리안 제국. 인간들은 그 존재를 부정하지만 오크들은 2년 가까이 싸워오면서 제대로 된 국가의 틀을 갖춰 나가고 있었다. 무수히 많은 오크들이 그곳에 몰려들었고, 위대한 신 프로토 오크의 이름을 받드는 하이오크 삼귀장의 인도하에 인간들과 전쟁을 벌였다.

그들의 수도라고 할 수 있는 오키디아. 예전에는 개척도시 나렌이라 불렸던 그 도시는 그동안 인간 노예들이 마구 죽어나가도 상관하지 않고 혹독하게 부려먹은 끝에 이전에 비해 훨씬 웅장한 규모를 갖추게 되었다. 그곳은 오크들과 그들이 부리는 온갖 괴물들이 가득한 야만의 도시였다.

휘이이이이…….

그 도시가 내려다보이는 산봉우리에 한 남자가 서 있었다. 긴 금발을 휘날리는 요사스러울 정도로 아름다운 용모를 가진 청년이었다. 오크의 협력자이며 흑기사 베이런 크로네스의 주군이기도 한 마법사 아이오네스다.

"때가 가까워지는군."

드물게도 자신의 아지트인 얼어붙은 성에서 나온 아이오네스가 미소를 띤 채 중얼거렸다.

오크들의 힘은 날로 강건해지고 있었다. 전 대륙에서 모여든 오크들의 숫자는 엄청나다. 인간들은 그들의 숫자를 정확히 파악하지 못하고 있지만, 이미 100만에 가까워졌을 정도였다. 그런 숫자를 수용하기 위해 도시는 증축되었고, 바렐의 숲을 개간하여 새로운 마을과 도시를 세워 나가니 그 속도가 실로 놀라울 정도다.

또한 그들에게는 아이오네스가 준 힘이 있었다.

소드 마스터들을 훨씬 능가하는 숫자의 오크 히어로들.

그리고 인간의 마법사와 비교해도 지지 않는 숫자의 오크 메이지들.

거기에 강력한 전투력을 가진 키메라와 아직 전장에는 선보이지 않았지만 흑마법을 이용해 만들어낸 공포스러운 전력까지.

이 힘이 모두 동원된다면 크루세스는 하루도 버티지 못하고 무너지리라. 다만 오크들의 지도자인 하라두쿰이 크루세스의 전력을 시험 상대로 여기고, 아이오네스가 준 것들에 다른 꿍꿍이가 없나 꼼꼼하게 점검해 보고 있었기에 지금의 상황이 유지될 뿐이다.

동시에 하라두쿰은 리할드 왕국을 방패막이로 삼고 국가의 기틀을 잡을 시간을 벌고 있었다.

인간들은 아직 연합해서 오팔리안 제국을 없애겠다는 의지를 보이지 않았다. 리할드 왕국이 고생하는 것을 보면서도 그들의 국력이 쇠하는 것을 기꺼워할 뿐, 위기감이 부족한 것이다.

하라두쿰은 그런 점을 이용해서 리할드 왕국을 끊임없이 자극하여 괴롭힐 뿐, 결코 큰 상처를 입히지 않고 시간을 끌었다. 다들 위기의식을 갖지 못하고 '리할드 왕국이 잘 상대하고 있다'고 생각하는 동안 오팔리안 제국은 완전해져 간다. 그들이 오크들의 진정한 힘을 깨달았을 때, 그때는 이미 늦어 있으리라.

또한 크루세스와의 싸움은 오팔리안 제국의 내부를 안정시키는데도 이용되고 있었다. 전 대륙에서 오크들이 몰려들었으니 전투적인 그들의 성격상 문제가 셀 수도 없이 많이 일어나게 마련이다. 하라두쿰은 그런 문제를 해결하기 위해 크루세스와의 전쟁을 오크들의 불만을 분출시키는 데 이용한 것이다.

그 전투에서 공을 세운 부족에게 오크 히어로와 오크 메이지라는 힘을 하사하면서 그것을 '위대한 신 프로토 오크께서 내리시는 기적'이라고 포장한다. 그로써 무수한 부족들의 불만을 억누르고 신앙심을 고취시키니 크루세스의 전력은 불쌍할 정도로 농락당하고 있는 쏠이었다.

"하라두쿰이여, 당신들의 신이 곧 깨어날 것이다."

아이오네스가 계시를 내리는 신처럼 중얼거렸다. 그에게는 느껴졌다, 저 도시 안에 잠들어 있는 신화 속의 존재가 조금씩 의식을 현실로 끌어올리고 있는 것이. 단지 그것만으로도 이 땅의 기운이 요동치며 그를 이곳으로 불러들였다.

"프로토 오크."

아이오네스는 아직 잠들어 있는 신을, 마치 눈앞에 있는 것처럼 부르며 말을 걸었다.

"오크의 신인 당신이 인간인 나에게도 신으로 받아들여질 수 있을지…… 어디 한번 시험해 보도록 하지."

그 말을 끝으로 아이오네스는 허공으로 몸을 띄웠다. 동시에 수십 가지 마법이 발현되며 그의 몸을 희미한 빛이 감싸고, 그가 독자적으로 개량한 천공의 궤적이 발동하면서 엄청난 속도로 북쪽을 향해 멀어져 가기 시작했다.

2

리할드 왕국력 357년 1월.

그날, 하라두쿰은 동녘이 밝아오기도 전에 번쩍 눈을 떴다.
잠에서 깨어난 그는 외관을 갖추지도 않고 맨발로 방에서 나
갔다. 방 밖에서 경비를 서고 있던 전사들이 놀랐지만 그는
개의치 않고 어디론가 급히 달려갔다.

그런 행동을 한 것은 그 혼자만이 아니었다. 같은 하이오크
인 라카둠과 파라둠 역시 막 깨어난 모습으로 달려와서 한자
리에 모였다. 그곳은 성의 지하에 만들어진 거대한 방으로 통
하는 철문이었다.

"너희들……."

하라두쿰이 한발 앞서서 도착해 있는 두 하이오크를 보며
입을 열었다. 그러자 파라둠이 진지하게 고개를 끄덕였고, 라
카둠이 대꾸했다.

"형님, 아마 우리 셋이 똑같은 것을 느낀 것 같소."

"그렇다면 드디어……!"

하라두쿰이 가슴이 두근거리는 것을 느끼며 육중한 철문
에 손을 얹었다. 그리고 힘을 주어 밀자 쇳소리와 함께 문짝
이 밀려나기 시작했다.

끼이이이이…….

마침내 문이 열리고 나자 그곳에는 황금으로 장식된 화려
한 옥좌가 있었다. 전장에서 싸우는 무수한 오크 전사들의 모

습을 조각하여 장식한 그 옥좌에는 한 오크가 보였다. 황금의 갑옷과 붉은 용의 가죽으로 만든 망토를 걸친 그 오크는 앞에 커다란 황금의 검을 꽂아둔 채 잠들어 있었다. 더 이상 적수가 없다는 권태를 이기지 못하고 잠들어 버린 왕처럼.

그로부터 우리나오는 신성한 파동을 느낀 하이오크 삼귀장이 일제히 무릎을 꿇었다. 고개를 조아린 하라두쿰의 입에서 감격에 겨운 목소리가 흘러나왔다.

"신이시여……."

그가 바로 오크의 신, 프로토 오크였다.

―나의 종복들아, 일어나라.

고개를 조아린 하이오크들에게 묘한 울림이 섞인 목소리가 울려 퍼졌다. 아니, 그것은 목소리가 아니었다. 정신에 직접 울리는 그 소리는 듣는 이를 복종시키는 신의 위엄이 섞인 말씀이었다.

하이오크들이 고개를 들었다. 프로토 오크는 여전히 옥좌에 앉은 채 잠들어 있었다. 그러나 그 의식이 천 년의 시간을 뛰어넘어 이 자리에 임했다는 것을, 그의 종복인 하이오크들은 분명하게 느꼈다.

―오랜 시간이 흘렀구나.

프로토 오크의 말이 이어졌다.

물어보고, 대답할 것도 없었다. 신인 프로토 오크의 의식은 모든 오크의 의식과 이어져 있다. 단지 의식을 일깨우는 것만으로도 모든 오크가 경험한 것을 알 수 있었다.

—아주 오랜…….

천 년의 시간은 신인 그에게도 길었다. 하나의 신을 갖지 못하고 온갖 신들에게 아첨하여 힘을 빌리는 저열한 인간들이 활개치는 것을 내버려 두기에는…… 지나치게 긴 시간이었다.

—하라두쿰이여.

"예."

—잘해왔다. 과연 나의 종복답구나.

"감사합니다!"

하라두쿰이 감격해서 고개를 숙였다. 그리고 두 주먹을 불끈 쥐며 말을 이었다.

"이제 신께서 깨어나셨으니 더 이상 망설일 것이 없습니다. 위대하신 신의 존재를 만천하에 알리고 저 야비한 인간들을……."

—기다리거라.

차분하게 들려오는 프로토 오크의 말에 하라두쿰이 멈칫했다. 프로토 오크가 말을 이었다.

—아직 때가 되지 않았다.

"그게 무슨 말씀이십니까?"

—나의 각성이 완전치 않다는 뜻이다. 나의 각성은 이제 시작되었을 뿐이니…… 하라두쿰이여, 이 사실을 아이오네스에

게 알리고 도움을 구하라.

"이, 인간 마법사에게 말씀입니까?"

예상치 못한 명령에 하라두쿰이 당황했다. 신의 말씀은 절대적이다. 그러나 증오해 마땅한 인간을, 비록 자신들을 도와주었다고는 하나 속내기 의심스럽기 짝이 없는 사에게 노움을 구하라니…….

―그는 믿어도 될 것이다. 물론 그를 의심하는 네 태도는 옳다. 그러나 지금까지 그를 믿지 못할 근거가 발견되었느냐?

"…없었습니다."

아이오네스는 그들에게 아주 많은 것을 주었다.

프로토 오크와 하이오크 삼귀장을 기나긴 봉인해서 깨어나게 해주었고, 능히 인간들을 상대하고 압도할 수 있는 갖가지 힘을 전해주었다. 하라두쿰은 끊임없이 그를 의심하고 주의했지만 그가 준 것들을 신뢰할 수 있다는 것을 부정할 수 없었다.

―그는 인간이면서 인간을 증오하는 자.

프로토 오크의 말이 이어졌다.

―이 싸움의 끝에서, 나는 그에게 인간의 비루한 육체 대신 오크의 육체를 주고 하이오크의 지위를 내릴 것이니라. 그러니 너는 그를 믿고 도움을 청해라. 그는 나의 각성을 가속시킬 수 있는 유일한 존재이니…….

"아, 알겠습니다."

프로토 오크의 말은 하이오크 삼귀장에게도 충격적이었다. 놀란 나머지 말까지 더듬었다. 설마하니 그 수상한 마법사를 오크의 일원으로 받아들일 생각을 하고 있었다니, 신이 이렇게 단정하면 믿지 않을 수 없었다.

─지금의 나는 아직 너희들의 힘을 일깨워 줄 수 없다. 다만 신기(神器)를 내릴 테니 그것으로 백성들의 신앙을 보다 확고하게 하라.

프로토 오크가 말하자 옥좌 옆에서 세 개의 물건이 두둥실 떠올랐다.

하라두쿰에게는 황금으로 만든 마법사의 지팡이가 주어졌다. 위대한 신의 이적이 담긴 그 지팡이는 하라두쿰의 힘을 증폭시켜 줄 것이다.

라카둠에게는 황금으로 만든 검이 주어졌다. 천 년 전, 라카둠이 원래 사용했던 이 검은 지상에서 가장 뛰어난 성검(聖劍)이었다.

파라둠에게는 황금으로 만든 철퇴가 주어졌다. 그것은 오크의 적을 분쇄하고, 용맹한 전사들에게 힘을 부여하는 권능이 담겨 있었다.

"알겠습니다!"

하이오크들이 그것을 공손히 받아 들고 대답했다. 프로토 오크가 마지막으로 말했다.

─내가 진정으로 눈을 뜨는 날, 그때가 인간들에게 약속된 재앙의 날이 될 것이다…….

3

리할드 왕국력 357년 2월.

아침에 일어난 라곤은 문득 옆에 있어야 할 사람이 없다는 사실을 깨달았다. 어젯밤에 돌아와서 그와 밤을 함께 보낸 시에나가 없었던 것이다.

"일어났어요?"

시에나의 목소리가 들려온 곳은 책상 쪽이었다. 시에나는 책상 앞에 앉아서 서류를 뒤적이고 있었던 것이다. 라곤이 기가 막혀하며 물었다.

"아침부터 일이야?"

"산더미처럼 쌓여 있으니까요. 그러는 당신도 눈뜨고 나면 마법에 검술에, 그런 것만 생각하고 살잖아요?"

라곤을 보고 있노라면 어떻게 저렇게 강해지는 것만 생각하고 있는지 신기할 지경이었다. 하루 24시간 동안 내내 검술과 마법만 생각하고 사는 것 같았다. 인간이 어떻게 그런 집념을 보일 수 있는 것일까?

라곤이 씩 웃었다.

“그래도 당신을 안고 있을 때는 당신만 보고 있는데.”

“그러지도 않았으면 같이 자지도 않았겠죠.”

뾰로통하게 쏘아붙인 시에나가 담뱃대를 꺼내서 불을 붙였다. 상계에서 격무에 시달리다 보니 어느새 담배를 배우게 되었고, 이제는 한두 대씩 피우지 않으면 견딜 수가 없게 되었다.

일이 바쁜 와중에도 한 달에 한두 번 정도는 시간을 내서 이곳에 내려오는 것도, 조금이라도 여유를 찾고자 하는 발악일지도 모른다. 일을 해서 성과를 내고, 여자의 몸으로 다른 사람들에게 인정받는 것은 충실함이 있어서 즐겁긴 했다. 하지만 그것과는 별개로 그녀가 받는 스트레스도 견디기 어려울 정도였다.

문득 그녀가 말했다.

“크루세스 쪽은 갈수록 안 좋아지고 있어요.”

“안 좋아지고 있다고?”

“그쪽 병력의 피로도가 한계에 달하는 느낌이에요. 게다가 그쪽의 지휘관들한테서 들어오는 정보에 의하면 오크들은 마치 크루세스를 상대로 장난을 치는 것 같다고 하더군요.”

“장난을 친다고?”

“도저히 저쪽의 움직임을 이해할 수 없다는 거예요. 마치 자신들의 병력을 쓰레기처럼 소모하면서 놀고 있는 것 같다고. 그런 전력을 하나로 모아서 적극적으로 치고 들어오면 크루세스 정도는 한순간에 무너질 것 같다고 해요. 정보가 모이면 모일수록 그런 확신이 깊어지고 있는데 아직도 똑같은 상황만 계속되고 있다고…… 그렇게 말하더군요."

"만약 그게 사실이라면 정말 큰일이군."

"큰일이죠. 그래서 요즘 우리 상단도 외국에 기반을 만드는 데 열심이에요."

시에나가 관련 서류들을 들어 보이면서 말했다. 라곤이 놀라서 물었다.

"외국에 기반을? 설마 이 나라가 망할 거라고 생각하는 거야?"

"그 정도로 극단적인 상황은 벌어지지 않기를 바라지만 만에 하나라는 게 있으니까요. 설령 망하지 않는다고 하더라도 국력이 피폐해지는 것은 정해진 수순일 테니까, 국내에만 안주하고 있다가는 갑자기 망해 버리는 수도 있어요. 어디까지나 제 판단이지만, 아버님을 설득해서 최악의 상황에 대비하는 중이죠."

"……."

"애국심도 없는 여자라고 비난하고 싶어요?"

"아니. 단지 그런 상황까지 상정하고 있다는 사실에 놀랐을 뿐이야."

라곤이 쓴웃음을 지었다. 하지만 역시 시에나는 다른 사람들과는 상황을 보는 시각이 다르다. 크루세스에서 퍼져 나간 불안은 온 나라를 잠식해 가고 있었지만, 그녀처럼 극단적인 예측을 기반으로 하여 움직이는 이는 '아직까지는' 없을 것이다.

시에나가 담뱃재를 털며 말했다.

"여러 가지 정황이 별로 앞날이 순탄하지 않을 거라고 말하고 있어요. 오크한테 이 나라가 짓밟힌다니, 생각하기도 싫은 일이지만 만약 그렇게 된다면 얌전히 죽어줄 수는 없죠. 우리 상단의 재력이라면 어느 나라에서도 자리 잡을 수 있어요."

"가끔 생각하는 건데, 당신 정말 대단한 것 같아."

"이제 알았어요?"

시에나가 눈웃음을 쳤다.

상회의 리더는 그녀의 아버지였지만, 그런 아버지를 움직이는 것은 그녀의 판단과 수완이었다. 아직도 앳된 구석이 남아 있긴 하지만 감탄스러울 정도로 큰 그릇을 가진 여자다.

라곤은 실소하며 화제를 바꿨다.

"이번엔 언제까지 있을 거야?"

"글쎄요. 일단 내일까지는 있을 생각이에요."

"그럼 알렉스하고도 좀 놀아줘. 그 녀석한테도 오늘하고 내일은 휴일을 줄 테니까."

"혹시 내가 올 때만 알렉스를 쉬게 해주는 건가요?"

"그렇진 않아. 보름에 하루 정도는 쉬게 해주지."

"요즘 생각하는 건데, 잘도 그 애가 미치지 않고 잘 참아내는 것 같아요."

"그 정도 수위 조절은 하고 있거든."

"알렉스는 어떤가요? 실력은 많이 늘었어요?"

"늘었지. 솔직히 말하자면 놀라울 정도야. 필사적으로 훈련하게 만든 게 나이긴 하지만, 실력이 느는 속도가 굉장히 빨라."

"역시 제대로 훈련시키면 그렇게 되는군요. 어렸을 때는 굉장했는데……."

"그러고 보니 예전에도 재능만은 다들 인정했다고 했었지. 그렇다면 어렸을 때는 검술에 흥미를 갖고 있었다는 이야기 아냐? 왜 저렇게 됐지?"

"알렉스는 어렸을 때는 처음 검을 잡고 며칠 지나지도 않아서 우거진 수풀 사이에서 자기가 원하는 나뭇잎만 베어내거나, 날아가는 파리를 베어버리거나 하는 재주를 보여서 사람들을 다 놀라게 했었어요. 사람들이 다 굉장하다고 칭찬하니까 우쭐해서 검술에 빠졌던 적이 있었지요."

"어린애가 검으로 파리를 베었다고? 그건 진짜 천재라고밖에 할 수 없겠는데?"

라곤은 깜짝 놀랐다. 숙련된 검사도 날고 있는 벌레를 베는 것은 굉장히 어렵다. 그걸 할 수 있다면 이미 달인이라고 해도 좋을 정도인데 어린애가 그런 걸 해냈다고?

"그렇죠. 뭐 성공률이 그렇게 높진 않았지만 하려고 하면 몇 번만에 한 번 정도는 하더라고요. 그래서 다들 놀라서 추켜세워 주면서 너는 뛰어난 기사가 될 거다, 아니다, 당장 소드 마스터로 만들기 위한 수련을 시켜야 한다, 그렇게들 말했는데……."

"그랬는데?"

"어느 순간 애가 검을 놓고 도망쳐 버렸어요. 점점 더 검술을 열심히 하라고 다그치고, 안전하다고 판단된 몬스터 토벌단에도 합류시켜서 실전도 보여주고 하니까 더 이상 검술을 익히기 싫다고 고집을 부렸지요. 아마 검술로 사람들을 놀라게 하고 칭찬받을 때는 좋았는데, 그게 현실적으로 힘들어지는 이유가 되니까 더 이상 하고 싶지 않아졌던 게 아닐까 싶어요."

검을 놓고 도망친 알렉스에게 다시 검을 쥐어주기까지는 정말 우여곡절이 많았다. 사실 가문에 도움이 되는 다른 공부도 하기 싫어하고 자질도 별로 보이지 않아서 검을 다시 쥐고 하는 시늉이라도 한 거지, 다른 일이 적성에 맞았다면 영원히 검을 쥐지 않았을지도 모른다.

라곤이 어이없다는 듯 웃었다.

"그렇게 된 거였군. 뭐 걱정할 것 없어. 내가 가르치는 한 검을 놓는 것보다는 쥐고 있는 게 낫다고 생각하게 될 거고, 게으름을 부리는 것보다는 부리지 않는 것이 목숨을 연장하는 데 도움이 된다는 것을 알 테니까.”

“사람 안심시키려고 하는 말 치고는 너무 살벌하군요.”

“나 그런 인간인 것 알잖아?”

라곤은 그렇게 말하며 시에나를 끌어안고 키스했다. 시에나는 코웃음을 쳤지만 싫은 기색은 보이지 않고 그가 하는 대로 내버려 두었다.

라곤은 그렇게 말하며 시에나를 끌어안고 키스했다. 시에나는 코웃음을 쳤지만 싫은 기색은 보이지 않고 그가 하는 대로 내버려 두었다.

옷을 입고, 하인들이 가져다준 아침 식사를 마친 라곤은 곧바로 연무장으로 향했다. 여전히 바짝 기합이 든 알렉스가 준비를 갖추고 기다리고 있었다. 그에게 인사를 받은 라곤이 말했다.

“오늘하고 내일은 휴식이다. 누나랑 같이 시간 보내도록 해.”

제발 라곤이 그래 주기만 기대하고 있던 알렉스가 환호성을 질렀다. 물론 마음속으로만. 너무 좋아하는 티를 냈다가는 심보가 고약한 라곤이 변덕을 부릴지도 모른다. 알렉스는 그런 식으로 라곤을 의심하는 게 습관이 되어 있었다.

재빨리 보호구를 벗고 달려나가는 알렉스를 본 라곤이 중얼거렸다.

"저런 놈이 발전을 하긴 하니 정말 신기하지."

…죽도록 몰아친 장본인이 할 소리는 아니었다.

시에나에게도 말했듯이 정말 알렉스는 실력이 많이 늘었다. 원래부터 재능도 출중했고, 라곤에게 죽기 싫다는 생각에 결사적으로 훈련을 소화해 내다 보니 실력이 늘 수밖에 없었다. 라곤이 가르치기 시작한지 1년이 지난 지금, 이제는 용병들을 상대로 10연승을 거뜬히 해냈기 때문에 얼마 전부터 기준을 15연승으로 늘리고, 가끔씩 다수 대 일 대련까지 시키고 있었다.

게다가 아직 성장기가 끝나지 않아서 그런지, 19세가 된 지금은 처음에 비해 키도 한 10센티는 커졌다. 거기에 그동안의 성과로 근육이 균형있게 붙으니 제법 전사다운 체격이 되었다.

'앞으로 2년이라.'

라곤은 시에나와의 계약을 떠올렸다.

알렉스를 3년 안에 소드 마스터로 만든다.

그 계약 기간은 이제 1년이 지나갔고 앞으로 2년 남짓한 시간이 남았다. 그리고 생각 외로 진도가 빠르게 진행되고 있었다.

알렉스에게는 확실히 탁월한 재능이 있었다. 거기에 필사적인 훈련이 더해지니 점점 더 목표가 뚜렷해진다.

검술은 정말 많이 늘었다. 상황을 파악하고, 그에 맞게 자신이 가진 것을 활용하는 기술과 감각도 많이 연마했다.

요즘은 슬슬 월영초를 사용해 만든 비약을 이용해서 마나 감각을 체험하게도 하고 있고, 훈련의 균형을 바꿔서 가장 재능이 있는 찌르기를 다른 것보다 우선적으로 훈련시키고 있나. 균형을 갖추되 소드 마스터로 만들기 위해서 기존의 속성 훈련법까지 이용하는 것이다.

라곤의 가르치는 방법은 안 될 놈을 되게 만드는 게 아니라, 처음부터 될 놈을 확실하게 되게 만드는 방법이다. 알렉스가 소드 마스터가 될 재목이 아니라면 아무리 열심히 가르쳐도 뛰어난 검사가 될 뿐, 소드 마스터가 될 수는 없으리라. 그렇기에 라곤은 좀 더 확률을 높이기 위해 소드 마스터 속성법을 가져온 것이다.

소드 마스터에 도달하려면 절대적인 하나에 도달해야만 한다. 처음에는 반신반의하면서 시작했던 일이지만, 이제는 가능하다는 확신이 들고 있었다.

'저런 재능을 갖고도 탱자탱자 놀면서 살려고 했으니 다들 미칠 만도 하지.'

라곤이 쓴웃음을 지었다.

이전에 알렉스를 가르쳤던 자들은 그에게 분명히 재능이 있음을 알았을 것이다. 그런데 자신이 가진 재능의 귀중함을 모르고 나태하게 살려고 발악을 해댔으니 얼마나 답답했을까?

하지만 라곤은 반드시 알렉스를 소드 마스터로 만들고야 말 것이다. 단지 계약 때문만이 아니라, 알렉스에게 들인 시간이 아까워서도 아니라…… 자기 자신을 위해서.

소드 마스터의 경지는 라곤에게는 너무나도 분명하면서 동시에 애매하기도 한 것이다. 어느 순간에 의식이 한계를 초월하여 그곳에 도달할 수 있는지, 라곤은 그것을 알렉스를 통해 알고 싶었다.

'아마도 그 순간이 인간의 의식과 마나가 만나는 접점.'

인간이 세계의 근본에 도달할 수 있는 순간을 아는 것은 중요하다. 그것은 감각적인 문제다. 일상적으로 마나를 접하고 있는 지금은 결코 돌아가서 알아볼 수 없기에, 자신이 철두철미하게 파악하고 있는 알렉스를 통해서 감 잡을 수밖에 없다.

그리고 그 감각을 알게 된다면, 라곤은 보다 마나의 본질에 가깝게 다가가게 될 것이다. 그것은 일견 아무것도 아닌 것처럼 보였지만, 라곤에게는 굉장히 중요한 문제였다. 예전부터 생각했던 가설이 들어맞는다면 그것을 통해 엄청난 무기를 손에 넣을 수 있을 테니까.

그것을 위해서라도 알렉스는 소드 마스터가 되어줘야만 한다. 라곤은 좀 더 알렉스를 혹독하게 몰아칠 결심을 굳혔다.

4

작년과 비교했을 때, 라곤의 저택에는 상주하는 인원이 굉장히 많아졌다. 왜냐하면 40여 명의 드워프가 와 있었기 때문이다.

그들은 저택 한구석에 자리 잡고, 라곤이 내준 공간을 개조해서 자신들의 연구실과 작업실로 만들었다. 요즘은 드워프들이 만든 대장간 시설에서 망치질을 하는 소리, 뭔가가 폭발하는 소리 등을 지긋지긋하게 들을 수 있었다.

"여어."

드워프 연구팀의 우두머리인 불라크가 연구실로 들어서는 라곤을 발견하고 인사했다. 라곤도 마주 인사하고는 물었다.

"어제 결국 철야했나?"

"했지. 슬슬 자네가 원하는 사양대로 만들어진 것 같은데, 시험해 보겠나?"

"바로 시험해 보지."

라곤이 말하자 드워프들이 곧바로 뭔가를 들고 왔다. 그것은 수십 개의 조각을 이어 붙여 만든, 왠지 복잡한 구조로 보이는 금속 장갑과 투척용으로 만들어진 단검이었다. 단검의 경우 모양은 평범했지만 단 하나, 검신 전체에 마법의 문양이 새겨져 있다는 점이 달랐다.

라곤은 장갑을 낀 다음 단검을 들고 이리저리 살펴보더니 말했다.

“무게중심은 잘 맞췄군.”

“이봐, 우리가 누구라고 생각하나? 그런 걸 실수했을까봐?”

“점검하는 과정이잖아. 토 달지 말라고. 그럼 어디…….”

라곤은 마력을 일으켰다. 그러자 장갑이 은은한 푸른빛을 발하더니 단검에 변화가 일어났다. 단검이 부르르 떨리는가 싶더니 그 자체가 푸른빛으로 화했다.

“호오.”

라곤이 흥미롭다는 듯 미소 지었다.

“완벽하군. 마력 효율도 지난번보다 더 좋아진 것 같고.”

말을 마침과 동시에 라곤이 팔을 빠르게 휘둘렀다. 그러자 빛으로 화한 단검이 허공에 한 줄기 빛의 선을 그려내며 벽을 향해 날아갔다.

콱!

벽에 걸려 있던 방패가 빛의 검에 꿰뚫렸다. 그것은 드워프들이 만들어서 걸어둔 마법의 방패였다. 강렬한 검격을 정면에서 받아도 멀쩡한 강도를 자랑하는 방패가 종잇장처럼 관통된 것이다.

그 결과를 본 라곤이 만족하며 고개를 끄덕였다.

“이 정도면 합격이야. 사정거리는 어느 정도나 되지?”

“그건 좀 더 시험을 해봐야겠지만 지금 단계에서 10미터까지는 무난할 거야. 목표는 20미터.”

"좀 더 시험해 보지."

라곤은 그들과 함께 금속 장갑과 투척용 단검의 성능을 시험했다.

그리고 필요한 자료가 전부 수집되자 이번에는 그를 기다리고 있는 또 다른 드워프 그룹에게 찾아갔다.

"좋은 아침."

"안녕하슈."

이번에 만난 드워프들은 자신들이 만든 훈련장에서 기다리고 있었다. 열 명 정도 되는 인원으로 전사들과 마법사들이 2:1의 비율로 섞여 있는 그룹이다.

이들은 라곤이 약속한 마검사의 노하우를 배우기 위해 상주하고 있었다. 드워프 중에서도 그 목적만을 위해 선별된 인원이기에 라곤의 구상을 쫓아오는 것도 빨랐다. 작년 10월에 이곳에 찾아온 이래 4개월이 지나는 동안 거의 완성 단계에 이르고 있었다.

그들이 하는 것을 보던 라곤이 리더에게 물었다.

"슬슬 마무리 작업에 들어가도 될 것 같은데 어떻게 생각해?"

"나도 그렇게 생각하우. 마법사 두 명이면 마전사 다섯을 운용할 수 있는 단계에 이르렀으니, 라곤 경 당신의 구상은 거의 완성되었다고 봐야겠지."

"당신들이 마탑 쪽보다 진도가 빨라. 그쪽은 아직 두 명이

서 세 명 정도가 한계인데."

라곤이 쓴웃음을 지었다.

드워프와 마탑에 전해진 마검사의 노하우는 라곤 자신이 완성한 것과는 좀 다른 형태였다. 라곤은 자신이 아주 특수한 경우라서 다른 사람에게 똑같은 것을 요구할 수 없음을 알고 있었던 것이다.

그렇기에 라곤은 드워프와 마탑에 전사와 마법사를 하나의 팀으로 묶어서 마전사로 운용하는 구상을 전하고, 그것을 구현하기 위한 마법식과 운용기술을 개발할 것을 제안했다.

현재 드워프들은 두 명의 마법사가 있으면 다섯 명의 마전사를 운용할 수 있는 데 비해 마탑은 두 명의 마법사가 세 명의 마전사를 운용하는 게 고작이었다. 그러나 이것은 마법식과 운용기술의 차이보다는 드워프들이 이에 맞추어 독자적으로 개발한 도구들 때문이었다.

"흐흐. 장비가 틀리니 당연하지. 뭐 어쨌든 슬슬 나머지는 우리 쪽에서 발전시켜 나가기만 하면 될 것 같소. 그동안 정말 많이 배웠수다."

"나도 그만큼 받았으니 됐지. 한 일주일 정도 마무리 단계를 거치면 어떨까?"

"좋소. 기술팀은 더 상주해야겠지만 우리는 슬슬 돌아갈 준비를 하겠다고 두두베르다 쪽에 알려줘야겠군."

라곤과 그는 악수를 나누고는 오전 시간 동안 최종 점검의 의미를 띤 훈련을 진행했다.

5

드워프들과 오진 시간을 보낸 라곤은 시에나와 함께 점심을 먹고는 카알의 연구실을 찾아갔다.

"점심 먹었어?"

"네. 한창 작업이 진행 중이라서 이쪽에서 먹었어요."

카알이 책상에 앉은 채로 말했다.

라곤이 24세가 되는 동안 그도 벌써 22세가 되었지만 처음 봤을 때와 달라진 구석이 없었다. 여전히 10대 소년 같은 앳된 얼굴에 키도 전혀 자라지 않아서 성의 하녀들에게도 귀엽다는 소리만 듣고 있었다.

"벨로스 경은?"

"여기 있습니다."

창가 쪽에서 고개를 내밀며 대답한 것은 온화한 인상의 중년 마법사였다. 그는 7서클을 수행하는 고위 마법사로, 라곤이 할로드와 교섭해서 초빙했다. 이론에 약한 카알만으로는 마법을 습득하는데 한계가 있음을 느꼈기 때문이다.

벨로스는 학자 타입이라 그런지 라곤에게 파견된 것을 기꺼워했다. 일단 여기 있는 동안에는 전장에 동원될 염려도 없었고, 라곤이 구현하는 마검사의 개념에도 굉장히 흥미가 있었으며, 라곤이 마법 연구를 위한 지원도 잘해줬기 때문이다.

라곤이 물었다.

"버스터 소드 해석은 끝난 겁니까?"

"음. 일단 라곤 경이 익히기에는 무리없을 것 같네요. 임펄스 소드하고 마법식의 기반은 같고, 마력 수용량 등이 늘어난 정도니까 쉽게 익힐 수 있을 겁니다."

버스터 소드는 사흘 전에 마탑에서 보내온 새로운 마법이었다.

라곤은 마검사의 노하우를 전수하는 대신, 마탑에서 자신을 위한 새로운 마법들을 개발해 줄 것을 제안했다. 마탑 측에서는 그것을 위해 연구팀을 편성하고 지난 4개월간 두 개의 마법을 개발해서 라곤에게 전달했다.

그것이 바로 임펄스 소드와 버스터 소드였다.

라곤이 사용하는 주문 중에는 3서클로 분류되는 스트라이크 소드가 있었다. 이것은 검에 에너지를 덧씌워서 강한 파괴력과 예리함을 동시에 발휘하는 주문이다.

임펄스 소드와 버스터 소드는 이것의 강화판이었다. 게다가 이 두 주문은 중첩할 수 있을 것을 전제로 만들어지기까지 했다.

마탑의 연구진에서 주장하는 바에 따르면 4서클인 임펄스 소드와 5서클인 버스터 소드를 라곤의 마력으로 중첩해서 전개할 경우 오크 히어로의 오러 블레이드와 대등하게 맞설 수 있을 것이라고 한다.

　물론 그것은 어디까지나 검과 검이 맞부딪칠 경우의 계산이다. 그것을 받치는 육체는 완전히 별개니 실제로 아무 요령 없이 정면으로 맞부딪쳤다가는 검은 멀쩡해도 몸이 박살 나고 말 것이다.

　"그럼 보름 정도 연습해 보고 시험해 보러 나가야겠군."

　"보름이나 필요하겠어요?"

　카알이 물었다. 이전과 같은 마법식 기반의 주문이니만큼 오늘 하루면 발동시킬 수 있을 것이고, 라곤의 마력을 생각하면 보름간 수천 번도 더 숙련하는 게 가능할 것이다.

　"넉넉하게 잡은 거니까 진도 나가는 거 봐야지."

　"그럼 이제 블링크와 헤이스트만 어떻게 하면 라곤 경의 구상도 완성된다고 봐도 되겠군요."

　"일단 갖춰야 할 것은 다 갖춰진다고 봐도 되겠지. 하지만 그 두 개가 문제야. 헤이스트 쪽은 기존의 가속마법의 연장선에 있으니까 꾸준히 공부하면 어떻게 될 것 같은데 블링크는 아직도 마법식의 구조를 전혀 이해 못하겠어."

　"그야 마나가 어떤 식으로 차원을 뛰어넘어 공명을 일으키는지를 완전히 이해하지 못하면 무리죠. 사실 1년 8개월 만에 그것까지 이해하겠다고 하면 완전히 날강도 짓이라고요. 둘 다 무려 7서클 주문인데."

　"그렇긴 하지."

라곤이 한숨을 쉬었다.

아무리 편법으로 필요한 주문들을 익힌다고 해도 한계가 있었다. 고위의 마법으로 갈수록 여러 가지 마법에 적용된 마법식들이 복합적으로 이용되고, 더더욱 어려운 이론을 기반으로 하게 마련이다. 라곤은 예나 지금이나 자기가 쓰는 주문에 비해 공부가 부족했기에 7서클에 속하는 블링크와 헤이스트를 터득하지 못하고 있었다. 지금까지 그래 왔듯 카알과 벨로스가 라곤이 터득할 수 있도록 풀어서 알려주긴 하겠지만 그것도 배우는 라곤이 최소한의 지식과 이해를 가져야만 가능한 일이다.

벨로스가 쓴웃음을 지으며 끼어들었다.

"너무 마음을 급하게 먹는 건 안 좋습니다. 사실 라곤 경이 제 제자였으면 절대 그런 식으로 마법 공부를 하는 걸 허락하지 않았을 텐데 말이죠."

"10년 잡고 시작한 일인데 너무 진도가 빨라서 그런가, 생각보다 조급한 마음이 많이 드네요."

라곤이 투덜거렸다.

확실히 지금까지 모든 것이 너무 빠르게 진행되었다. 소드마스터 때 터득한, 일반인은 인지하지 못하는 에너지를 다루는 감각에 대마법사 급의 마력이 더해지자 4, 5년은 걸릴 것이라고 생각했던 단계까지 2년도 안 되는 시간만에 도달해 버린 것이다.

하지만 그런데도 라곤은 초조했다. 좀 더 빨리 목표로 하는 힘을 손에 넣고 싶었다.

이유는 간단했다.

'역시 남의 변덕 때문에 언제라도 목숨이 날아갈 수 있다는 상황은… 도저히 안정이 되질 않아.'

라곤은 목숨을 걸고 마검사의 길을 걷고 있다.

이유는 단 하나, 베이런 크로네스를 쓰러뜨리기 위해서.

그의 존재가 있기에 라곤은 불안해할 수밖에 없었다. 베이런이 사소한 변덕으로 라곤을 찾아와서 죽이겠다고 마음먹는다면, 라곤의 목숨은 간단히 날아간다.

즉, 라곤의 목숨은 베이런의 손에 쥐어진 것이나 마찬가지다. 그 점 때문에 라곤이 받는 압박감은 상당했다.

'서둘러야 해…….'

라곤은 왠지 피로함을 느끼며 얼굴을 감쌌다.

6

대륙 북단에는 1년 365일 내내 얼어붙을 듯한 한기가 지배하는 땅이 있었다. 어디에 눈을 둬도 하얗게 얼어붙은 풍경밖에 볼 수 없는 그곳은 명목상으로는 바이더스 제국의 영토다. 하지만 실제로는 인간의 손이 닿지 않는 미개척지였다.

베이런은 그런 땅을 걷고 있었다.

바람까지 불어오는 중이라 오줌을 누면 바로 얼어버릴 정도로 춥기 때문에, 보통 인간이라면 방한 대책을 잔뜩 갖추고도 견디기 어려울 것이다. 하지만 그는 평소처럼 검은 갑옷만 입은 채였다.

"방한마법도 필요없다니 보면 볼수록 신기하군."

그렇게 말한 것은 그와 함께 걷고 있는 아이오네스였다. 그 역시 평소와 마찬가지로 회색 마법사의 로브만을 입은 채였다.

그러나 그는 갖가지 마법을 이용해서 자신을 냉기로부터 보호하고 있는 중이었다. 그에 비해 베이런은 전혀 마법의 힘을 빌리지 않고도 멀쩡하니 신기할 수밖에 없는 것이다.

베이런이 무심하게 대답했다.

"오러 디펜더를 제대로 다룰 수 있다면 열기도, 냉기도 육체를 상하게 할 수 없습니다."

"보통 순간적으로 굉장한 파괴력을 발휘하는 마법을 견뎌내니까 당연하다면 당연하겠지만…… 이렇게 지속적인 냉기를 견뎌내는 것은 또 다른 문제 아닌가?"

"그것도 자신의 오러 디펜더를 완전히 통제할 수 있다면 문제가 되지 않습니다. 의념이 오러를 지배했을 때, 그것은 세상의 온갖 것들로부터 자신을 지키는 갑옷이자 방패가 되니까요."

"흠. 소드 마스터에 대한 연구는 끝났다고 생각했는데 자

네를 보면 그게 얼마나 바보 같은 생각인지 알게 된단 말이
지.”

아이오네스가 투덜거렸다.

그렇게 대화를 나누며 걷고 있는 두 사람의 속도는 굉장히
뺄렀다. 아이오네스는 마법으로 허공에 약간 뜬 채 날아가고
있었고, 베이런은 땅 위를 미끄러지듯이 걷고 있었는데 그 속
도가 말이 전력질주하는 것보다 더 빠르다. 두 사람은 각자
마법과 오러로 주변에 막을 쳐두고 있었기에 바람은 그들을
귀찮게 하지 못했다.

“슬슬 보이겠군.”

문득 아이오네스가 먼 곳을 바라보며 말했다. 그 말에 베이
런이 의아한 표정을 지었다. 앞쪽에는 끝없는 빙원이 펼쳐져
있을 뿐이었기 때문이다.

하지만 어느 순간 그의 표정이 굳어졌다. 그가 긴장한 표정
으로 그 자리에 멈춰 서자 아이오네스가 돌아보았다.

“왜 그러나?”

“이 앞은… 위험합니다.”

베이런은 드물게 긴장하고 있었다. 그만큼 그의 감각에 느
껴지는 위험이 대단했다.

아이오네스가 웃었다.

“걱정 말게. 결계를 통과할 방법은 강구해 두었으니까 그
냥 따라오면 된다네. 적어도 결계 때문에 해를 입을 일은 없

을 거야."

"확실한 겁니까?"

"날 뭐로 보는 건가?"

미심쩍어하는 베이런의 질문에 아이오네스가 코웃음을 치며 선행했다. 그리고 어느 순간 그의 모습이 허공에 녹아들듯이 사라져 버렸다.

베이런은 그 후에도 의심을 지우지 않고 아이오네스가 사라진 곳을 바라보고 있었다. 그렇게 조금 시간이 지나자, 갑자기 허공에서 아이오네스가 머리만 쑥 내밀며 말했다.

"거 참. 걱정없다고 하지 않았나. 빨리 오게."

"이렇게 말씀드리긴 그렇지만 폐하, 정말 우스꽝스런 모습이군요."

사실 허공에 아름다운 청년의 얼굴만 둥둥 떠 있는 모습은 우스꽝스럽다기보다는 기괴했다. 아이오네스는 피식 웃고는 다시 모습을 감추었고, 베이런은 내키지 않는다는 듯 그 뒤를 따랐다.

그러자 풍경이 바뀌었다.

아무런 조짐도 없이, 눈앞에 보이던 빙원이 사라져 버렸다. 베이런의 감각을 위협적인 에너지가 스치고 지나가는 순간, 눈 덮인 거대한 산맥의 풍경이 나타났다.

"산맥을 통째로 감춰두다니 이 말도 안 되는 마법은 뭡니까?"

베이런이 어이없어하며 물었다. 아이오네스가 대답했다.

"신화시대의 마법이지. 잃어버린 10서클의 위용."

전해지는 바에 의하면 예전에는 신들의 기적을 그대로 모방한 10서클의 마법이 존재했다고 한다.

10서클은 현재 마법사늘이 분류한 아홉 개의 서클 다음 단계를 의미하지는 않는다. 애당초 마법사들이 마법의 수준을 이야기할 때 '서클'이라는 용어를 쓴 것은 마법을 사용하기 위해서는 마력을 인체를 중심으로 원형으로 순환시켜야 하기에 상징적인 의미로 붙인 것이고, 9단계로 분류한 것은 10은 완전함을 의미하는 숫자, 즉 신을 나타내는 숫자이기에 겸양을 떤 것뿐이다.

그렇기에 10서클이란 신들의 이적을 의미하며, 혹은 전설로만 전해 내려오는 신의 이적과 동등한 마법을 이야기한다. 다른 말로는 원시의 영역 혹은 프로토 서클이라고 불리는 그 경지는 어느 순간 역사 속에서 완전히 소실되었고, 마법사들은 자신들이 규정한 아홉 개의 단계에 속한 마법만을 사용할 수 있었다.

베이런이 중얼거렸다.

"10서클이라……."

"뭐 죽은 신의 유해가 묻혀 있는 곳이니 그쯤은 당연하지 않겠나? 어차피 마법이라는 것은 신들의 기적을 모방하기 위한 기술이니까. 어쨌든 이제부터는 슬슬 위험해질 테니 대비를 해두게."

"그러죠."

베이런이 대답하는 것과 동시에 허리에 매달려 있던 검이 저절로 뽑혀져 나왔다. 그는 허공에 떠오른 칠흑의 검을 쥐고는 아이오네스의 뒤를 따랐다.

그렇게 두 사람이 산맥을 오르기 시작하자, 갑자기 땅이 뒤흔들리며 얼음이 깨져서 휘날렸다. 베이런이 눈살을 찌푸리며 투덜거렸다.

"큰 지렁이가 땅속에 있는 것 같군요."

쿠구궁!

베이런이 말하는 것과 동시에 지면이 깨져 나가며 거대한 뭔가가 고개를 내밀었다. 그의 말대로 지렁이를 닮은 환형동물이었다. 다만 얼음처럼 새하얀 몸에, 몸통의 지름이 4미터도 넘는다는 점이 다를 뿐이다.

스으으으으……

동시에 주변에서 새하얀 안개가 일어났다. 그 속에서 깔깔거리는 소리가 들려오며 새하얀 귀신같은 실루엣들이 나타난다. 그 수가 엄청나서 무려 수백에 이르렀다.

"얼음의 악령은 덤인가."

베이런이 투덜거리는 동안 주변 공기가 급격하게 응결되어 가고 있었다. 얼음의 악령들이 깔깔거리며 돌아다니는 것만으로도 기온이 수십 도는 더 낮아지고 있는 것이다. 거기에 바람이 점점 매서워지며 두 사람을 압박해 왔다.

하지만 아이오네스와 베이런은 여유만만했다. 베이런이 거대한 환형동물을 보며 말했다.

"먼저 시작하겠습니다."

"그러게나."

아이오네스가 고개를 끄덕이는 순간, 환형동물이 덮쳐 왔다. 꿈틀거리며 다가오는 것만으로도 지면이 깨져 나가면서 무수한 얼음가루들이 장대하게 피어올랐다.

단순한 움직임이 인간 수십을 삼켜 버릴 것 같은 재앙을 낳았지만 베이런은 코웃음을 칠 뿐이었다. 그 자리에서 한 번 땅을 박차는 것만으로도 십 수 미터를 도약, 다시 허공에서 오러를 이용해서 한 번 더 도약하고는 검을 빠르게 한 번 휘둘렀다.

파학!

그러자 그로부터 뻗어나간 검은 오러 블레이드가 환형동물을 베어냈다. 피부가 베어져 나가면서 푸른 피가 확 튄다.

그것을 본 베이런이 눈살을 찌푸렸다.

"완전히 안 베어져?"

베이런은 일격에 거대 환형동물을 두 동강 낼 생각이었다. 그런데 그의 초진동 오러 블레이드를 받고도 반쯤만 베어지는 게 아닌가?

더 놀라운 것은 그다음의 일이었다. 거대 환형동물은 통각이 없는지 딱히 발광하는 기색도 없이 베이런의 움직임을 따라서 고개를 돌렸다. 사실 머리와 꼬리가 구분되지 않는 구조로 되어 있으니 고개를 돌렸다는 표현도 어색하긴 하지만, 어쨌든 주둥이가 있는 끄트머리가 계속 베이런을 향하고 있었다.

그리고 베이런이 땅에 내려서는 동안, 방금 전에 베어진 상처가 완전히 재생되었다.

"허! 이거 뭡니까? 제 오러 블레이드에도 완전히 베어지지 않고, 바로 재생까지 하다니."

"아마 신의 유해에서 흘러나온 피로 태어난 잡것이겠지. 신화시대의 힘을 갖고 있는 것이니 너무 만만하게 보지 말게."

아이오네스의 목소리가 얼음의 악령들이 깔깔거리는 속에서 들려왔다. 이미 얼음의 악령들이 주변을 완전히 포위해서 그의 모습이 보이지도 않았다. 하지만 아마도 방어막으로 다가오는 것을 막고 느긋하게 대책을 준비하고 있는 모양이었다.

"그래야겠……."

베이런은 말을 하다 말고 엄청난 속도로 뒤로 날았다. 거대 환형동물이 조금 전과는 차원이 다른 속도로 머리를 날려왔기 때문이다. 거대 환형동물이 간발의 차이로 베이런이 있던 자리를 덮치자 지면이 폭발하듯 터져 나갔다.

"엄청난 위력이군."

저것에 덮쳐졌다가는 아무리 그라고 해도 무사할 수 없으리라. 베이런은 그렇게 생각하며 검을 빠르게 휘둘렀다.

동시에 허공에 무수한 검은 선이 원을 그리며 나타나기 시작했다. 수면에 빗방울들이 떨어서서 파문을 그려내듯이, 허공에 그려지는 검은 선의 파문들이 거대 환형동물을 덮쳤다.

파파파파파파!

거대 환형동물의 몸이 잘려 나가기 시작했다. 베이런이 일으킨 오러 블레이드의 파문들이 연속적으로 그 몸을 베어낸 것이다. 일격을 버텨낸다고 하더라도 수십 발이 연달아 쏟아지니 버텨낼 도리가 없었다. 거대 환형동물이 전신에서 푸른 피를 쏟아내며 꿈틀거렸다.

"구조상 쉽게 죽진 않겠지?"

통각도 없는 것 같고, 워낙 단순한 구조라서 몸통 좀 잘라낸다고 죽지도 않을 것이다. 게다가 경이로운 재생 능력까지 갖췄으니 완전히 죽여 버릴 때까지는 안심할 수 없다.

베이런은 오러의 파문들을 더더욱 가속시켰다. 동시에 손을 들어 올려 허공을 움켜쥐었다.

파아아아앙!

순간 무수한 파문들이 하나로 겹쳐지는가 싶더니, 짙은 어둠의 파동이 되어 작렬했다. 베어내는 데 치중하던 베이런의 오러 블레이드가 그 형질을 바꾸어 거대 환형동물의 몸을 난

타해대기 시작한 것이다.

그 난타는 장대하기까지 했다. 초당 수십 발을 때려대는데 그 일격 일격이 모두 바위를 부술 정도의 위력을 갖고 있었다. 그런 타격이 일정한 방향성을 갖고 계속되자 거대 환형동물의 몸이 조금씩 허공으로 떠오르기 시작했다.

"거기가 끄트머리구나."

베이런의 목적은 거대 환형동물의 몸 전체를 허공으로 끌어내는 데 있었다. 지금까지 계속 몸 일부를 땅에 묻어두고 있는 상태였던 것이다.

"끝이다."

거대 환형동물의 전신이 드러나자 베이런이 마지막 공격을 가했다. 계속해서 구체형으로 작렬하던 어둠의 파동이 한곳으로 집결, 환형동물의 몸 전체를 감싸고 압력을 가하기 시작했다. 인간이라면 한순간에 짜부러져서 형체를 알아볼 수 없을 정도의 압력이었다.

콰아아아아아아!

이윽고 어둠의 파동이 수축하며 폭발하자 거대 환형동물의 모습이 흔적도 없이 소멸되었다. 사방으로 흩뿌려지는 어둠의 기운을 보던 베이런이 중얼거렸다.

"지렁이 주제에 잘도 버티는군."

"그러게 말일세."

그렇게 대답한 것은 아이오네스였다. 무수한 얼음의 악령

들에게 둘러싸였던 그는 어느새 그 모두를 소멸시키고 걸어
오고 있었다. 무수한 빛의 입자들이 그의 주변에서 떠올라 허
공으로 흩어져 가는 것이 보였다.

"그새 끝낸 겁니까?"

"아// 선에. 속성이 명확한 악령들이야 에너지로 환원시켜
서 쓸어버리면 그만이니 몰려들어 주면 처리가 간단하지. 덕
분에 재미있는 구경했네."

"나 참."

베이런은 기가 막힌다는 듯 투덜거렸다.

그 후에도 듣도 보도 못했던, 하지만 이제까지 본 그 어떤
것들보다도 강력한 괴물들이 두 사람을 가로막았다. 하지만
두 사람은 압도적인 힘으로 그것들을 쓸어버리면서 목적지로
향했다.

두 사람이 목적한 곳에 도착했을 때는 산봉우리가 세 개쯤
날아가고, 산맥 여기저기의 지형이 이전과는 상당히 달라진
후였다.

"여기군."

아이오네스가 바라보는 곳은 예전에는 화산이었던 것 같
은 산이었다. 얼어붙은 분화구 아래쪽에는 이질적인 존재 하
나가 쓰러져 있었다. 인간을 닮은 실루엣, 하지만 자세히 들
여다보면 오우거와 더 닮은 괴물의 형상을 갖춘 그것은 키가

10미터도 넘는 거대한 시체였다.

"오우거의 신, 프로토 오우거."

아이오네스가 미소 지었다. 가슴 깊숙한 곳으로부터 솟구치는 희열을 참을 수 없는 것 같은 표정이었다.

베이런이 물었다.

"저게 오우거의 신이란 말입니까?"

"정확히는 신의 유해라고 해야겠지. 저건 이미 죽었으니까."

"신이 죽다니… 말이 안 되지 않습니까?"

"말이 된다네. 죽음 역시 신으로부터 비롯된 개념이니까. 오우거는 오크와는 달리 신을 잃어버렸기 때문에 기본적인 종족의 성능을 뛰어넘는 높은 지성을 갖춘 존재가 더 이상 태어나지 않는 것일세. 아니, 정확히는 신의 목소리를 전할 수 있는 메신저를 잃어버렸다고 해야 할까? 어쨌든 간혹 오러를 각성해 오우거 로드라 불리는 존재가 나타나지만, 그것도 지능이라는 측면에서는 약간 더 똑똑한 오우거에 불과하지."

그렇게 말한 아이오네스는 몸을 띄워 천천히 프로토 오우거의 시체에 다가갔다. 20미터 정도 거리에서 멈춰 서서 보니 그 몸이 완전히 뜯겨 나가서 내장을 드러내고 있으며, 심장은 아예 뽑혀져서 터진 채였다. 목도 반쯤 잘려서 덜렁거리는 형상이었고 두개골도 쪼개져서 뇌가 흘러나온 채 얼어붙어 있었다.

"프로토 고블린과는 달리 영구동토에서 쓰러졌기에 아직도 그 시체가 보존되어 있어서 다행이야. 이걸로 불안요소를 완전히 없앨 수 있겠군."

아이오네스가 차가운 미소를 지으며 마법 주문을 외웠다. 곧 거대한 프로토 오우거의 유해가 마법에 사로잡혀 허공으로 떠오르기 시작했다.

CHAPTER 14
붕괴의 서막

리할드 왕국력 357년 4월.

겨울의 한기가 완전히 걷혀간 봄, 마탑에서는 라곤과의 협력 기간이 끝났음을 알리며 마지막으로 그동안 육성한 마검사를 시험해 보자고 제안했다. 라곤은 이 제안을 받아들여서 적절한 몬스터 서식지를 찾아서 떠났다.

산책이라도 하듯이 목적지를 향해 가는 그의 곁에는 알렉스가 잔뜩 불만스러운 표정으로 따르고 있었다. 라곤은 실전에 나설 때는 항상 알렉스를 놔두고 가기 때문에 이번에도 자유 시간을 기대했던 것이다.

그러나 라곤은 이번에는 '너도 이제 슬슬 실전을 맛볼 때가 되었다'면서 알렉스를 끌고 나왔다. 덕분에 알렉스는 평소와는 달리 연습용이 아닌 진짜 검과 방어구로 무장하고 있었다.

'괜찮을까?'

알렉스는 가슴이 두근거리는 것을 느꼈다.

여태까지 정말 지겹도록 힘들게 훈련했다. 원래 타고난 재능이 있긴 있었던 것인지, 아니면 라곤이 가르치는 방식이 지나치게 혹독해서 그런 것인지 모르겠지만 이제는 용병들을 상대로 20연승을 거두는 것도 어렵지 않았고, 다대일로 싸워도 그들을 농락하듯이 이겨나갈 수 있었다.

그런 만큼 어느 정도는 실력에 자신이 붙긴 했지만, 실전에 나서는 것은 또 완전히 별개의 문제였다. 훈련 때와는 달리 정말로 죽고 죽이는 상황에 나서야 한다고 생각하니 입안이 바짝 마르는 기분이었다.

"그렇게 얼어 있을 것 없어. 많이 위험한 상황에는 안 내보낼 거니까."

알렉스가 겁먹은 기색을 느낀 라곤이 말했다. 알렉스가 희색을 띠었다.

"정말이죠?"

"오늘은 어디까지나 마탑 쪽의 마검사를 테스트해 보기 위해 가는 거야. 너는 그냥 덤이다. 어쩌면 아예 나설 일이 없을 수도 있고, 잔챙이를 상대할 기회를 얻게 되면 좋은 거고."

"으음."

알렉스는 조금 복잡한 표정을 지었다.

기왕이면 아예 안 나서고 구경만 하는 편이 좋다. 잔챙이든 뭐든 자기가 위험을 무릅쓰고 나서야 하는 상황은 오지 않기를 바랐다.

두 사람은 정오가 되기 전에 마탑의 인원들과 약속한 장소에 도착했다. 마탑 쪽에서는 100명도 넘는 인원이 나와 있었다. 그중에는 고위 마법사로 보이는 노인들도 많이 있었기 때문에 라곤은 조금 놀랐다.

"생각보다 많이들 나오셨군요."

"다들 이번 프로젝트에 관심이 많으셔서 말입니다. 오늘 성과에 따라서 앞으로 대대적인 지원이 더해질지도 모르겠습니다."

마탑의 마검사 프로젝트를 책임진 중년 마법사가 웃었다. 그는 라곤과 계속 긴밀하게 연락해 오면서 마검사들을 완성 단계까지 훈련시킨 이였다.

라곤이 고개를 끄덕였다.

"그렇군요. 그럼 좀 더 화려한 상대를 고르는 편이 나았을지도 모르겠네요."

"놀은 확실히 좀 수수하지만 그래도 고블린보다는 낫죠.

오우거 같은 건 지금 육성한 인력으론 너무 위험성이 크고."

"오크가 딱이긴 한데 오크들은 전부 크루세스에 몰려 있으니, 뭐 어쩔 수 없군요."

놀은 하이에나에 인간의 형상을 더해놓은 것 같은 몬스터로, 고블린보다는 못하지만 교활한 편이며 흉포한 성질을 갖고 있었다. 신체 능력은 전반적으로 인간보다 좀 우수한 편이지만 손재주가 좋지 못해서 문명 수준은 낮았다. 게다가 무리를 크게 지어봐야 암컷을 중심으로 3, 40마리 정도가 고작이고 거기에 속하지 않은 수컷들은 발정기가 오기 전까지는 단독생활을 하는 습성을 지녀서 세력이 그리 크지 못했다.

라곤이 물었다.

"놀들의 위치는 파악된 겁니까?"

"이미 탐지가 끝났습니다."

중년 마법사가 자신만만하게 웃었다. 마법사들이 잔뜩 모여 있다 보니 척후를 운용할 것도 없었다. 갖가지 마법을 이용해서 이미 눈으로 보는 것보다 더 자세하게 놀 무리에 대해서 파악한 상태였다.

"그럼 일단 전술을 점검해야겠는데…… 마검사의 전력을 선보이는 것이 목적이니까, 아무래도 기습해서 섬멸하기보다는 이쪽의 존재를 알려주고 끌어내서 임전태세로 들어가게 해야 할 것 같습니다만."

"그렇게 하죠. 대신 흩어지게 되면 귀찮아지니까, 전장은 마법으로 제약하도록 하겠습니다."

"그 편이 낫겠죠."

라곤과 중년 마법사는 여러 가지 사항을 논의해서 결정했다.

전장을 한정하는 문제는 고위 마법사들이 나서서 해결하기로 했다. 고위 마법사 여럿이 모여서 결계를 치면 놀 3, 40마리쯤 일정 범위에 가둬두는 것 정도는 간단한 일이다.

그동안 마검사 팀은 준비를 완료했다. 여덟 명의 전사와 네 명의 마법사로 이루어진 그룹이었다.

라곤은 그들에게 몇 가지 어드바이스를 해주고는 뒤로 물러났다. 알렉스가 의아해하며 물었다.

"매형은 안 나서는 거예요?"

"나야 이번에는 참관하러 온 거니까. 위험한 상황이 되면 나서긴 하겠지만 여기 모인 마법사들만 봐도 그럴 일은 없을 것 같은데."

"그렇군요."

"대신 놀을 한두 마리 남겨서 이쪽으로 빠져나오게 해달라고 했으니까, 그게 성공하면 네가 상대하면 된다."

"제, 제가 놀을요?"

"그럼. 뭐 놀 정도야 지금의 네 실력이면 가뿐하게 쓰러뜨릴 수 있으니까 쫄지 마. 늦든 빠르든 실전의 맛을 봐야 앞으로 나아갈 수 있어."

"그래도……."

알렉스는 주눅이 들어서 라곤을 바라보았지만 더 항변하지 못하고 입을 다물었다. 첫 실전 상대가 놀이라니, 강하고 약하고를 떠나서 인간과 비슷한 덩치의 괴물과 맞설 생각을 하니 오금이 저린다.

잠시 후 마법사들이 몇 가지 공격 마법으로 놀의 거주지를 뒤흔들었다. 놀들은 동굴을 파는 습성이 있기 때문에, 근처에 마법을 몇 방 날려서 흔들어놓자 곧바로 놀라서 뛰쳐나왔다.

"시작이군."

라곤이 중얼거렸다.

놀들이 뛰쳐나오는 것과 동시에 고위 마법사들이 지름 100미터의 원형 결계를 구축했다. 이제 놀들은 이 범위 밖으로는 나갈 수 없을 것이다.

결계는 단순히 놀들을 가둬두는 것뿐만 아니라 놀들이 결계 밖의 상황을 인식할 수 없도록 하는 효과도 겸하고 있었다. 도저히 당해낼 수 없는 전력이 와 있다는 것을 알면 놀들은 전의를 불태울 수 없을 것이다. 마검사 팀 외에는 적이 없다고 여겨야 했다.

"캬아아!"

과연 놀들은 주변을 살펴보고 마검사 팀 열두 명 외에는 적이 없다는 사실을 알게 되자 전의를 불태우기 시작했다. 손재주가 없는 그들은 나무 조각을 얼기설기 이어서 만든 갑옷 비숫한 것과 돌도끼와 돌창 등을 무기로 사용하고 있었다. 그에 비해 마검사 팀의 전사들은 마법검에 마법이 걸린 전신갑옷을 입고 있었으니, 사실 장비의 차이가 심해도 너무 심했다.

"내가 계획한 일이긴 하지만, 인간이란 참."

라곤은 전사들과 놀들이 가까워지는 것을 보면서 쓴웃음을 지었다. 알렉스가 의아해하며 물었다.

"무슨 말씀이세요?"

"아니, 어차피 영지 안에 있으면 피해가 오니까 처리해야 할 대상이긴 하지만 이런 식으로 이쪽의 이득을 위해 상황을 만들면서 갖고 노는 게 그리 탐탁지는 않아서. 이게 바로 더러운 위선이라는 거겠지만."

"이래 죽으나 저래 죽으나 마찬가지 아니에요?"

"놀들 입장에선 그렇지."

라곤이 고개를 끄덕였다.

그사이 전사들과 놀들이 맞붙었다. 슬금슬금 접근하던 놀들의 선두 그룹이 갑자기 돌진 속도를 높이면서 전사들을 덮쳤다. 뾰족한 돌을 매단 창을 든 녀석이 선두에 선 전사를 향해 창격을 날렸다.

순간 전사의 몸이 전광석화처럼 움직였다.

파학!

놀들의 움직임이 느리게 보일 정도로 가속한 전사가 창을 든 놀을 베면서 지나쳤다. 그의 검에는 마법의 섬광이 머금어져서 놀의 두터운 가죽과 근육을 간단히 갈라 버렸다.

단번에 놀들을 쓰러뜨린 것은 그만이 아니었다. 다른 전사들도 놀들과 맞붙는 그 순간, 인간의 것이라고는 믿어지지 않는 속도로 가속하며 단 일격으로 승부를 냈다. 여덟 명의 전사와 맞섰던 여덟 마리의 놀이 피를 뿌리면서 그대로 쓰러졌다.

"우와."

알렉스의 눈이 휘둥그레졌다.

그 자신의 기량이 향상된 만큼, 지금 저들이 보여준 움직임이 얼마나 대단한 것인지 알 수 있었다. 경량화 마법이 걸렸다고는 하나 그래도 10킬로그램 이상은 될 전신갑옷을 입은 채로 저렇게 빨리 움직일 수 있다니 믿어지지 않을 정도다.

전사들은 첫 번째 격돌에서 기세를 탄 듯 놀들을 상대해 갔다. 놀란 놀들은 잠깐 주춤했다가, 곧바로 발악하듯 달려들었지만 전혀 상대가 되지 못했다. 검의 공격권 안에 들어서는 순간 섬전 같은 검격이 뻗어나가며 놀들을 학살했다.

"대단하군!"

그 광경을 본 마법사들도 감탄했다. 소드 마스터가 아닌 보통 인간이 저 정도 전투 능력을 보여줄 수 있으리라고는 생각해 본 적도 없었다.

"스트라이크 소드, 에너지 스킨, 아머 오브 파워, 스피릿 액셀, 소울 부스트, 오우거 파워까지 쓰고 있으니 저 정도는 당연하지."

라곤이 중얼거렸다.

마검사 시스템은 마법을 사용하는 자와 마법을 받아들이는 자를 나누어서 운용한다. 현재는 마법사 한 명이 마검사 두 명을 운용하는 것이 가능했다. 이것은 마탑에서 개발한 마력의 공명과 연계를 위한 마법식을 운용해야 가능한 것으로, 그 마법식은 라곤도 모르고 있었다. 라곤은 그저 이런 구상을 내놓고, 실제로 마검사로 운용될 전사들을 교육시켰을 뿐이니까.

그 결과물은 상당히 훌륭했다. 여덟 명의 전사가 채 10분도 안 되서 40여 마리의 놀 무리를 전멸 직전까지 몰고 가다니, 라곤에게는 미치지 못하지만 초인이라고 칭하기에 충분한 전투력이다.

"전사 쪽도 마법회로를 개설해야 하니 소드 마스터가 되는 것은 포기해야 한다는 단점이 있지만… 뭐 그거 되겠다고 아등바등하는 사람은 별로 없으니까."

단순히 마법을 받아들이는 것을 넘어서, 마법사와 한 몸처럼 마력을 운용하고 그 효과를 증폭시킬 수 있어야 하기 때문에 전사들 역시 마법회로를 개설해야 한다. 사실상 그들은 검을 쓰는 마법사인 것이다.

라곤이 마검사 팀이 될 인원에게 요구한 것은 마법회로를 가진 전사와 4서클까지의 마법을 사역할 수 있는 마법사였기 때문에 고급 인력을 쓸 필요가 없다는 점도 상당히 칭찬할 만한 부분이었다. 지금은 한 마법사가 두 전사를 감당하는 게 고작이지만, 앞으로 좀 더 개선해 나가다 보면 좀 더 효율이 높아질 것이다.

"좋아."

전사들이 전의를 상실하고 도망치는 놈들을 따라가서 학살하는 것을 지켜보던 라곤이 몸을 일으켰다. 그리고는 알렉스를 보며 말했다.

"가라."

"네?"

"가라고. 저기 두 놈 남겨둔 거 보이지? 결계 안으로 들어가서 저놈들하고 싸워."

"지, 진짜로요?"

알렉스가 겁을 집어먹고 물었다. 라곤이 싸늘한 눈으로 대답했다.

"진짜지 그럼 가짜냐?"

"아, 안 하면 안 되나요?"

"선택의 기회를 줄게. 돌아가서 나하고 하루 종일 지옥 대련을 하던가 아니면 놈 두 마리 잡고 휴식을 받던가."

"…갈게요."

알렉스가 울상을 지으며 투구를 쓰고 검을 뽑았다. 그리고 겁먹은 모습으로 결계 안으로 들어갔다.

2

　사방에 놀들의 시체가 널려 있었다.

　마검사들은 이미 놀들을 전부 처리하고 물러나고 있었다. 전장에 남겨진 두 마리의 놀들은 어째서 그들이 자기들만 놓고 물러나는지 알 수 없다는 듯 혼란스러워했다. 그러다가 갑자기 알렉스가 나타나자 깜짝 놀라서 도망치기 시작했다.

　"윽, 도망치나."

　알렉스는 왠지 놀이 냅다 도망치자 쫓아가기 귀찮다는 생각과 함께, 두려움이 많이 가시는 것을 느꼈다. 자칫하면 죽을지도 모른다고 생각해서 잔뜩 얼어 있었는데, 자기를 보고 겁먹어서 도망칠 정도면 쉽게 처리할 수 있지 않을까?

　열심히 달려서 놀의 뒤를 쫓아가자 놀이 결계에 막혀서 나가지 못하고 우왕좌왕하고 있었다. 등을 훤히 드러내 놓고 있는 그 모습에 알렉스는 눈을 빛내며 달려들었다.

　쉭!

　하지만 놀은 인간보다 훨씬 후각과 청각이 예민한 종족이었다. 알렉스가 접근해 오는 소리를 듣고는 재빨리 몸을 피해 버렸다.

　"캬아아!"

　놀 하나가 돌도끼를 휘둘러서 알렉스를 내려쳤다. 알렉스가 깜짝 놀라서 그것을 피했다.

"어라?"

내려쳐지는 돌도끼를 멀찍이 피한 알렉스는 의아함을 느꼈다. 놀은 인간보다 운동 능력이 뛰어나다고 해서 꽤나 재빠르게 움직일 줄 알았는데, 움직임이 생각보다 느리다? 자신처럼 갑옷을 입고 있는 것도 아닌데도 보고 반응하기가 쉬웠다.

'지쳐서 그런가?'

마검사들에게서 도망 다니느라 체력을 소진해서 그럴지도 모른다. 만약 그렇다면 알렉스 입장에선 행운이었다.

'빨리 베어버리고 가야지.'

알렉스는 마음을 단단히 먹기로 했다. 정면에서 서로 노려보니 역시 무서웠다. 저 험악한 하이에나의 얼굴로 자신을 향해 으르렁거리는 모습이라니. 저 번들거리는 이빨에 물리기라도 했다간…….

그 순간 놀이 달려들었다. 거리가 순식간에 좁혀지면서 돌도끼가 내려쳐졌다. 알렉스가 숨을 들이쉬었다가 내쉬는, 허점이 될 수밖에 없는 순간을 파악하고 달려든 것이라 알렉스로서는 반응이 느려질 수밖에 없었다.

파학!

그러나 다음 순간 알렉스는 놀을 베어버리고 지나갔다. 검을 통해 전해져 오는 느낌과 튀어 오르는 핏방울을 보며 알렉스가 멍청하니 중얼거렸다.

“어?”

지금 자신이 뭘 어떻게 한 건지 모르겠다. 놀이 달려드는 순간, 놀라서 눈을 마주하고, 그리고 왠지 달려드는 동작이 느리게 느껴져서 자신도 모르게 옆구리를 검으로 치면서 지나쳐 버렸다.

“크, 크르르륵……”

놀은 옆구리가 깊숙이 베어진 채 비틀거리고 있었다. 알렉스는 방금 전, 놀을 베는 감촉을 기억하고는 몸을 부르르 떨었다. 살아 있는 것을 검으로 베는 것은 생각보다 훨씬 끔찍한 감각을 동반했다.

“으윽……”

알렉스는 결정타를 넣지 못하고 주춤거렸다. 그러자 다른 놀이 옆쪽에서 발악하듯 달려들었다.

콰각!

움츠러들었던 알렉스는 뻔히 보이는 일격을 피하지 못하고 얻어맞았다. 돌도끼에 어깨를 얻어맞은 알렉스는 정신이 번쩍 들었다. 지금은 손끝에 걸리는 감촉이 기분 나쁘다고 투덜거리고 있을 때가 아니라는 것을, 정신을 놓고 있다가는 이쪽이 죽을 수도 있다는 깨달음이 찾아왔다.

“캬아아아!”

놀이 비틀거리는 알렉스를 덮쳤다. 그대로 쓰러뜨린 다음 검을 뺏을 심산인 것 같았다.

'상대가 덮쳤을 때는 그대로 옆으로 피하면서 내던져. 그
게 안 되면 무게중심을 뒤로 이동해서 버텨. 절대 쓰러져 주
면 안 된다.'

몇 번이나 몸으로 상황을 각인시켜 놓은 뒤 라곤이 해준 말
이 떠올랐다. 알렉스는 반사적으로 발을 뒤로 디뎌서 버텨냈
다. 알렉스의 몸에 손을 얹었던 놀이 흠칫 놀라는가 싶더니
투구 위로 아가리를 벌리며 울부짖었다.

"캬아아아아!"

시커먼 아가리가 쫙 벌려지고 번들거리는 이빨이 들이대
어지자 굉장히 무서웠다. 하지만 알렉스는 겁을 먹고 물러나
는 대신 다른 행동을 하고 있었다. 슬쩍 무게중심을 옆으로
옮겨서 놀을 비틀거리게 하고는 곧바로 무릎으로 그 배를 올
려쳤다.

뻐억!

"캐앵!"

예상치 못한 일격에 놀이 신음했다. 무릎차기를 먹인 뒤 놀
을 밀어버린 알렉스가 검을 내려쳤다. 정확히 놀의 뒷목을 노
린 일격이었다. 비틀거리던 놀은 무방비 상태로 검을 얻어맞
고 말았다.

파학!

또다시 그 섬뜩한 손맛과 함께 놀의 목이 베어졌다. 단번에
목을 날리진 못했지만 목뼈가 드러날 정도로 깊숙이 베었으

니 절대 살아날 수 없었다. 놀은 그대로 쓰러져서 몸을 꿈틀거리더니 이내 완전히 죽어버렸다.

"헉, 헉, 헉……."

알렉스는 생전 처음으로 자신이 죽인 적을 내려다보며 숨을 몰아쉬었다. 심장이 미친 듯이 쿵쾅거린다. 자신이 이런 일을 할 수 있었다는 사실이 믿어지지 않았다.

"캬아아아!"

그러나 적은 하나만 있는 게 아니었다. 내장을 쏟아낼 정도로 중상을 입었던 놀이 죽기살기로 알렉스를 덮쳤다. 한 마리를 죽인 후 얼어붙어 있던 상황, 그리고 뒤쪽에서 덮쳐지는 상황이니 알렉스는 대응할 수 없었다. 그랬어야 할 것이다.

다음 순간 알렉스가, 마치 그 움직임을 사전에 알고 있었던 것처럼 여유있게 피해냈다. 간발의 차이로 놀의 몸을 피해내면서 검을 휘두른다. 검이 놀라울 정도로 깨끗한 궤적을 그려내며 놀의 몸을 깊숙이 갈랐다. 그 순간 알렉스의 의식이 확장되면서 이제까지는 맛보지 못한 전율이 몸을 덮쳤다.

"……."

알렉스는 피를 뿌리며 나가떨어지는 놀을 멍하니 바라보았다. 소리가 사라져 버린 것 같은 세상에서 놀이 천천히, 너무나도 천천히 쓰러지고 있었다. 그 생명이 꺼져 가는 소리가 들려오는 것 같다. 주변에서 뭔가가 자신에게 그것이 생명이 죽어가는 순간이라고, 이 순간 자신이 적이 가졌던 모든 것을 빼앗았다고 속삭여 주는 듯한 착각이 들었다.

"헉, 헉……."

알렉스가 검을 휘두른 자세 그대로 숨을 몰아쉬었다.

이상한 일이었다.

한 마리를 쓰러뜨리는 순간부터, 알렉스는 시야 밖에 위치한 다른 한 마리의 움직임을 눈으로 보는 것처럼 정확하게 파악하고 있었다. 어떤 상태인지, 어떻게 대지를 딛고 있는지, 어떻게 호흡하는지……. 마치 앞에다 두고 손으로 만지작거려 가면서 파악한 것처럼 확실하게.

그러니 마지막의 기습은 아무런 의미도 없었다. 알렉스는 자연스럽게 그것에 반응했고 적을 쓰러뜨렸다.

"잘했다."

그런 알렉스의 뒤쪽에서 라곤이 칭찬하는 목소리가 들려왔다. 그 순간 알렉스는 반사적으로 몸을 돌리며 찌르기를 날렸다. 반쯤 패닉에 빠져 있다가 뒤쪽에서 목소리가 들려오니 극단적으로 반응한 것이다.

"훗, 제법인데?"

강맹한 일격이 허공을 갈랐다. 라곤이 알렉스가 뒤를 돌아보는 것과 동시에 반응해서 피해낸 것이다. 동시에 그의 왼발 옆차기가 알렉스의 옆구리를 후려쳤다.

쾅!

"커헉!"

알렉스가 비명을 지르며 나가떨어졌다. 몇 바퀴나 구른 뒤 쓰러져서 부들부들 떠는 알렉스에게 다가간 라곤이 피식 웃으며 말했다.

"적은 놀들뿐이라고 말해뒀을 텐데. 평소에 나한테 원한이 쌓였다는 것은 알겠지만 다짜고짜 칼을 휘둘러대면 쓰나."

"그, 그게……."

그제야 정신이 든 알렉스가 겁먹은 표정으로 라곤을 올려다보았다. 그리고 한 번 더 놀랐다.

"매형, 그 상처……."

"아아, 아주 훌륭했다. 설마 베일 줄은 몰랐어."

라곤이 뺨을 어루만지며 웃었다. 방금 전, 알렉스가 기습적으로 뿌려낸 일격을 라곤은 완전히 피해내지 못했다. 방심했다고는 하나 알렉스의 검격은 섬전처럼 빠르고, 깨끗하게 날아들어서 라곤의 볼을 스치고 지나간 것이다.

라곤은 알렉스가 꼭 쥐고 있는 검을 본 다음 몸을 돌렸다.

"오늘은 잘했다. 첫 실전에서 너무 긴장한 나머지 그대로 죽어나가는 녀석도 꽤 많은데 그 정도면 뭐, 괜찮았지. 검을 놓치지 않은 것도 칭찬받을 만한 일이고. 약속대로 내일까지는 휴식을 주마."

"어, 지, 진짜요?"

알렉스가 믿을 수 없다는 듯 물었지만 라곤은 손을 한 번 들어 보이고는 걸어가 버렸다. 알렉스는 멍청하니 그 뒷모습을 바라보다가 중얼거렸다.

"벼, 별일이네, 진짜."

그리고 결계가 거두어지는 것을 보면서 라곤이 중얼거렸다.

"거의 완성 식선이군. 어이가 없어. 하하하."

3

리할드 왕국력 357년 6월.

여름이 다가올 때쯤, 라곤의 저택에 거주하는 인원은 다시 예전처럼 줄어들었다. 드워프들과의 교류도 끝나서 다들 설비를 정리하고 자신들의 수도 두두베르다로 돌아갔기 때문이다. 앞으로도 그들과 거래가 이루어지긴 하겠지만 그때는 돈을 주고 필요한 것을 주문 제작하는 형태가 될 것이다.

그때까지도 라곤의 생활은 이전과 달라진 것이 없었다. 매일 알렉스를 가르치고, 마법을 공부하고, 검술을 훈련하는 일이 지겹도록 반복되었다.

그러나 6월 중순에 들어섰을 때, 날벼락 같은 소식이 날아들었다.

"마탑에서 귀환 명령이 떨어졌다고?"

라곤이 믿을 수 없다는 듯 중얼거렸다. 그 앞에는 카알과 벨로스가 침중한 표정을 짓고 있었다.

카알이 한숨을 쉬었다.

"네. 지금 진행하던 모든 일을 중지하고 마탑으로 돌아오라는군요. 그 후에는 아마 전장으로 투입될 것 같습니다."

"아니, 카알 경과 벨로스 경은 나랑 장기계약 중인데도? 이건 계약 위반이잖아?"

라곤이 황당해하자 벨로스가 대답했다.

"위약금은 마탑 재무부에서 곧바로 지불해 드리겠다고 합니다. 국왕 폐하의 명령도 있기 때문에 어쩔 수 없습니다."

"국왕 폐하가? 도대체 무슨 일이 일어난 겁니까?"

국왕이 거론되자 라곤이 놀라서 물었다. 뭔가 큰일이 일어났다는 것을 알 수 있었다. 일어나지 않기를 바랐던 큰일이……

잠시 뜸을 들이던 벨로스가 말했다.

"크루세스가… 어젯밤에 무너졌습니다."

"……"

라곤은 가슴에 무거운 돌덩이가 쿵, 하고 떨어지는 듯한 기분을 느꼈다.

올 것이 왔구나 싶었다. 오크들이 기나긴 고착 상황을 깨고, 마침내 크루세스를 함락시킨 것이다.

하지만 동시에 믿을 수 없다는 생각도 들었다.

"그게 정말입니까?"

"정말입니다. 급보로 날아든 것이니까요."

"믿을 수가 없군요. 아무리 적이 강해도 그곳에는 현역 소드 마스터들만이 아니고 전대 소드 마스터들까지 투입되었는데."

그동안 바르빌드 후작가의 크루소를 비롯, 은퇴한 소드 마스터들 중 몇몇이 결국 국왕의 요청을 받아들여서 크루세스에 투입되어 있었다. 그 숫자는 무려 열한 명. 그들까지 있었는데도 불구하고 크루세스가 함락되었단 말인가?

벨로스가 말했다.

"어제 저녁부터 이어진 총공세에 한 시간도 못 버티고 성벽이 무너진 모양입니다. 자세한 전황까지는 알 수 없습니다만 병력의 절반 이상이 전사했고, 나머지 병력은 가까스로 전장을 탈출해서 후퇴했다는군요."

"한 시간도 못 버티다니, 도대체 무슨 일이 있었기에……."

"그건 저희도 잘 모르겠습니다. 그래서 국왕께서는 마탑의 마법사들에게 참전 명령을 내리셨습니다. 최소한의 운용인력을 빼면 전 인원이 전선에 투입될 겁니다."

"큰일났군. 두 사람은 괜찮겠습니까?"

"어쩔 수 없지요. 이런 때 우리 같은 인력을 놀릴 수는 없는 노릇이니까."

학자 성격인 벨로스가 무거운 한숨을 내쉬었다. 카알도 착잡한 표정을 짓고 있었다. 그는 라곤의 저택에 오기 전까지 전장에서 지긋지긋하게 많은 전투를 겪었던 몸이다. 그때보다도 훨씬 상황이 나빠진 전장으로 가야 한다는 것만으로도 몸서리가 쳐질 것이다.

문득 카알이 라곤에게 손을 내밀었다. 잠시 후에야 그가 악수를 청한다는 사실을 알아차린 라곤이 그 손을 맞잡았다. 카알이 애써 의연한 목소리로 말했다.

"그래도 라곤 경이 필요로 하시는 것을 거의 다 완성한 시점에서 가게 되어서 다행입니다. 라곤 경, 부디 원하는 것을 이루시길 바랍니다."

"고마워, 카알 경. 아마 나한테도 곧 전장으로 향하라는 명령이 떨어질 테니, 전장에서 만나도록 하지. 무운을 빌겠어."

"예."

그렇게 두 마법사는 라곤의 저택을 떠나갔다.

그들을 배웅한 라곤은 곧바로 외출할 채비를 갖췄다. 크루세스가 무너지다니, 언젠가 이런 일이 닥칠 거라고 예상은 했지만 실제로 닥쳐 오니 정말 충격이 컸다. 일단 왕도로 올라가서 시에나를 통해 소식을 알아볼 생각이었다.

저택을 나선 라곤은 비행주문을 이용해서 최대한 빠르게 왕도에 도착했다. 그리고 블랑크스 가문의 상단 본부로 찾아가서 시에나를 만나고 싶다고 요청했다.

"왔군요."

시에나는 한창 다른 손님을 만나고 있던 중이었지만 라곤이 찾아왔다는 소식을 듣자 다른 사람을 대신 내보내고 나왔다. 마치 자신이 찾아올 것을 알고 있었던 것 같은 그녀의 태도에 라곤이 말했다.

"크루세스가 무너진 것, 알고 있었군."

"우리 쪽에도 급하게 연락이 왔어요. 그쪽에 상주하고 있던 우리 쪽 인원은 그 연락을 마지막으로 소식이 끊겼고요. 지금은 마탑과 왕실 쪽을 통해서 정보를 수집하고 있는 중이에요."

"지금까지 수집한 정보를 들려줄 수 있나?"

"그러죠."

시에나는 자신이 지금까지 수집한 크루세스의 정보를 정리한 문서를 건네주었다. 그것을 본 라곤의 표정이 굳었다.

"오크 히어로가 300마리 이상?"

"그것만이 아니에요."

시에나 역시 굳은 표정으로 대꾸했다.

문서에 적힌 내용은 믿을 수 없는 것들뿐이었다. 1만의 오크 대군과 함께 나타난 것은 300마리 이상의 오크 히어로와 그 이상으로 많은 숫자의 오크 메이지들, 그리고 요즘 산발적으로 모습을 드러냈던 키메라 군단 역시 수백 마리에 이르렀다고 한다.

하지만 성벽을 무너뜨린 것은 대병력의 힘이 아니었다.

놀랍게도 하이오크 삼귀장이 발휘한 엄청난 힘이 크루세스의 성벽을 무너뜨리고 전멸 직전까지 몰고 갔던 것이다.

4

라곤이 크루세스 함락 소식을 듣기 하루 전.

크루세스에 오크들의 대병력이 모습을 드러낸 것은 해가 진 직후였다. 오크들은 지금까지 볼 수 없었던 엄청난 규모, 마법사들의 관측에 의하면 1만에 이르는 대병력을 이끌고 크루세스로 진군해 오고 있었다.

"엄청난 숫자군."

어둠 속에서 몰려오는 적들을 본 질리언이 숨을 삼켰다. 소드 마스터인 그는 밤의 어둠을 꿰뚫고 적들의 규모를 파악하고 있었다.

"끝장을 볼 생각인가?"

리리디카 역시 긴장한 기색이었다.

적들은 밤의 어둠을 틈타 진군해 왔다는 점만 빼면 아예 자신들을 감출 생각이 없는 것 같았다. 횃불도, 마법의 조명도 당당하게 드러낸 채 서서히 거리를 좁혀온다.

크루세스의 병력들은 그 어느 때보다도 긴장한 채 그들을 맞이했다. 드워프들은 성벽에 라이트닝 파이어 설치를 마치고, 마법사들은 마법을 장전하고, 사수들은 사격을 준비한 채였다.

오크들은 성벽까지 100미터 정도 거리를 남겨둔 채 멈춰섰다. 그 직후 오크들 사이에서 하이오크 삼귀장이 모습을 드러냈다.

"인간들이여!"

하라두쿰의 목소리가 마법의 힘을 빌어 쩌렁쩌렁 울려 퍼졌다.

"먼저 지금까지 분투해 준 것에 감사를 표한다!"

"뭐?"

뜬금없는 말에 크루세스의 병력들이 술렁거렸다. 이놈이 도대체 무슨 소리를 하는 것인지 알 수 없다. 그동안 죽어간 오크들이 몇인데 감사니 뭐니 하는 소리를 한단 말인가?

하라두쿰의 말이 이어졌다.

"그대들이 잘 버텨준 덕분에 우리는 계획했던 바를 모두 이룰 수 있었다. 수고했다. 하지만 이제는 볼일이 끝났으니, 그동안 수고해 준 것에 대한 보답으로 신속하게 끝내주마."

"여전히 말은 잘하시는군."

질리언이 투덜거렸다. 마치 여태까지의 전투는 장난에 불과했다고 말하는 것 같은 말투가 아닌가?

"방심하지 마라."

그런 그의 뒤쪽에서 굵직한 목소리가 들려왔다. 질리언이 뒤를 돌아보니 자신의 증조부인 크루소가 완전 무장한 채 서 있었다. 그는 2개월 전부터 합류해서 이미 무수한 오크들을 베어 넘기며 자신의 건재함을 알렸다.

현재 크루세스에 집결한 소드 마스터의 숫자는 열다섯 명이나 된다. 중상을 입었던 윌로우 경이 복귀했고, 크루소를 포함한 전대 소드 마스터 열한 명이 합류한 덕분이었다. 현재 그들은 성벽 곳곳에 포진하여 오크들이 어느 방향에서 기습해 와도 대응할 수 있도록 준비를 마치고 있었다.

'불길해⋯⋯.'

이런 전력이 갖춰져 있느니만큼 1만 대군을 상대로도 능히 수성을 해낼 수 있다는 자신감이 있어야 하건만, 질리언은 불안감을 느끼고 있었다. 지금 여기 와 있는 적들은 단순히 수가 많은 것뿐만 아니라 위험한 분위기를 풍겼다.

그 불안감은 즉시 현실로 드러났다.

"오크 히어로들이⋯⋯."

병사들이 술렁거렸다.

전투가 시작되기 전, 언제나 그랬다시피 오크 히어로들이 전면에 나서서 오러 블레이드를 전개했다. 밤의 어둠을 찢으며 각각의 색깔을 띤 오러 블레이드들이 화려하게 분출되었다.

그런데 그 숫자가 굉장하다. 지금까지도 전장에서 열 마리 이상의 오크 히어로를 보는 일은 드물지 않았다. 하지만 그

열 배가 넘어가는 숫자를 보는 것은 처음이다!

"배, 백 마리 이상?"

다들 경악했다. 전면에 나서서 오러 블레이드를 전개한 오크 히어로의 숫자는 자그마치 백 마리를 넘었던 것이다! 게다가 그 숫자는 계속해서 불어나고 있었다.

"말도 안 돼! 이렇게 많은 숫자가……!"

마침내 오러 블레이드의 증식이 멈추자 질리언이 신음했다. 소드 마스터인 그는 오크 히어로들이 전개한 오러 블레이드의 숫자를 민감하게 잡아낼 수 있었다. 지금까지 전개되어 오러 파동을 흩뿌리고 있는 오러 블레이드의 숫자는 무려 307개나 된다!

"크아아아아!"

그리고 그 뒤쪽에서 키메라들이 모습을 드러냈다. 할로드의 궁극주문조차 방어해 내는 광역 결계와 수십의 마법사들을 능가하는 응축 파이어 볼을 난사하는 기능을 가진 거대한 키메라들이 100마리 이상 모습을 드러내자 다들 질려 버렸다.

인간들의 경악을 느끼며 하라두쿰이 웃었다. 그가 하늘을 가리키며 말했다.

"위대한 신, 프로토 오크의 이름으로! 지금 여기서 오크의 시대가 도래했음을 알리노라!"

동시에 하늘이 꿈틀거리기 시작했다. 하루두쿰이 황금으

로 만들어진 지팡이를 들어 올리자 그로부터 엄청난 마력 파동이 일어나 주변을 휩쓸었다. 그 마력 파동을 느낀 할로드가 경악했다.

"이 마력 파동은 뭐지?"

이전까지 하라두쿰의 마력은 할로드와 동등한 수준이었다. 그리고 마법의 운용 면에서는 할로드가 우위를 점했기에 하라두쿰은 번번이 별 성과를 거두지 못하고 물러갈 수밖에 없었다.

하지만 지금의 하라두쿰은 뭔가 다르다. 할로드는 그의 마력이 믿기지 않을 정도로 증가된 것을 느낄 수 있었다. 어느 순간 하라두쿰이 발동시키려는 마법을 읽어낸 할로드가 대응에 들어갔다.

"초장부터 미티어 스트라이크 따윌!"

할로드가 허공에서 집결되는 마력의 움직임을 방해했다. 현대의 마법, 그 극의를 터득한 그의 교묘한 마력 운용이 하라두쿰의 마법이 완성되는 것을 막아냈다. 하지만 그 순간 할로드는 경악할 수밖에 없었다.

"두 개를 동시에 쓰다니!"

노골적으로 전개한 미티어 스트라이크는 한 발이 아니고 두 발이었다. 그의 의식이 한쪽에 쏠려 있는 동안 완성된 또 하나의 미티어 스트라이크가 밤하늘을 불태우며 크루세스를 환하게 밝혔다.

화아아아악!

거대한 불덩어리가 격렬하게 소용돌이치며 떨어져 내렸다. 그 크기도 이전에 하라두쿰이 사용했던 것보다 훨씬 커서 지름이 50미터에 달했다.

"도대체 어느 정도로 마력에 여유가 있어야 이런 게 가능한 거지?"

궁극주문을 동시에 두 개나 사용하다니! 할로드 자신도 마법식 연산이라는 측면에서만 보면 충분히 가능한 일이지만 마력 면에서는 절대 불가능하다. 얼마나 많은 마력을 가졌냐보다는 얼마나 많은 마력을 한 번에 방출해서 제어할 수 있냐의 문제였다. 그런데 하라두쿰은 그 일을 간단하게 성공시킨 것이다.

미티어 스트라이크의 발동을 확인한 순간, 마법사들이 비명을 지르며 대응에 들어갔다. 크루세스의 마탑에 의해 쳐진 결계를 계속 중첩시켜서 강화하고, 내열속성을 몇 배로 끌어올렸다.

경악으로 인해 다른 마법사들보다 행동이 늦은 할로드는 그들과는 다른 작업에 들어갔다. 그리고 그 마법이 완성되기 전에 미티어 스트라이크가 작렬, 불길이 반경 수백 미터를 휘감으면서 열기가 사방으로 폭발했다.

콰콰콰콰콰콰!

마탑의 도시방어 결계에 수십의 마법사들이 힘을 더하자

세상을 끝장낼 것 같은 불꽃의 폭풍도 버텨낼 수 있었다. 하지만 결계 일부가 뚫려서 한순간에 불탄 시체로 변해 버린 이들이 수십 명이나 나왔고, 도시 내의 기온이 급격히 상승하면서 실신하는 자들도 나왔다.

그 속에서 꿋꿋하게 주문을 완성한 할로드가 외쳤다.

"되갚아주마! 파이널 디스트로이어!"

그것은 미티어 스트라이크와 필적하는 궁극주문의 하나였다. 하라두쿰은 생전 처음 접하는 마법식에 눈을 휘둥그렇게 떴다.

"호오?"

불길을 뚫고 거대한 빛의 구체가 떠오르고 있었다. 직경 30미터에 이르는 그 빛의 구체는 가늘게 몸을 떠나 싶더니 갑자기 수천 개의 파편으로 나뉘었다. 그리고 오크들을 향해 물밀 듯이 날아들기 시작했다.

"고작 이런 걸로……."

하라두쿰이 코웃음을 치며 그 빛을 요격하려고 했다. 하지만 그렇게 마음먹는 순간 빛의 파편들이 양쪽으로 좍 갈라지면서 오크들을 둥글게 포위, 그 몸을 소진시키면서 섬광을 쏟아내는 것이 아닌가?

피피피피피핑!

허공을 자유자재로 누비며 화살을 쏘듯이, 무수한 빛의 파편들이 오크들을 노리고 공격을 쏟아부었다. 가장자리에 있던 오크 병사들이 속수무책으로 그것에 맞고 쓰러진다. 그 빛은 강력한 열섬이었기 때문에 맞는 순간 몸에 커다란 구멍이 나버리고 있었다.

키메라들이 즉시 반응, 방어 결계를 발동시켰지만 이 섬광들은 놀랍게도 키메라들의 방어 결계를 무시했다. 정확히는 섬광의 파편들이 결계 안으로 들어간 다음에 자신을 구성하는 힘을 공격력으로 바꾸어서 오크 병사들을 공격하는 것이다.

할로드가 코웃음을 쳤다.

"흥! 디스트로이어들은 광역 결계로는 절대 막을 수 없다! 하나하나가 자아를 가진 병사와 같기 때문이지!"

일거에 작렬하는 화려함은 없었지만 과연 궁극주문이라고 부를 만했다. 게다가 오크 히어로나 혹은 방어주문으로 자신을 감싼 오크 메이지만이 그 공격을 버텨낼 수 있는데, 빛의 파편들은 영악하게도 평범한 오크 병사들을 노려서 집중포화를 쏟아내어서 엄청난 피해가 났다.

"제법이군! 파라둠!"

"알겠습니다."

하라두쿰이 불쾌한 표정으로 부르자 파라둠이 나서서 황금의 철퇴를 들어 올렸다. 그러자 그로부터 장대한 황금빛이 일어나서 파도처럼 오크들을 휘감기 시작했다.

화아아아아아!

그 빛의 기류는 미티어 스트라이크의 폭발조차 압도할 정
도로 엄청난 규모였다. 마치 전장에 황금빛 해일이 몰아치는
것 같은 느낌이 들 정도였다.

그렇게 한 번 빛이 휘감고 지나가자 그다음부터는 거의 피
해자가 나오지 않았다. 열섬 공격을 맞아도 충격으로 나가떨
어질 뿐, 관통당하지 않았던 것이다.

"저, 저건 뭐지?"

생전 처음 보는 마법에 할로드가 눈을 크게 떴다. 파라둠이
사역하는 것은 프로토 오크로부터 비롯된 신성마법이니 마법
사인 그가 꿰뚫어 볼 수 없는 것도 당연했다.

그동안 키메라들이 움직였다. 절반은 여전히 땅에 양팔을
박은 채 결계를 전개하고 있었고, 나머지 절반은 양팔을 크루
세스 쪽으로 향하고 응축된 고속 파이어 볼을 쏟아내기 시작
했다.

퍼퍼퍼퍼퍼펑!

그에 맞서 마법사들이 방어주문과 공격주문을 전개하면서
화려한 마법전이 시작되었다. 하지만 화살을 쏘는 것보다도
더 간단하게 파이어 볼을 연사할 수 있는 키메라들과 일일이
마법식을 연산하고 마력을 제어해야 하는 마법사들 중 어느
쪽이 유리한지는 분명했다.

"아아아아악!"

곧 마법사들의 화망을 뚫고, 도시방어 결계까지 꿰뚫은 파

이어 볼에 희생자들이 나오기 시작했다.

공성전의 상식을 완전히 무시한 상황이었다. 문명이 만들어낸 것들을 초월하는 어마어마한 화력을 가진 키메라들 때문에 오크 병사들은 아예 다가오지도 않은 채 성벽이 무너지기를 기다리고 있었다.

"큭, 이대론 안 돼!"

그렇게 생각한 것은 질리언만이 아니었다. 하지만 소드 마스터들조차도 이 상황에서는 할 수 있는 것이 없었다. 300마리 이상의 오크 히어로가 기다리는 상황에서 적진으로 뛰어들었다가는 그대로 자멸이다. 이 상황에서 뭔가를 할 수 있는 이가 있다면 그것은 바로…….

피잉!

성벽에서 좀 떨어진 지점, 산 능선에서 한줄기 섬광이 뻗어나갔다. 놀라운 속도로 공간을 관통한 그것은 그대로 키메라 중 하나에게 작렬했다. 키메라는 전신을 견고한 껍질로 방어하고 있었지만 이 섬광은 놀랍게도 그것을 간단히 파괴해 버리는 게 아닌가?

키에에에에!

키메라가 비명을 지르며 몸을 뒤틀었다. 가느다란 섬광에 맞았다고는 믿을 수 없는, 커다란 상처 부위로부터 피가 폭포수처럼 쏟아지면서 키메라의 거체가 무너지듯 쓰러져 갔다.

쿠쿠쿵!

"리리디카 보르드누스!"

오크들 중 제일 먼저 그 섬광의 정체를 파악한 것은 대전사 라카둠이었다. 그는 놀라운 시력으로 나무들 사이에서 활을 당기고 있는 리리디카의 모습을 포착했다. 리리디카는 성벽이 공격받고 있는 동안 밖으로 이탈, 산에 자리를 잡고 저격을 개시했던 것이다.

리리디카가 날린 섬광의 화살이 키메라들을 하나하나 침몰시켜 갔다. 진동의 묘리를 이용해서 날리는 화살은 키메라들이 형성한 결계조차도 종잇장처럼 찢어발기면서 표적을 꿰뚫었고, 적중하는 순간 체내의 에너지가 끓어오르면서 폭발해 버리고 있었다.

"크워어어어!"

오크 메이지들이 그녀를 향해 마법을 퍼부었다. 파이어 볼이 산 전체를 불태울 것 같은 기세로 날아들자 리리디카는 혀를 찼다.

"쳇. 여기까지인가?"

그녀는 즉시 오러 파편에 올라타서 하늘로 날아올랐다. 그러면서 사정거리 문제로 키메라들의 결계 밖으로 빠져나온 오크 메이지들에게 원거리 공격을 퍼부었다. 거대한 키메라라면 또 모를까, 오크 메이지들 정도는 그냥 활을 팅겨 날리는 오러의 화살만으로도 충분하다. 순식간에 오크 메이지 일곱이 리리디카의 공격에 맞고 추락했다.

일단 리리디카의 공격에 적진이 한 번 흔들리자 그때부터는 크루세스 측의 반격이 시작되었다. 전열을 정비한 인간 마법사들이 크고 작은 마법들을 난사, 엘프 마법사들이 정령들을 불러내어 갖가지 현상을 불러일으키고, 드워프들이 라이트닝 파이어를 쏘아대니 파라둠의 신성마법이 전개된 상황에서도 오크들의 피해가 속출했다.

그런 상황에서도 하이오크 삼귀장은 여유만만했다. 라카둠이 검을 들어 올리며 말했다.

"그럼 슬슬 내가 가겠수."

"그러도록 해라."

하라두쿰은 고개를 끄덕이고는 할로드를 향해 마법을 걸기 시작했다. 할로드가 흠칫하며 그에 응하니, 오크의 대마법사와 인간의 대마법사는 초고속으로 전개되는 마법 공방전을 벌이기 시작했다.

마법식이 전개되고, 파훼되고, 마력이 흐르고, 막히고, 흩어지고, 집결되고, 뒤틀리는 싸움이 벌어지니 주변의 마력 흐름이 불안정해지면서 여기저기서 고밀도로 집약된 마력의 스파크가 튀었다. 그러나 정작 완성되어서 현상으로 구현되는 마법은 단 하나도 없이, 어느 쪽이 먼저 완성된 마법을 내놓느냐 하는 승부!

"성벽을 부수고 오도록 하지."

하라두쿰이 할로드를 묶어놓는 것을 본 라카둠은 그렇게

말하면서 앞으로 걸어가기 시작했다.

5

오크들은 이상할 정도로 방어에 치중하고 있었다. 키메라들의 포격이 계속되긴 했지만 그 외에는 전혀 공격해 올 기세가 없다. 오히려 수성하는 크루세스 쪽이 공격을 퍼부어대고 저쪽은 그 자리를 지키며 방어만 해대고 있으니 의아하기 짝이 없었다.

그런 와중에 라카둠이 혈혈단신으로 접근해 오기 시작했다. 성큼성큼 걸어가는 그를 향해 파이어 볼 한 발이 날아들었지만 검을 한 번 휘두르자 붉은 오러 블레이드가 일어나면서 불길을 둘로 가른다.

파파파파파파!

드워프들이 라이트닝 파이어를 조준하고 집중 사격했다. 소드 마스터의 투창 공격에 필적하는 공격이 날아들자 라카둠이 태풍 같은 움직임으로 검을 휘둘렀다.

"그 정도로 될 것 같으냐!"

라이트닝 파이어가 쏘아낸 작살을 모조리 튕겨낸 라카둠이 호쾌하게 외쳤다. 그러자 질리언이 창을 잡고 그대로 집어던졌다. 푸른 섬광으로 화한 창이 라카둠을 노리고 날아들었다.

콰창!

라카둠은 그것도 간단히 쳐내고는 돌진해 왔다. 질리언은 혀를 차며 성벽 아래로 내려갈 준비를 했다. 원거리 공격으로 그를 막을 수 없다면 직접 내려가서 싸울 뿐이다!

하지만 잠시 후 질리언은 어리둥절해할 수밖에 없었다. 라카둠이 성벽을 약 40미터 정도 남겨놓은 지점에서 멈춰 섰기 때문이다.

"흐ㅇㅇㅇ읍!"

모두가 의아해하면서도 공격을 퍼부어대는 가운데, 그가 갑자기 검을 세우며 전신에 힘을 주기 시작했다. 그러자 황금의 검이 맹렬한 빛을 토해내면서, 그의 전신도 황금빛으로 물들었다.

콰콰콰콰쾅!

그 위로 마법이 작렬했다. 불꽃과 섬광과 뇌격이 쏟아지면서 사정없이 그의 몸을 휘감는다. 아무리 오러 디펜더를 펼치더라도 이 정도 공격을 받았다면 뒤로 밀려날 수밖에 없을 것이다.

모두가 그렇게 생각했다. 하지만 다음 순간 돌풍이 일어나면서 라카둠의 모습이 드러났다. 그 자리에 굳건히 버티고 선 것은 그렇다 치고, 전신을 황금빛으로 물들인 채 변화하는 그 모습에 다들 경악했다.

"뭐, 뭐야?"

"커지고 있어!"

라카둠의 몸이 부풀어 오르고 있었다.

원래부터 다른 오크들보다 훨씬 체격이 컸던 라카둠이다. 그런데 그 몸이 더더욱 크게 부풀어 오르고 있었다. 그것도 몸의 실루엣은 그대로 둔 채, 마치 멀리 있는 것이 가까이 다가올 때처럼 점점 크기가 불어난다. 다들 놀라서 행동을 멈춘 사이, 그의 몸이 거의 오우거와 대등한 크기까지 늘어났다.

"후우우우우……."

마침내 변신을 마친 라카둠이 긴 숨을 내뱉었다. 그의 모습은 커진 채 황금빛으로 물들었다는 것을 제외하면 별로 변한 것이 없었다. 그러나 소드 마스터들은 모두 그의 오러 블레이드를 보며 숨을 삼켰다.

"황금색 오러 블레이드?"

붉은색이었던 라카둠의 오러 블레이드가 황금빛으로 물들어 있었다. 그가 들고 있는 황금의 검 그 자체를 녹여서 빛으로 벼려낸 것처럼, 격렬한 황금빛 스파크가 튀면서 그 크기를 불려 나간다.

"프로토 오크께서 선택하신 대전사의 진정한 힘, 똑똑히 보거라!"

라카둠이 포효하며 검을 뒤로 당겼다. 마치 몸을 내던지듯이 검을 휘두를 것 같은 자세다. 그 자세를 따라 뒤로 당겨진 오러 블레이드는 믿을 수 없을 정도로 거대해져 가고 있었다.

“말도 안 돼!”

질리언이 신음했다.

라카둠의 오러 블레이드는 상식적으로는 도저히 있을 수 없는 크기까지 불어나고 있었다. 20미터를 넘어 30미터, 30미터를 넘어 40미터, 40미터를 넘어 50미터까지……!

“하아아아아!”

아무리 거대화되었다고는 하지만 한 마리의 오크가 들기에는 너무나도 거대한, 흡사 신이 강림해 들어야 어울릴 것 같은 황금의 오러 블레이드. 라카둠의 기합과 함께 그것이 격렬하게 회전하기 시작했다.

후우우우우우!

거대한 빛의 운집은 그저 회전하는 것만으로도 주변 공기를 끌어들여 뒤흔들고 굉음을 발생시킨다. 그런데 그 회전이 점차 가속해서 임계점에 도달하자 라카둠의 주변에는 누구의 접근도 허락지 않는 폭풍이 몰아쳤다.

“모두 피해!”

질리언은 비명을 지르며 성벽에서 뛰쳐나갔다. 동시에 바로 옆에 있던 크루소를 잡고 최대한 멀리 몸을 날리는 순간, 마침내 라카둠이 신화적인 빛의 칼날을 내려쳤다.

콰아아아아!

단 일격으로 충분했다.

50미터 이상으로 뻗어나간 황금빛 오러 블레이드는 도시

방어 결계를 간단하게 찢어발기고 성벽까지 그대로 베어버렸다. 그 섬광이 비스듬하게 성벽을 베어내는 순간, 그 궤도에 가까이 있던 인간들은 한순간에 증발해 버리고 파괴의 여파로 황금의 열풍이 작렬했다.

그동안의 치열한 전투를 굳건하게 버텨내던 성벽은 무참하게 파괴되고, 그 위에 있던 이들은 한순간에 쓸려 버렸다. 그 뒤쪽에서 대기하고 있던 이들 역시 폭발에 휩쓸려 거의 전멸 직전까지 몰렸다. 그보다 더 후방에 있던 자들은 무너진 성벽을 보면서 완전히 얼어붙어 있었다.

"이런 일이……."

하늘에서 그 광경을 본 리리디카가 입을 쩍 벌린 채 중얼거렸다.

50미터에 이르는 오러 블레이드라니, 게다가 그것을 초고속으로 회전시켜서 궁극주문마저 버텨내는 성벽을 한번에 날려 버리다니 이런 것은 상상도 해본 적이 없었다. 이것이 천년 전 세계의 패권을 노렸다는 하이오크들의 진정한 힘이란 말인가!

"하하하하하하하!"

신화적인 파괴의 위업을 달성한 라카둠이 웃었다. 자신이 해낸 일이 가져다준 희열을 참을 수 없다는 듯 미친 듯이 웃는 그의 몸에서 변화가 일어났다. 방금 전의 일격으로 힘을 크게 소진했는지 오러의 색이 다시 붉은색으로 돌아오고 몸의 크기가 원래대로 되돌아오기 시작한다.

그 뒤쪽에서 오크들이 진군해 온다. 기다림의 시간이 끝났다는 듯, 여유있게 진군해 오는 그들의 모습이 지옥의 사자들처럼 무시무시해 보였다.

"큭!"

그 모습을 본 리리디카는 퍼뜩 정신을 차렸다. 그런데 그녀가 라카둠을 향해 활을 겨누는 순간, 또다시 예기치 못한 사태가 벌어졌다.

쿠쿠쿠쿠쿠쿵!

지진이 크루세스를 덮쳤다.

진군해 오는 오크들의 선두에 섰던 제사장 파라둠, 그가 황금의 철퇴를 들어서 땅을 내려쳤던 것이다. 그러자 그 지점으로부터 맹렬한 지진파가 일어나서 해일처럼 일어난 흙먼지와 함께 크루세스를 덮쳤다. 방금 전의 일격으로 정신을 차리지 못하고 있던 크루세스의 병력들은 갑자기 땅이 뒤흔들리고 건물이 무너져 내리자 속수무책으로 거기에 휘말려들고 말았다.

"자아! 자랑스러운 오크 용사들아! 무력한 인간들을 짓밟아라!"

하라두쿰이 외쳤다. 성벽이 부서지고 지진에 휘말린 크루세스는 괴멸 직전까지 몰려 있었다. 단순히 섬멸이 목표라면 거기에 궁극주문 한두 발만 더 때려 넣으면 상황 종료겠지만,

크루세스를 보수해서 이용하고 인간 생존자들을 포로로 잡아 노예로 부릴 생각을 가진 하라두쿰은 마법 대신 병사들로 하여금 마무리를 짓도록 명령했다.

와아아아아아!

오크 병사들이 함성을 지르며 크루세스를 향해 달려갔다.

6

오크들이 몰려오는 것을 본 리리디카가 전율했다.

"끄, 끝났어."

지금 자신이 저들을 공격해서 저지한다 한들 의미가 없다. 리리디카는 엘프로서 해야 할 일을 하기로 했다.

"칼로디엄!"

오크들보다 먼저 크루세스로 날아가는 리리디카의 부름에 포스 트리 칼로디엄이 응답했다. 건물들의 붕괴에 휘말렸던 칼로디엄은 혼신의 힘을 다해 잔해를 튕겨내며 밖으로 기어 나왔다.

"운신은 가능해?"

[예. 리리디카 보르드누스.]

"우리 애들을 찾아! 생존자들을 하나라도 더 많이 데리고 이곳에서 탈출한다!

[알겠습니다. 공명 개시.]

칼로디엄의 포스 트리의 특수 능력을 이용해서 엘프들의 정신파에 접촉하기 시작했다. 그의 능력을 이용하면 엘프 생존자들을 쉽게 찾아내고, 정신을 잃었을 경우에도 각성을 유도할 수 있었다.

힘께 싸우던 동맹군이 무니진 것은 가슴 아픈 일이지만, 그녀에게 있어서 가장 중요한 것은 동족인 엘프다. 방금 전의 공격으로 상당수가 죽어나갔겠지만 한 명이라도 더 살려야만 했다.

[생존자 37명. 모두 각성합니다.]

"젠장!"

잠시 후 칼로디엄이 찾아낸 생존자 숫자에 리리디카가 욕설을 내뱉었다. 손이 귀한 엘프가 150명 이상이나 죽다니! 미칠 듯한 분노가 치밀었다.

"칼로디엄, 생존자들을 모두 후방으로 유도! 움직일 수 있는 자는 정령마법으로, 움직일 수 없는 자들은 네 안에 수용하도록!"

[알겠습니다. 리리디카 보르드누스, 당신은?]

"난… 조금 할 일이 남았어. 먼저 가도록 해."

리리디카는 가라앉은 목소리로 말하고는 밀려오는 오크 병사들을 바라보았다. 그리고 그 사이에서 포효하는 남자를 발견했다.

"자서스!"

엑서 하이어 자서스 디디 쿰이 포효하고 있었다. 성벽의 잔해를 헤치고 기어나온 그는 주변을 둘러보며 피눈물을 흘렸다.

드워프 전사단은 대부분 성벽에 자리한 채 라이트닝 파이어를 사용하고 있었다. 라카둠의 일격으로 드워프 전사단은 전멸해 버린 것이다. 오로지 질리언의 경고를 듣고 반사적으로 몸을 피했던 자서스만이 살아남아서 그 상황을 맞닥뜨리게 되었다.

“자서스 디디 쿰! 정신 차려!”

“으아아아아아아!”

자서스는 리리디카의 부름을 듣지 못한 것처럼 절규했다. 엑서 하이어의 비기, 어스 스트라이크가 발현되면서 그의 오러가 폭증했다. 그가 예비로 손에 들고 있던 커다란 쌍날도끼가 붉게 달아올라서 허공으로 녹아 들어가고, 청록색 오러 블레이드가 고속으로 회전하면서 폭풍으로 화했다.

쿠쿠쿠쿠쿠쿠!

붕괴한 도시의 잔해가 그 속으로 끌려 들어가서 가루가 된다. 쌍날도끼를 완전히 연소시켜서 오러로 바꾼 자서스는 등에 매고 있던 예비 쌍날도끼를 꺼내 들었다. 그리고 대쉬 롤러에 시동을 걸었다.

기기깅!

“이 빌어 처먹을 자식들! 다 죽여 버리겠다!”

재앙의 섬광이 몰아쳤다.

대쉬 롤러를 이용해 돌격한 자서스가 도끼를 한 번 휘두를 때마다 사방 수십 미터 안에 있던 오크들이 한 번에 날아가 버렸다. 방어할 수도, 피할 수도 없었다. 뭐가 번쩍인다고 생각한 순간 수십 마리씩 박살 나서 흩어지니 비명조차 울려 퍼지지 않는다.

오크 메이지들이 자서스를 향해 마법을 날렸지만 소용없었다. 엄청난 기세로 불어나서 회전하는 오러 디펜더가 그 모든 것을 무력화시켰다. 불꽃도, 뇌전도, 냉기도 자서스의 10미터 안쪽으로 다가가는 순간 증발해서 빛 속으로 녹아들어 버리고 만다.

피피피핑!

게다가 허공으로 날아오른 존재들을 저격하는 리리디카의 존재가 있었다. 리리디카는 이를 갈며 자서스의 뒤를 따랐다.

"젠장! 버서커(광전사)도 아니면서 말도 안 들어 처먹고!"

평소에 그렇게 사이가 나빠서 아옹다옹했던 둘이지만 긴 시간 동안 쌓여온 악연은, 때로 상대를 위해 목숨을 걸게 하기도 하는 모양이다. 리리디카는 자신의 행동이 바보 같다고 여기면서도 자서스를 위해서 계속 오러의 화살을 날려댔다. 자서스를 위협하던 오크 메이지들이 하나씩 하나씩 떨궈져 나가고, 조를 짜서 돌격해 들어가던 오크 히어로들조차도 그녀의 공격을 막아내지 못하고 몸이 관통되어 빛의 폭풍으로 화했다.

"자서스! 정신 차리란 말야!"

그녀의 외침은 닿지 않았다. 자신이 스스로 벼려낸 애병도, 발에 닿는 대지도, 그리고 자신의 생명조차도 오러로 변환시켜 폭주하는 자서스는 단 하나의 적을 찾아 헤매고 있었다.

"라카두우우우움!"

부하들이 돌격하는 것을 보고 있던 라카둠은 그 외침을 들었다. 주저앉아서 황금의 검을 대지에 꽂아놓고 있던 그는 천천히 몸을 일으켰다. 그의 뒤쪽에서 회복마법을 사용, 그의 기력을 회복시키던 파라둠이 물었다.

"무리하는 거 아닙니까?"

"저렇게 나를 애타게 부르는데 무리를 해줘야 하지 않겠나? 자기 목숨까지 불태우며 달려드니 오크의 대전사로서 도망칠 수 없지."

"타할라의 가호가 형님께. 무운을."

"어이, 지금은 프로토 오크라고 불러 드려야 하는 거 아냐?"

파라둠의 성직자다운 말에 라카둠이 코웃음을 쳤다. 그러자 파라둠이 고개를 저으며 말했다.

"나는 그분의 제사장이니 언제나 본질을 보아드려야 합니다."

"잘난 척하긴."

라카둠은 씩 웃으며 자서스를 향해 걸어가기 시작했다.

그동안 자서스는 오크 히어로 열 마리 이상을 격퇴하며 폭주하고 있었다. 모든 것을 연소시켜 얻어낸 오러의 힘은 어디까지나 일회용이기에 쓰면 쓸수록 쇠퇴한다. 하지만 이곳에 뼈를 묻을 각오로 끌어내는 그 힘은 아직도 반 이상 남아 있었다.

"크아아아아!"

오크 히어로가 달려들었다. 무모하다는 것을 알고 있으면서도 달려드는 것은 그들이 용맹함을 숭상하는 전사의 종족이기 때문이리라. 붉게 타오르는 오러 블레이드가 자서스를 노리고 날아들었지만, 맹렬하게 회전하는 오러 디펜더에 부딪치는 것만으로도 그 궤도가 뒤틀리고 만다. 그리고 자세가 흐트러진 오크 히어로에게 자서스가 몸을 내던지듯이 돌진하며 쌍날도끼를 내려쳤다.

쾅!

일격으로 오크 히어로의 몸이 분쇄되었다. 붉은 섬광이 폭발했지만 자서스는 대쉬 롤러를 기동시켜서 유유히 그 속에서 빠져나온다.

지금의 자서스가 발하는 오러의 출력은 평소의 다섯 배 이상이다. 단순히 에너지를 폭증시키는 것만이 아니라, 그것을 평소처럼 다룰 수 있다는 것이 자서스의 대단한 점이었다. 엑서 하이어들끼리 오러를 제어하는 기술에 대해 연구하고 전수해 왔으며, 100년 이상 그 정수를 훈련해 왔기에 가능한 일이다. 인간 소드 마스터가 이 정도 힘을 끌어안게 되었다면 일격에 쏟아붓고 자신도 박살 나고 말았으리라.

"라카둠!"

붉게 물든 자서스의 눈동자가 라카둠의 모습을 포착했다. 어느새 라카둠의 명령을 받은 오크들이 자서스의 주변에서 물러나고 있었지만 그는 그 사실을 인식하지 못했다. 자신의 부하들을 몰살시킨 원흉, 라카둠만을 보고 있을 뿐이다.

"와라! 드워프의 용사!"

라카둠이 황금의 검으로 붉은 오러 블레이드를 전개하면서 자서스를 도발했다. 자서스가 주저없이 그에게 달려들었다.

쾅!

붉은 섬광과 푸른 섬광이 교차했다. 보라색 충격파가 터져서 대지를 뒤흔드는 가운데 라카둠과 자서스의 위치가 반전되었다.

"말도 안 돼."

그 광경을 보며 경악한 것은 리리디카였다.

지금의 라카둠은 성벽을 부술 때에 비해 명백히 힘이 감소해 있었다. 그런데도, 그냥 덩치가 큰 오크의 모습일 뿐인데도 폭주한 자서스와 대등한 오러 출력을 발휘하고 있는 것이다. 그것은 그의 힘이 이전에 싸웠을 때와는 차원이 다르다는 것을 의미했다.

"하하하하하!"

라카둠이 웃어젖혔다. 그럴 때마다 빛의 광풍이 몰아치면서 주변이 파괴되었다. 어지러울 정도로 빠르게 크고 작은 둘의 신형이 교차하면서 황금의 섬과 대형 쌍날도끼가 충돌하는데, 그때마다 열기가 끓어오르며 충격파가 도시의 잔해들을 날려 버렸다. 이미 오크들은 둘의 싸움에 휘말려들지 않기 위해 반경 100미터 이상 물러난 상태였다.

'젠장. 너무 가까이 붙어서 싸우니까 쏠 타이밍을 못 잡겠잖아.'

리리디카가 신경질을 냈다. 둘의 신형이 너무 어지럽게 교차하는 바람에 라카둠을 저격할 타이밍을 못 잡겠다. 게다가 라카둠은 자서스와 맞서면서도 리리디카의 존재를 의식하고 계속해서 몸을 흔들면서 조준을 방해하고 있었다.

보면 볼수록 감탄스러운 실력이다. 리리디카는 라카둠이 다른 오크 히어로들과는 차원이 다른 기량을 가진 존재임을 인정할 수밖에 없었다. 그는 단순히 오러 출력이 강한 것만이 아니라 그것을 활용하는 기술에 검술까지 모든 면에서 격이 다른 전사였다. 그는 2미터 40센티에 이르는 거구이고, 자서스는 훨씬 작은 체구에 대쉬 롤러를 이용해 엄청난 속도로 이동하기까지 하니 대응하기 어려울 텐데 전혀 자세가 흐트러지지 않는다. 그것만으로도 그의 실력은 증명됐다 할 수 있었다.

피피피피핏!

갑자기 공기가 갈라지는 소리와 함께 섬광이 날아들었다. 섬광이 일정 범위에 접근하는 순간, 그것을 감지한 리리디카는 깜짝 놀라며 자신을 지탱하는 오러의 파편을 움직였다. 파도를 타듯이 현란한 움직임이 이어지면서 다각도에서 그녀를 노린 섬광들이 모두 허공을 갈랐다.

리리디카가 그 섬광을 쏘아낸 존재를 보며 이를 갈았다.

"파라둠!"

"모처럼 형님께서 인정한 호적수와 싸우고 계시니 방해하는 낭만 없는 짓은 하지 마시죠."

파라둠이 허공에 떠서 다가오며 말하고 있었다. 리리디카는 식은땀을 흘리며 주변을 살폈다. 오크들은 자서스와 라카둠의 싸움을 멀찍이 피해서 도시를 계속해서 제압해 나가고 있었다. 잔해 속에서 살아남은 인간들이 끌려 나와서 포박당하고, 도망치는 자들은 뒤에서 쫓아온 오크들에게 사살당하거나 사로잡힌다.

'사로잡아? 이놈들 인간들을 노예로 부릴 생각이군!'

리리디카는 오크들의 의도를 한순간에 이해했다. 그동안 인간들을 부려서 도시를 건설해 오던 오크들이다. 앞으로도 같은 일을 계속할 생각인 게 틀림없었다.

"자서스……!"

리리디카는 입술을 깨물었다.

더 이상 지체할 수는 없었다. 오러 테이커인 그녀는 수가 적은 엘프의 귀중한 자원이다. 그녀의 존재 하나가 엘프들의 안전도를 높이고 낮출 수 있을 정도이니, 인간들을 도우러 온 싸움에서 목숨을 잃어서는 안 되었다.

'미안. 자서스.'

마음대로 행동하는 것은 여기까지다. 리리디카는 자서스에 대한 죄책감을 마음속에 묻고, 그를 위한 복수를 다짐하며 물러나기 시작했다. 이미 엘프 생존자들은 칼로디엄 안에 수용되어서 전장을 빠져나간 상태니 자신만 뒤를 따르면 된다.

"쉽게 빠져나갈 수 있으리라 생각합니까?"

파라둠이 코웃음을 쳤다. 그의 신성마법이 전개되면서 포박의 힘과 파괴의 섬광, 신벌의 뇌전이 리리디카를 노렸다. 대마법사와 동등한 힘을 가진 그는 이대로 리리디카를 놓아줄 생각이 없었다.

파앙!

그러나 다음 순간 그는 자신의 방어막을 관통하는 섬광에 섬뜩함을 느껴야만 했다. 리리디카가 곧바로 초진동 오러 화살을 쏘아서 그의 공격을 뿌리치고, 공격까지 가했던 것이다.

파파파파팡!

뒤이어 리리디카의 공격이 연달아 이어졌다. 파라둠이 그것을 막아내고 피하는 순간, 허공으로 사라졌다고 생각되었던 오러 화살들이 무수한 파편으로 화하여 비산하더니 마치 나비 떼처럼 일제히 그를 향해 날아들었다.

"호오! 엘프의 기술은 천 년 전보다 더 발달했군요!"

파라둠이 경탄했다. 인간의 소드 마스터는 천 년 전과 비교할 때 명백히 퇴보했고, 발달한 것은 오로지 마법과 신성마법뿐이라 여겼다. 그런데 오러 테이커인 리리디카의 기술은 천 년 전의 오러 테이커보다 명백히 위에 있지 않은가?

그러나 거기까지다. 첫 일격은 좀 위험했지만 이런 잔재주로는 오크의 제사장인 그를 해할 수 없었다. 일순간에 발동된 다중 결계가 오러 파편들을 막아내고, 그것을 반발력을 이용해서 단번에 중화시켰다.

동시에 파라둠은 결계를 강화해서 리리디카의 공격에 대비했다. 이 사이에 초진동 오러 화살을 쏘아내기라도 하면 위험하다.

"음?"

그러나 다음 공격은 오지 않았다. 리리디카는 모든 힘을 다해서 밤하늘로 날아올라 전장을 떠나고 있었기 때문이다. 달빛 아래 멀어져 가는 그 모습을 본 파라둠이 피식 웃었다.

"격정에도 몸을 맡기지 않고, 동료보다는 자신의 종족을 생각하는 냉정함, 정말 엘프답군요. 뭐 어차피 마지막에는 당신들의 차례이니 그때까지 목숨을 붙여두도록 하지요."

프로토 오크가 세상에서 가장 지워 버리고 싶어하는 종족은 인간이 아니라 엘프다. 그 종족 간의 증오에 대한 진실을 알고 있는 파라둠은 차가운 웃음을 지으며 몸을 돌렸다.

쾅!

"그억!"

폭음과 함께 자서스의 몸이 뒤로 팅겨 나갔다. 내장이 뒤흔들리는 충격에 자서스가 피를 토한다. 대쉬 롤러의 바퀴들이 맹렬하게 회전하며 그의 몸이 날아가지 않도록 대지를 붙잡았다.

그 앞쪽에서 라카둠이 서서히 걸어오고 있었다. 그가 발하는 오러 파동은 처음이나 지금이나 전혀 다르지 않았다. 그에 비해 자서스는 그와 싸우면 싸울수록 오러가 줄어들어서, 이제는 거의 평소 수준까지 하락해 있었다.

그것은 라카둠의 힘은 일체 다른 수를 쓰지 않고 스스로 가진 힘을 발현시킨 것인 데 비해, 자서스는 온갖 기술을 동원해서 힘을 일시적으로 끌어올린 것에서 온 차이다. 자서스가 단시간이나마 라카둠을 압도했다면 모를까, 그러지 못한 시점에서 이미 승부는 결정되어 있었다.

"후후, 슬슬 한계에 달한 모양이군!"

"웃기지… 마라."

자서스가 서 있기도 힘든지 숨을 몰아쉬며 쏘아붙였다. 그의 눈동자는 붉게 충혈되어 있었고, 내쉬는 숨에는 피 냄새가 섞여 있었다. 감당하기 어려운 오러의 힘을 미친 듯이 운용할 결과 그의 뼈와 근육, 내장은 손상되어 제 기능을 못하고 있었다.

쾅!

다음 격돌 때 자서스는 더 버티지 못하고 수십 미터나 날아가서 땅에 처박혔다. 그 모습을 본 라카둠이 오러 블레이드를 거두며 말했다.

"흠! 좋은 승부였다. 자서스 디디 쿰이여, 그대의 이름을 기억하도록 하지."

"크윽……."

반쯤 정신을 잃은 채 꿈틀거리는 자서스를 향해 라카둠이 다가갔다. 자신이 인정한 적수이니만큼 친히 목숨을 거두고, 그 신체의 형상을 보존하여 마지막 가는 길에 경의를 표해줄 생각이었다.

그런데 그때 그를 향해 섬광이 날아들었다. 자서스가 귀찮다는 듯 검을 휘둘러 그것을 쳐내는 순간 제2격, 3격이 이어지며 그를 뒤로 물러나게 했다.

동시에 한 인간 기사가 엄청난 속도로 자서스에게 달려가서 그를 안아 들었다. 그리고 푸른 섬광을 흩뿌리며 도망치기 시작했다.

"건방진! 쫓아라!"

그 기사가 소드 마스터 질리언임을 확인한 라카둠이 불쾌

한 표정으로 외쳤다. 그러자 오크 히어로들이 함성을 지르며
그 뒤를 쫓기 시작했다.

7

“으으윽…….”

질리언이 눈을 떴을 때는 이미 오크들이 크루세스 안으로
들어온 상황이었다. 너무나도 거대한 황금빛 오러 블레이드
를 보는 순간, 절망적인 위험을 감지하고 몸을 피했는데도 잠
시 동안 의식이 날아가고 말았다. 그리고 그 직후 지진파까지
덮쳐 오는 바람에 속수무책으로 건물 파편에 깔려 버릴 수밖
에 없었다.

“증조부님.”

다행히 그는 건물 파편에 깔리기 직전, 오러 디펜더를 전개
해서 자신과 크루소를 보호했다. 사방을 덮은 건물 파편들 너
머에서 울려 퍼지는 오크들의 함성과 인간들의 비명을 들으
면서, 질리언이 크루소를 찾았다.

“여기다.”

크루소는 질리언의 바로 아래쪽에 깔려 있었다. 그 사실을
깨달은 질리언이 화들짝 놀라서 몸을 일으키다가 위쪽 파편
에 머리를 박았다.

“윽.”

“덜렁거릴 때가 아니다. 빨리 빠져나가자.”

“네. 곧바로 나가서 저놈들과…….”

“아니, 도망쳐야 한다. 이미 승패는 갈렸어.”

질리언이 전의를 불태우자 크루소가 단호하게 고개를 저었다. 그 말에 질리언의 표정이 일그러졌다. 순간 울컥 반발하는 말이 치밀었지만, 머릿속에서 크루소의 말이 옳다고 받아들이는 자신이 있었다.

적의 병력은 압도적이다. 의존할 만한 성벽까지 무너진 지금, 질리언이 해야 할 일은 여기서 끝이 뻔한 싸움을 향해 돌격하는 것이 아니라 후퇴해서 뒷일을 기약하는 것이다.

곧 두 사람은 오러 블레이드를 전개해서 파편을 날려 버리면서 뛰쳐나왔다. 그러자 그 앞에 있던 오크가 깜짝 놀라서 물러났다가 곧바로 검을 휘둘러 왔다.

파파파파파!

순간 질리언의 오러 블레이드가 전개되면서 주변을 휩쓸었다. 덤벼들었던 오크는 물론이고 근처에 있던 오크 열 마리 정도가 한순간에 박살 나서 흩어졌다.

질리언은 빠르게 주변을 살핀 다음 크루소와 함께 후방을 향해 달려가기 시작했다. 오크 히어로들에게 붙잡히기 전에 이 전장을 벗어나야만 한다.

콰아앙!

그런데 그때였다. 뒤쪽에서 어마어마한 오러가 격돌하는

것이 느껴졌다. 질리언과 크루소가 깜짝 놀라서 뒤를 돌아보니 자서스와 라카둠이 격돌하고 있는 것을 볼 수 있었다.

"자서스!"

그때 상공에서도 격렬한 에너지의 충돌이 느껴졌다. 깜짝 놀라시 고개를 들사 상공에서 파라둠과 대치하고 있던 리리디카가 매정하게 전장을 이탈해 가는 모습이 보였다.

그리고 잠시 후, 한계에 달한 자서스가 라카둠과의 격돌에서 튕겨 나와서 쓰러지는 것이 보였다. 질리언이 반사적으로 그를 향해 달려가려고 하자 크루소가 그의 어깨를 잡았다.

"질리언!"

"놓으세요! 놔둘 수 없습니다!"

"이미 늦었다!"

크루소가 냉정하게 말했지만 질리언은 그를 뿌리치고 자서스에게 달려갔다. 동시에 주변에 굴러다니던 창들을 잡아 들고 라카둠에게 집어 던졌다. 여유있게 다가오던 라카둠이 그것을 막아내느라 주춤하는 동안, 질리언은 질풍처럼 자저스를 안아 들고 달아나기 시작했다.

"건방진! 쫓아라!"

라카둠의 명령이 떨어지자 오크들이 질리언을 향해 달려들기 시작했다. 질리언은 오러 블레이드를 전개해서 닥치는 대로 그들을 쓸어버리며 돌진했다.

그러나 한 손에는 자서스를 안아 들고 있었고, 또 오크 메이지들까지 가세해서 마법을 퍼붓자 달리는 속도가 현저히 느려질 수밖에 없었다. 그사이 오크 히어로들이 따라붙어서 그를 붙잡아두기 시작했다.

"큭!"

질리언은 사방에서 찔러 들어오는 오러 블레이드들을 피하면서 반격했다. 채찍처럼 바꾼 오러 블레이드를 저공으로 후려쳐서 오크 히어로들을 넘어뜨리고, 다시 그들을 발로 차서 띄운 다음 다른 오크 히어로에게 집어 던져서 움직임을 막아냈다.

"질리언!"

그러는 동안 크루소가 다른 오크들을 뚫고 그에게로 달려왔다. 반평생을 전장에서 살아온 그가 오러 블레이드를 여러 갈래로 나누어 뻗어내자 오크 히어로들도 방어하면서 물러날 수밖에 없었다.

"이 바보 같은 녀석!"

"죄송합니다. 꾸중은 나중에 듣죠!"

크루소의 호통을 들은 질리언이 오러 블레이드를 뿌려댔다. 크루소의 그것보다 훨씬 더 변화무쌍한 그의 오러 블레이드는 오크 히어로들조차 정신을 차리지 못하게 하고 있었다.

그러나 수적인 차이가 너무 컸다. 둘이 좀처럼 빠져나가지 못하고 묶여 있는 동안, 포위망이 완성되었다.

"젠장……."

주변을 포위한 오크들을 보며 질리언이 입술을 깨물었다. 포위망 뒤쪽에서 라카둠이 느긋하게 다가오는 것이 느껴졌다. 그가 오면 모든 게 끝이다. 지금의 자신이 도저히 그를 당할 수 없다는 것을, 질리언은 뼈저리게 느끼고 있었다.

"나, 나를 놔……."

그때 그에게 들려 있던 자서스가 말했다. 질리언이 깜짝 놀라서 그를 바라보았다.

"웃기는 소리 하지 마세요. 설 수도 없으면서."

"인간 애송이 주제에……."

자서스가 큭큭 웃으면서 자신을 안은 질리언의 팔을 잡았다. 그리고 다 죽어간다고는 믿을 수 없는 힘으로 질리언의 팔을 뿌리치고 내려섰다.

깜짝 놀라는 질리언 앞에서 그가 자신의 목을 잡았다. 그리고 갑옷 안으로 늘어뜨려져 있던 목걸이를 뜯어내어 질리언에게 건넸다. 그것은 도끼와 망치를 교차시킨 것을 섬세하게 세공한 목걸이였다.

"이걸… 두두베르다의 나라캄 디디 쿰에게."

"자서스?"

"인간 중에도 괜찮은 녀석이 있다는 걸 알게 되어서 좋았다. 질리언, 자네는 살아남게나. 살아남아서 라곤 클란드에게……."

놀라운 일이었다. 그렇게 말하는 자서스의 몸 상태가 급격하게 회복되고 있었다. 말하는 발음이 또렷해지고, 오러의 힘이 충만하며 허리가 꼿꼿하게 펴진다.

그 기적 같은 광경을 보면서 질리언은 왠지 모를 불안함을 느꼈다. 이것은 절대 정상적인 현상이 아니다. 자서스는 지금 뭔가 돌이킬 수 없는 일을 하고 있다. 문득 그가 크루소를 보면서 말했다.

"크루소, 손자를 살리기 위해 목숨을 바칠 수 있겠나?"

"훙. 말이라고 하나? 마지막 길동무가 냄새나는 드워프라니 짜증나는군."

"자네도 말을 꽤나 밉살맞게 하는군. 뒈지면 지옥으로 갈 테니 다시 만나진 못하겠어. 나는 워낙 착한 일을 많이 해서 천국행이 보장되어 있거든."

"지랄한다."

"즈, 증조부님?"

둘의 대화에 질리언이 당황했을 때였다. 오크들의 포위망이 갈라지면서 라카둠이 모습을 드러냈다. 그리고 그 순간 질리언의 바로 옆에 있던 크루소가 질리언의 옆구리에 주먹을 찔러 넣었다.

쾅!

"커헉……!"

비교적 갑옷이 얇은 부분에, 전혀 예상치 못한 기습을 받게 되자 질리언의 몸이 푹 꺾여 버렸다. 게다가 그 속으로 오러 파동이 찔러 넣어지자 내장이 뒤흔들린다. 크루소는 인정사 정없이 질리언의 뒷목을 후려갈겼다.

펙!

"즈, 증조부님, 왜……."

질리언은 의식이 흐려지는 것을 느끼면서 쓰러졌다. 쓰러지는 그의 몸을 안아 든 크루소가 속삭였다.

"너는 우리 가문의 마지막 희망이다."

"눈물나는군. 무슨 생각인지는 모르겠다만."

전혀 예상치 못한 상황에 라카둠이 볼을 긁적이며 말했다. 비장미를 풍기는 것까지는 좋은데, 도대체 이 상황에서 아군을 두들겨 패서 기절시켜 뭘 어쩌겠다는 것인가?

크루소가 그를 바라보며 피식 웃었다.

"오크의 대전사, 그래도 부하들을 내세워서 우리를 짓밟지 않는 것을 보니 낭만을 좀 아는군."

"홍. 인간답게 낯간지러운 소리를 하는구나. 어차피 너희는 끝났다. 나는 자서스 디디 쿰에게 경의를 표하기 위해 이 자리에 왔을 뿐, 고대의 힘을 잃어버린 찌꺼기인 네놈 따위에 겐 관심이 없다."

"큭큭, 할 말이 없군."

라카둠의 노골적인 모욕에 크루소가 웃었다. 다음 순간 그가 몸을 급격하게 틀면서 질리언의 몸을 허공으로 집어 던졌다. 혼신의 힘을 다해 던져진 질리언의 몸이 화살처럼 허공으로 치솟았다.

"뭐야?"

라카둠이 눈을 휘둥그레 뜨는 순간, 크루소가 그를 기습했다. 세 줄기로 뻗어나간 오러 블레이드가 그의 상중하단을 동시에 노린다. 라카둠이 황금의 검을 크게 휘둘러 그것을 쳐내는 순간, 다시 뒤로 뛰어 거리를 벌린 크루소가 손을 들어 얼굴을 가리며 말했다.

"목숨을 도외시한 소드 마스터의 힘, 보여주겠다."

동시에 그의 오러가 폭증하기 시작했다. 그것을 본 라카둠이 재미있다는 듯 웃었다.

"어그레시브 오러 모드인가?"

크루소의 오러 블레이드와 오러 디펜더에 할애되던 힘의 비율이 바뀌면서, 오러 블레이드가 급증하기 시작했다. 20미터 길이로 뻗어나간 오러 블레이드가 한 번 휘둘러지자 그 궤도에 걸려든 오크 병사들이 갈가리 찢겨지고, 오크 히어로들 역시 내장이 진탕하는 충격을 느끼며 뒤로 팅겨 나갔다.

쾅!

그러나 라카둠은 검을 들어서 그것을 확실하게 막아냈다. 놀랍게도 크루소가 어그레시브 오러 모드를 이용해서 위력을 폭증시킨 오러 블레이드조차도, 라카둠의 오러 블레이드를 압도하지 못했던 것이다.

"이런 생각이었군!"

그가 크루소의 오러 블레이드를 팅겨내며 혀를 찼다. 소드마스터의 힘으로 높이 던져졌던 질리언의 몸을, 허공에서 기다리고 있던 한 노인이 받아 들었던 것이다. 입가가 피로 물들고 안색이 창백해진 그는 대마법사 할로드 데이커였다. 그가 준비해 둔 마법을 발동시기면서 마지막으로 크루소와 자서스에게 메시지를 날렸다.

―두 사람, 무운을 빌겠소.

"흥. 무운은 얼어죽을. 오래오래 잘살면서 복수나 해주라고."

자서스가 코웃음을 쳤다. 하라두쿰과 파라둠이 뒤늦게 할로드의 모습을 발견, 허둥지둥 그를 향해 공격을 퍼부으려고 했지만 할로드의 마법이 발동되는 게 좀 더 빨랐다. 할로드가 천공의 궤적을 독자적으로 변형시킨 마법을 발동시키자 두 사람의 몸이 먼 곳을 향해 날아가기 시작했다. 이미 내상을 입은 할로드는 천공의 궤적보다 훨씬 속도가 떨어지는 이 마법을 발동시키는 것만으로도 피를 토했지만, 이것이 아니면 둘이 함께 빠져나갈 방법이 없었다.

"젊은 녀석에게 모든 것을 맡기고 여기서 산화하겠다는 생각이었군. 좋은 각오다."

라카둠이 웃었다. 자서스와 크루소는 긴장한 기색으로 그를 노려보았다.

이미 여기서 죽을 각오는 굳혔다.

자서스는 한계까지 힘을 발동한 후라 몸 상태가 완전히 엉망진창이었다. 정신을 차렸을 때 그나마 남은 힘을 오러 디펜더로 돌려서 움직이지 않는 몸을 강제로 지탱하고, 마지막으로 자폭할 준비를 하고 있을 뿐이다.

크루소 역시 어그레시브 오러 모드로 폭증시킨 힘은 오래 사용하지 못한다. 한번 라카둠과 격돌했을 뿐인데도 내장이 진탕하고 몸의 근육들이 비명을 지르는 것 같았다.

하지만 기왕이면 라카둠만은 저승길을 가는 길동무로 삼고 싶었다. 오크 히어로 여럿을 처치하는 것보다, 그 하나를 처치하는 것이 훨씬 의미가 크다. 마지막의 마지막까지 부하들을 물리고 홀로 자신들 앞에 선 저 오만한 긍지에 매달려, 최후의 희망을 보는 수밖에 없었다.

"간다!"

크루소와 자서스가 포효하며 달려들었다. 라카둠은 희열에 찬 표정으로 그들과 최후의 춤을 추기 시작했다.

CHAPTER 15
대붕괴

황금의 옥좌에 앉은 프로토 오크 앞에 한 인간이 서 있었다. 긴 금발을 늘어뜨린 인간 청년의 모습을 가진 마법사 아이오네스였다. 첫 각성 때와는 달리 눈을 떠서 황금색 눈동자를 드러낸 프로토 오크가 말했다.

"그대가 원하는 것을 준비했다."

프로토 오크의 목소리는 육성이자 동시에 정신파였다. 듣는 순간 복종해야만 할 것 같은 강렬한 압박감이 전달되어 온다. 그가 죽으라고 명령하면 죽어야 할 것 같고, 나가서 싸우라고 하면 싸워야만 할 것 같다.

그러나 아이오네스는 그 압박을 태연히 받아넘기며 고개

를 숙였다.

"감사합니다."

프로토 오크의 곁에 서 있던 하라두쿰이 못마땅한 기색으로 그를 바라보며 눈짓했다. 그러자 오크 히어로들이 쇠사슬로 전신을 결박힌 흰 남자를 끌고 와서 그의 앞에 내동댕이쳤다. 건장한 체격을 가진 그 남자가 프로토 오크를 올려다보며 이를 갈았다.

"으윽……."

"그대가 바라던 대로, 소드 마스터를 사로잡았다. 이번에 사로잡은 인간들 중 500명도 따로 모아두었으니 데려가는 것을 허하노라."

쇠사슬에 묶인 남자는 리할드 왕국의 소드 마스터, 아르센드 데마르트였다. 크루세스가 함락당할 당시, 질리언을 제외하면 대부분의 소드 마스터들은 전사하고 말았다. 그러나 아르센드는 살아남아서 탈출을 꾀하다가 결국 사로잡히고 말았던 것이다.

그의 전신에는 마나의 감응을 억제하는 구속구가 채여져 있었고, 역시 같은 효과를 가진 쇠사슬이 감겨져 있었다. 이렇게 되면 아무리 소드 마스터라고 하더라도 탈출하는 게 불가능했다.

이를 악문 그를 내려다보며 아이오네스가 웃었다.

"감사합니다. 곧 주신 것보다 더 크게 돌려 드릴 것을 약속

드립니다."

"이, 인간?"

그제야 아이오네스를 발견한 아르센드가 깜짝 놀랐다. 오크들의 본거지에 인간이 서 있다니, 그것도 손님으로 예우받으면서 프로토 오크와 대화를 나누고 있다니 이게 무슨 일이란 말인가?

"인간이지. 일단은."

아이오네스가 차갑게 웃으며 대답했다. 아르센드가 인상을 험악하게 일그러뜨리며 그를 비난했다.

"젊은 새끼가 자기 종족을 배신하고 더러운 오크들에게 붙다니 무슨 짓이냐! 이런 더러운 쓰레기를 배 아파서 낳다니, 네 어미가 통탄하겠구나!"

"풋."

그의 모욕에 아이오네스가 웃음을 터뜨렸다. 아이오네스는 발을 들어 아르센드의 머리를 짓밟은 다음 말했다.

"내 어미는 나를 살리기 위해 내 아비에게 죽었고, 내 아비는 내 형에게 찔려 죽었으며, 내 형은 동생에게 독살당했고, 또 그는 다른 형제에게 죽었으며…… 그러다 보니 내 가족들은 내 손으로 죽이고 싶었던 하나만 남고 다 죽었다. 그리고 그 남은 놈도 오래 살진 못하더군."

"……."

"원래 인간이 그토록 추악하니 인간의 세상을 내버려 둘

이유가 없구나. 하지만 마음대로 떠들거라. 곧 그렇게 떠들었던 자신이 미워서 미칠 지경이 될 테니."

아이오네스가 손가락을 한 번 튕기자 마법의 힘이 아르센드의 의식을 끊어놓았다. 아이오네스는 다시 한 번 프로토 오그에게 고개를 조아리며 말했다.

"시끄럽게 해서 죄송합니다."

"아니다. 아주 유쾌하구나. 역시 모실 신조차 갖지 못한 인간은 비루하고 불행하다. 이 세계가 그들이 있을 곳이 아님을 알게 해주는 것이 자비일 것이다."

"맞는 말씀이십니다."

아이오네스가 맞장구를 쳤다. 하지만 고개를 숙인 그의 얼굴은 차가운 조소를 담고 있었다.

2

리할드 왕국력 357년 6월.

크루세스 함락 이후, 오크들의 행보는 거침이 없었다. 2천 이상의 인간을 포로로 잡아 노예화, 상당한 숫자의 병력을 크루세스에 주둔시키며 도시를 복구하기 시작했고, 하이오크 삼귀장이 이끄는 병력들이 곧바로 왕도를 통해 이어지는 도시들을 연달아 함락시켜 갔다. 초월적인 힘을 발휘하는 하이

오크 삼귀장과 그 뒤를 따르는 300마리의 오크 히어로, 그리고 오크 메이지와 키메라까지 합세하니 그들 앞에서 하루를 버텨내는 도시가 없었다.

"올 게 왔군."

크루세스 함락 이후 열흘, 마침내 라곤에게도 왕실로부터 출전 명령이 떨어졌다.

소드 마스터의 힘을 잃은 라곤은 오랫동안 왕실의 관심에서 멀어져 있었다. 그러나 그가 왕으로부터 직접 백작 위를 하사받은 기사임은 분명하다. 또한 크루세스에서 오크 히어로를 무찌른 일도 일부에게 알려져 있으니 오히려 이제야 명령이 떨어진 것이 늦다고 해야 할 것이다.

영주로서 라곤은 영지민들을 징집하여 무장시키고, 용병을 고용하여 전장으로 달려가야 했다. 라곤은 부하들에게 그 일을 진행하도록 명하고는 상황을 살폈다.

오크들은 질풍처럼 도시들을 함락시키며 진군해 왔다. 그 와중에 드러난 그들의 병력은 최저 3만으로 알려져 있었는데, 도시를 함락시킬 때마다 그곳에 일부를 주둔시키고 인간들을 노예로 부렸기 때문에 실제로 공격에 임하는 숫자는 그렇게 많지는 않다고 한다.

하지만 이미 왕도로 이어지는 루트에 위치한 일곱 개의 도시 중 세 개가 오크들의 수중에 떨어졌고, 그 주변의 도시들은 아예 초토화되었다고 한다. 진군 루트 외의 도시들까지 박살 내면서 오기 때문에 열흘간 저 정도인 것이지, 그렇지 않고 무조건 돌격해 왔다면 이미 왕도까지 도달했을지도 모른다.

왕실에서는 국내의 모든 전력을 왕도를 가로막는 마지막 빙패, 메이베라에 집결시기고 있었고 동시에 사자들을 급파하여 각국의 도움을 요청하고 있었다. 이미 국내의 병력만으로는 오크들을 막을 수 없다는 것을 확신한 이상, 다소 굴욕적인 조건으로라도 타국의 도움을 받는 수밖에 없었다.

"이제 끝이군요."

라곤에게 정보를 전달해 준 시에나가 한숨 섞인 목소리로 말했다.

그녀의 우려가 완벽하게 현실로 드러났다. 힘을 비축하고 있던 오크들은, 감히 리할드 왕국이 막아낼 수 없는 기세로 모든 것을 무너뜨리고 있었다.

이미 블랑크스 가문은 재빠르게 움직이고 있었다. 국내에서 유통할 수 있는 물자들을 탈탈 털어서 전장으로 나서는 병력을 지원하는 한편, 외국에 구축해 둔 기반을 이용해서 중요한 것들을 빼돌리고 주요 인원들도 하나둘씩 빠져나가는 중이다.

"당신은 언제 떠나지?"

"…일주일 안에 떠날 예정이에요."

정리가 끝나는 대로 그녀도 국내를 떠난다. 배신자라는 꼬

리표가 따라붙겠지만 상관없었다.

그녀가 문득 라곤의 눈을 똑바로 보면서 말했다.

"당신은… 싸우러 가겠죠?"

"그게 내 일이니까."

라곤이 고개를 끄덕였다.

설령 오크들에게 무너지는 것이 확정지어졌다고 하더라도, 그는 리할드 왕국의 영주이자 기사로서 전장에 나서야 할 의무를 지고 있었다. 물론 그런 의미 때문에 가려는 것은 아니지만.

이 나라가 자신에게 뭘 해줬나 생각하면, 소드 마스터가 되기 이전까지는 그저 지옥 같은 기억밖에 없지만 그래도 이 순간 도망치고 싶다는 생각은 들지 않는다.

그것은 왕국에 대한 충성심 때문이 아니다. 유년기를 보낸 지옥 같은 전장, 마침내 그곳에서 벗어났을 때 본 평화로운 도시에 대한 기억 때문이었다. 라곤은 자신이 지옥을 맛보고 있을 때 평화를 누린 사람들을 증오하거나 질시하기보다, 그들의 삶을 동경했다.

그러나 동경은 자신이 가질 수 없는 것을 알기에 자라나는 것이다. 전장에 서는 것 외에는 아무것도 모르는 라곤은, 자신이 뼛속까지 병기로서 자라난 존재임을 자각하고 있었다. 그것은 전투 중독일지도 모른다. 전장에서 벗어나 평온을 맛보는 동안은 살아 있다는 실감조차 느낄 수 없는 그런…….

"내 영광은 오로지 전장에 있고, 내 영혼은 오로지 검을 휘두를 때만 살아 있는 것 같아. 아마 내 머릿속 어딘가가 전장에서 망가져 버린 거겠지."

이름을 기억했던 인간들은 모두 죽었고, 곁에 있는 인간들은 모두 죽이나갈 운명이기에 기억하지 않는다.

친구는 없다.

사랑하는 사람도 없다.

단 한 번, 마음을 두근거리게 했던 여자는… 그를 버렸다.

그리고 전사로서 넘어야 할 벽을 증오하며 집념으로 몸을 태우는 삶만이 남았다. 그런 삶이니 절망이 기다리는 전장에 가서 산화한다 한들 아쉬울 것은 없으리라. 그는 한 자루 검과 같으며, 검은 적을 베고 베고 또 베다가 마침내 부러져 녹슬어가는 것이 숙명일지니.

라곤은 시에나에게 말했다.

"이혼하자."

왠지 가슴이 두근거린다.

이 말을 하기 위해 용기를 낼 필요는 없었다. 자신은 시에나가 꺼내기 어려워하고 있는 말을 대신해서 해줬을 뿐이니까.

그런데도 왜 이런 기분이 드는 것일까? 사랑한 것도 아닌데, 처음부터 이렇게 될 예정이었는데도…… 그런데도 왠지 가슴이 아프고 슬픈 웃음을 짓게 된다.

‘그렇군.’

라곤은 자신이 그동안의 생활을 사랑했다는 사실을 깨달았다.

베이런이라는 존재가 목에 칼을 대고 있는 것처럼 불안해하면서도, 시에나와 결혼함으로써 얻은 안온함이 마음에 들었다. 마음껏 목적을 위해 집념을 불태우면서 알렉스를 두들겨 패서 가르치고, 가끔 그녀와 몸을 섞어가며 몇 마디 말을 주고받는 시간이 다시 돌아봐도 사랑스러웠다.

그것은 전장 외에 다른 세상을 몰랐던 시절에는 그저 동경할 수밖에 없었던, 마치 옛날 이야기처럼 아득하기만 했던 시간이었다. 그런데 시에나와 결혼해 있는 동안 그것이 조금 비틀린 형태로나마 라곤의 것이 되었던 것이다.

“…예.”

라곤의 말에 흠칫 몸을 떨었던 시에나는 곧 담담한 얼굴로 고개를 끄덕였다.

“제가 하려고 했던 말을 대신 해주다니, 우리 의외로 부부로서 통하는 면이 있었군요.”

“그러게. 왠지 당신이 그렇게 말하고 싶을 것 같았거든.”

라곤이 쓴웃음을 지었다. 시에나가 고개를 숙이며 인사했다.

“그동안 고마웠습니다.”

“나도.”

라곤은 그녀를 끌어안고 키스했다. 이별을 고하듯이.

길게 이어진 키스가 끝나자, 라곤이 그녀의 눈을 들여다보며 말했다.

"하지만 나에게 며칠만 더 시간을 줘."

"왜죠?"

"약속을 지키고 싶으니까. 알렉스에게 마지막으로 걸어보지 않겠어?"

"알렉스에게?"

시에나가 눈을 동그랗게 떴다. 라곤은 미소 지으며 고개를 끄덕였다.

"가능성은 반반이야. 성공한다면… 그 애는 소드 마스터가 될 거야."

3

현재의 소드 마스터들은 단 한 가지 동작을 극치까지 연마함으로써 인간이 한계로 규정지은 영역을 넘는다. 광기에 가까운 집념으로 매달리지 않고서는 도저히 도달할 수 없는 그 영역을 보았을 때, 인간의 의식은 그때까지 볼 수 없는 신세계를 인지하게 된다.

바로 '마나' 라는 만물의 근원이 존재하는 세계를.

모든 생명은 원래부터 무의식중에 마나를 인지하고 있다.

의념이 마나를 움직이고, 때때로 육감이라 불리는 말로 설명할 수 없는 감각이 이성을 넘어 인간을 움직이게 한다.

그것을 명확히 인지하고 다룰 수 있는 존재가 바로 소드 마스터와 마법사다.

인간이 마법사처럼 편법을 이용하지 않고 마나에 도달하려면, 평소 가능했던 정신활동의 한계치를 넘어야만 한다. 그렇기에 소드 마스터가 되기 위해서는 모든 의식을 단 하나를 위해 집중해야 한다.

그것은 기도와도 같은 행위다.

오로지 단 하나의 행동에 신앙처럼 매달림으로써, 마나라는 신이 있는 자리에 도달하게 되는 것.

인간은 무수한 잡념에 시달린다. 잠잘 때조차 갖가지 사고에서 해방될 수 없는 인간이, 모든 정신의 힘을 하나로 모아 정련하는 것은 불가능에 가깝다.

그렇기에 한 가지 행위에 매달리는 방법이 개발된 것이다. 그 행위를 통해 잡념을 없애고 정신의 힘을 하나로 모으는 습관을 만들어간다. 이윽고 그것이 극에 달했을 때, 적어도 그 순간만큼은 그 인간은 다른 모든 것을 잊은 채 그것 하나에만 집중할 수 있는 힘을 얻게 된다.

그렇게 해서 만들어지는 존재가 바로 소드 마스터다.

하지만 과거의 소드 마스터들은 그렇지 않았다. 라곤이 그러하듯이, 알리시아 미세룬이 그러하듯이…… 그들은 인간에 의해 개발된 광기 어린 과정을 거치지 않고도 각성하는 데 성공했다.

"인간은 그것을 받아들일 준비가 되어 있기만 하면, 의식이 모든 것을 초월해 다음 영역으로 도달했을 때 마나를 알 수 있어."

라곤이 말했다.

그의 앞에는 알렉스가 바짝 긴장한 기색으로 서 있었다.

오늘 라곤은 뭔가 달랐다. 보고 있기만 해도 숨이 막힐 듯한 위압감이 느껴진다.

알렉스의 손에는 진검이 쥐어져 있었다. 몸에 걸친 것도 평소의 연습용 방어구가 아니라 진짜 갑옷이다.

라곤 역시 진검을 차고 있었다. 그리고 진짜 갑옷을 입은 채, 연무장 안에 월영초를 잔뜩 피워서 주변에 희뿌연 연기가 퍼져 있었다.

라곤의 말이 이어졌다.

"그리고 그 경지에 가장 쉽게 도달하는 것은 생사의 경계에 서서 모든 힘을 집중할 때지."

"……."

"너는 오늘, 나와 싸운다."

"네?"

알렉스가 깜짝 놀라서 눈을 크게 떴다.

'싸운다' 니, 그것은 라곤이 사용한 적이 없는 말이었다. 언제나 그는 대련이라고, 훈련이라고 말했지 싸운다고 말하지 않았다.

하지만 지금 이 순간, 라곤은 보기만 해도 베일 것 같은 예리한 살기를 두른 채 서 있었다. 연무장은 완전히 폐쇄되어 있었고 손에는 진검이 쥐어져 있었다. 사람을 베어버리기에 충분한 날카로움을 가진.

"정해진 시간이 지날 때까지 연무장의 문은 절대 열리지 않아. 알렉스, 미리 말해두마. 최선을 다해 살아남아라. 이게 너의 졸업식이 될 테니까."

"진담이에요?"

"물론이다. 검을 들어. 시작한다."

자신을 노려보는 라곤의 말에 알렉스는 침을 꿀꺽 삼켰다. 그의 눈동자가 진심이라고 말해주고 있었다. 그 사실을 자각하는 순간 숨이 턱 막히면서 가슴이 미친 듯이 쿵쾅거린다. 몸이 덜덜 떨리기 시작한다.

그러나 알렉스는 어느새 검을 들고 자세를 잡고 있는 자신을 발견했다. 여태까지 지겹도록 맞아가면서 배웠기 때문에 반사적으로 그런 것일까, 아니면…….

'확실하게 하지 않으면, 죽어.'

알렉스의 무의식이 경고를 던지고 있기 때문일까.

라곤이 숨을 작게 들이마시나 했더니 곧바로 돌진해 왔다. 알렉스가 반사적으로 검을 들어서 첫 일격을 막아냈다.

창!

날카로운 소리와 함께 눈앞에서 불꽃이 튄다. 날아오는 궤적을 제대로 보지도 못할 정도로 예리한 검격이었다. 지금까지 대련했던 것과는 차원이 다른 움직임에 알렉스의 의식이 공포로 물들었다.

채채채채챙!

두 사람의 검이 현란하게 교차했다. 라곤의 검격이 위협적으로 알렉스를 노리고, 알렉스는 그것을 겨우겨우 막아내면서 정신없이 뒤로 밀려났다.

"많이 늘었구나!"

"큭!"

라곤의 칭찬에 알렉스가 신음했다.

이상한 일이다. 눈으로 따라갈 수 없을 정도로 빠르게 날아오는 라곤의 공격이건만, 왠지 공격이 시작되는 순간 그 도달점이 어딘지 예측할 수 있었다. 라곤이 지겹도록 가르쳤던 기술 중 하나, 상대방의 눈을 보면서 몸 전체를 살펴서 무의식 중으로 행동을 예측하는 법을 익혔기 때문일까?

아니다. 이건 그런 기술적인 문제가 아니다.

알렉스의 반응은 예측조차 아니었다. 이것은 그냥 '아는' 것이다.

차앙!

계속 방어에 전념하던 알렉스가 어느 순간 반격했다. 라곤

의 검격을 세 번까지 읽어내서 점차 방어에 드는 힘을 줄여
나가며 여력을 만들고, 네 번째에 마침내 라곤이 공격을 거두
는 타이밍을 잡고 찔러 들어간 것이다.

예상치 못한 반격에 라곤이 공세를 거두고 뒤로 물러났다.
그가 놀랍다는 듯 중얼거렸다.

"정말 놀랍군. 예상 이상이야."

"후욱, 후욱……."

알렉스는 숨을 고르며 라곤을 노려보았다. 미세한 몸짓 하
나라도 놓치지 않겠다는 듯이.

놀들과 첫 실전을 겪은 이후, 알렉스는 묘한 열기에 지배당
하고 있었다.

그때, 놀들을 베어버리며 느꼈던 기묘한 감각이 그를 사로
잡아서 검을 놓을 수 없게 만들었다. 그 감각은 아주 미묘하
게 남아 있어서 아무리 검을 휘둘러도 그때 그 느낌이 살아나
질 않았던 것이다. 그것이 너무나도 답답해서 어떻게든 그때
의 감각을 다시 맛보기 위해 미친 듯이 검을 휘둘렀다.

그토록 싫었고 무서웠던 훈련 시간을 기다리게 된 것이 그
때부터였다. 여태까지 라곤이 시킨 훈련 시간 외에는 절대 검
을 잡는 일이 없던 알렉스였지만, 그 이후로는 자신의 방에서
도 자발적으로 검을 휘둘러대곤 했다.

그리고 바로 지금, 왠지 그때와 같은 감각이 전신을 사로잡
고 있었다.

‘그래. 바로 그거다.’

라곤은 미소 지었다.

지금의 알렉스는 철저하게 그가 두들겨 깎아내어 만들어 낸 작품이다. 알렉스가 자발적으로 검술 훈련에 매진하지 못하는 이유는, 거기서 자신이 몰입할 만한 가치를 찾을 수 없었기 때문이다. 아마도 알렉스에게는 세상 모든 일이 마찬가지일 것이다. 모든 것이 적당한 자극밖에 주지 못하고 시시하니 굳이 힘든 일에 매달릴 이유가 없고, 편안하고 즐거운 일만 찾아다닐 수밖에.

라곤은 공포로 알렉스를 이끌었다. 그리고 그 결과 알렉스는 놈들과의 싸움에서 지금까지의 인생에서 결코 맛볼 수 없었던 극치의 감각을 맛보았다. 인간이 마나에 근접했을 때 알게 되는 그 어렴풋한 자극을.

한번 그 감각을 맛본 자는 돌이킬 수 없다. 다시 한 번 그 감각을 맛보기 위해 발버둥치게 되고, 그리고 그 감각에 도달하면 자연스럽게 그 너머에 또 뭔가가 있다는 것을 알게 되니 광기에 지배당할 수밖에 없다.

그렇게 모든 극의는 태어나는 것이다.

다른 모든 가치를 압도하는 가치를 맛보았을 때, 인간은 자신의 모든 것을 내던져 그 정상에 오르기를 꿈꾸게 된다.

‘내가 그랬던 것처럼……’

라곤의 검이 움직였다. 춤을 추듯이 풀려 나오는 검격은 천

변만화의 궤적을 그려낸다. 감탄스러울 정도로 역동적이고 아름다운 그 검격은, 그 모든 것을 합쳐 하나의 극의였다. 다른 소드 마스터가 단 하나만을 한계 이상으로 단련했다면, 라곤은 하나하나는 그보다 못하되 모든 것을 합쳐 그 이상의 경지를 구축해 냈다.

알렉스가 숨쉴 틈도 없이 그것을 막아낸다.

공포가 엄습해 온다. 다시 한 번 도달한 감각에 의존해 라곤의 검격을 막아내지만, 라곤의 실력은 그것보다 위에 있다. 앗 하는 순간에 검이 볼을 스쳐 핏방울을 뽑아내고, 갑옷 위를 긁고 지나간다.

눈앞에 세상에서 가장 두려운 라곤이라는 존재가 자신을 향해 이빨을 드러냈다. 그리고 그동안 훈련으로 쌓아온 것들이, 월영초의 연기가 가득한 이곳에서 한계까지 예민해지는 감각과 합쳐져서 개화해 간다.

강철과 강철이 교차한다. 근육이 비명을 지른다. 뼈가 뒤흔들린다. 피가 끓는다. 아찔할 정도의 공포와 이 순간이 끝나지 않기를 바라는 열의가 함께한다.

핏!

검날이 볼을 스치고 지나간다.

쉬쉬쉭!

휘날리던 앞머리가 잘려 나가며, 바로 눈앞에서 검광이 번뜩인다..

라곤의 검이 점점 더 가속해 간다. 한계를 모르는 듯이. 바람을 넘고 섬전마저 초월해 영원이 될 것처럼.

검의 궤적이 점점 더 복잡해져 간다. 정면인가 싶으면 아래고, 옆인가 싶으면 정면이며, 아래쪽인가 싶으면 위를 찌르고, 위인가 싶으면 옆쪽을 찔러 들어온다.

알렉스는 감탄해 버리고 말았다.

라곤은 진짜 실력을 보이고 있지 않다.

굳이 그가 마검사임을 의식해서 하는 판단이 아니다.

자신을 가르칠 때, 라곤은 오로지 검만을 사용하는 우를 범하지 않았다. 그는 몸의 모든 부분을 써가면서 자신을 압도했다.

그러나 지금은 오로지 검만을 쓰면서 일정한 거리를 지킨 채 공격을 쏟아내고 있었다. 그런데도, 모든 공격을 사전에 알아차릴 수 있을 것 같은 감각에 사로잡혀 있는데도 불구하고 그 공격들을 따라갈 수가 없었다. 라곤은 알렉스의 감각이 어떻게 작용하는지도 다 알고 있는 것처럼 그것을 농락해 가며 공격을 퍼부어대고 있는 것이다.

그 공격을 놓치면 죽는다.

라곤의 검격에는 살의가 담겨 있었다. 잠깐 집중력이 둔화되는 순간, 그의 검격이 가차없이 허점을 파고들면서 어깨 보호대를 찔렀다.

파각!

둔탁한 소리와 함께 어깨보호대가 부서져 파편이 튀었다. 알렉스의 몸이 그 충격을 이기지 못하고 빙글빙글 돌아서 바닥에 내동댕이쳐졌다.

"크헉!"

"일어나! 3초 안에 일어나지 않으면 공격한다!"

라곤은 허언을 하지 않는다. 알렉스는 이를 악물고 몸을 일으켰다.

무섭다.

당장에라도 울면서 도망치고 싶었다. 하지만 그럴 수 없다는 사실은, 그런다고 해서 라곤이 사정을 봐주지 않는다는 것은 그동안의 경험으로 뼈저리게 알고 있었다.

그렇기에 발버둥친다. 겨우 다시 도달한 이 극치의 감각 속에서 어떻게든 라곤을 상대로 살아남기 위해 노력한다.

'검을 휘두르는 사람이 아니라, 검 그 자체가 되라.'

라곤의 말이 떠오른다.

그 의미가 무엇인지 고민할 필요는 없다. 그 말을 떠올리는 순간, 몸으로 터득한 그 의미가 자연스럽게 구현된다.

검은 인간이 뭔가를 죽이기 위해 만들어낸 도구다. 그것을 잡고 휘두르는 것은 인간이다. 그것을 가장 효율적으로 휘두르기 위해 만들어낸 기술이 검술이다.

인간과 검과 검술이 일체화되었을 때, 그는 검을 든 인간을 넘어 한 자루 검 그 자체가 된다. 그저 검을 가장 효율적으로 휘둘러 상대를 베어가는 존재가 바로 궁극의 검사다.

"후웃!"

라곤의 호흡을 잡았다. 라곤이 공격을 거두는 순간, 몸을 내던지듯이 그 간격 안으로 파고들어 가면서 검을 휘두른다. 수백만 번도 더 연습했던 검격이 공간을 쪼갤 듯한 기세로 라곤에게 내려쳐졌다. 라곤이 그것을 피해서 물러나는 순간, 그럴 것을 알고 있었던 것처럼 알렉스의 동작이 변화한다. 내려베기보다 더욱 숙련된, 라곤에게 훈련받기 전부터 지겹도록 반복해 왔던 찌르기로.

라곤이 옆으로 몸을 돌려서 피한다. 알렉스의 오른발이 땅을 딛는다. 피한 라곤이 검격을 날려오기 전에, 곧바로 그 몸으로 붙듯이 뛰어들면서 어깨치기를 날린다. 간격을 빼앗긴 라곤은 검격을 내지 못하고 뒤로 뛰어서 피할 수밖에 없었다.

'멋지군!'

라곤이 저도 모르게 미소를 지었다.

사실 알렉스의 대응은 그렇게 좋은 것은 아니다. 라곤이 마음만 먹었다면 거리가 좁혀지는 순간, 검이 아닌 다른 신체 부위를 써서 반격할 수도 있었으니까.

하지만 지금까지의 공방을 통해 알렉스는 라곤이 그어놓고 있는 선을 알아차렸다. 오로지 검만을 이용해서 자신을 몰아붙인다는 것을. 그런 전제가 깔려 있다면 이것은 더할 나위 없이 훌륭한 선택이다.

"하앗!"

알렉스가 기합을 토해내며 검격을 날렸다. 내딛는 발에 힘이 실려 있다. 땅을 힘차게 밟는 순간, 그로부터 발생한 힘이 전신으로 퍼져 나가며 이윽고 호흡과 함께 폭발한다. 검격이 섬광처럼 라곤을 향해 날아들었다.

차앙!

불꽃이 튀었다.

충격으로 뒤로 밀려난 라곤이 웃었다.

"후!"

숨을 토해낸다.

가슴이 두근거린다. 전신이 흥분으로 떨리고 있다.

타인의 발전 따위, 아무런 의미도 없다고 생각해 왔다. 남이 나태함으로 죽어나가든 말든 자신을 갈고 닦는데 전념해 왔을 뿐이다.

지금까지는 그렇게 살아왔다.

알렉스를 가르치는 것도 마찬가지였다. 어디까지나 자신의 목표를 위해서 라곤은 그를 몰아쳤다.

그러나 그 속에서 다른 즐거움을 안 것도 사실이다. 자신이 다른 사람의 인생을 바꾸고, 자신이 원하는 형태로 단련시켜 나감으로써 목표를 달성하는 것에서 보람이 느껴진다는 것을 깨달았다.

오늘로 이 사제 관계는 끝날 것이다.

알렉스가 소드 마스터가 될 수 있을지 없을지는 모르겠다. 하지만 이 순간, 알렉스에게는 지옥처럼 길게 느껴질 시간 동안에 확실하게 마무리를 지어주고 싶었다.

"와라!"

라곤은 알렉스에게 손짓하며 검을 쥔 손에 더욱더 힘을 주었다. 알렉스는 아직 라곤의 진짜 힘을 보지 못했다. 시간이 지날수록 아득해지는 이 시간 속에서, 그 기력이 다하기 전에 라곤의 진면목을 보게 될 것이다.

"하아아아!"

알렉스가 기합을 토하며 달려들었다. 두 사제는 그렇게 격렬하게 검투를 벌였다. 약속된 시간이 지날 때까지.

4

인간의 체력에는 한계가 있었다. 아무리 단련해도, 어떤 편법을 쓰더라도 그 사실을 어쩔 수는 없었다.

세 시간.

알렉스가 라곤을 상대로 버텨낸 시간이다.

무거운 검을 들고, 갑옷까지 입고 인간이 전력을 다해 싸울 수 있는 시간은 그리 길지 않았다. 검을 수천 번 휘두를 수 있는 이라도 10분이나 20분간 격렬하게 검투를 벌이게 되면 그것만으로도 한계를 맛보게 된다. 평소에 훈련할 때와는

달리 상대의 움직임을 살피고 대응하느라 모든 신경을 집중
해야 하며, 검과 검이 맞부딪칠 때마다 충격을 버텨내야 하
기 때문이다.

그 점을 감안하면 알렉스의 분투는 기적과도 같았다. 시간
이 지날수록 느려지는 움직임에 맞추어 라곤이 조절을 해주
긴 했지만, 그래도 집중력이 끊어지지 않고 따라오는 것만으
로도 경이롭다.

"……."

하지만 이제 알렉스의 힘은 다했다. 검을 들어 올릴 힘조차
없어서 땅에 검끝을 늘어뜨린 채, 가까스로 몸을 지탱하면서
라곤을 노려보고 있었다.

공포에 의해 연마된 그 눈빛은 흡사 상처 입은 맹수와도 같
았다. 이미 알렉스는 상대가 누구인지 잊었다. 지금이 어떤
상황인지도 잊었다. 그저 라곤에게서 눈을 뗀다면, 그 움직임
을 조금이라도 놓치면 그 순간 죽는다는 공포에 몰려 있을 뿐
이다.

'여기까지인가.'

라곤은 안타까움을 느꼈다.

이 마지막 훈련을 시작하면서, 혹시나 하는 기대를 품었던
것이 사실이다. 알렉스는 생각 외로 빠르게 라곤이 예상했던
경지에 도달했고 그것이 이 훈련을 통해서 개화한다면, 그러
면 어쩌면 소드 마스터의 문을 열 수 있을지도 모른다고 여겼

던 것이다.

그러나 아무래도 아직은 일렀던 모양이다. 알렉스는 라곤의 가르침을 모두 체화시키고, 지금껏 쌓아온 것을 남김없이 발휘했으며, 상대를 잊고 자신조차 잊고 그저 검을 휘두르는 데만 의식을 집중하는 곳까지 이르렀지만 결국 마나를 손에 넣지 못했다.

“알렉스, 끝내자.”

라곤이 검을 내리며 고개를 저었다.

알렉스는 더 이상 훈련을 계속할 만한 상황이 아니었다. 완전히 극한까지 몰아넣은 상황인데 더 무리하다간 죽어버리는 수도 있었다.

하지만 알렉스에게 다가가던 라곤은 흠칫했다.

‘말로는 멈추지 않는다.’

알렉스의 눈을 본 순간 직감적으로 그 사실을 알 수 있었다. 알렉스는 이미 모든 것을 잊었다. 라곤이 그 의식을 끊어주지 않는 한, 절대 저 태세를 풀지 않을 것이다.

라곤이 한숨을 쉬며 검을 들어 올렸다. 이렇게 된 이상 마지막 한 합을 겨루고 의식을 끊어주는 수밖에 없다. 기력이 완전히 쇠한 상황이니 지금까지와는 달리 빠르게 공격하는 것만으로도 충분하다.

그렇게 생각하며 접근하는 순간이었다.

스칵!

섬뜩했다.

전신의 털이 곤두서는 기분이다.

눈앞에 한줄기 섬광이 그어지고, 콧잔등이 화끈해지며 핏방울이 허공으로 떠올랐다. 특별히 집중력을 높이지 않았는데도 그 핏방울의 형상이 또렷하게 보였다. 꿈틀거리면서 퍼져 나가는 것까지 보인다는 것은 집중력이 극한까지 올라갔다는 것을 의미한다.

생사의 경계를 느낀 순간, 라곤의 몸이 그것에 반응했다. 소름이 끼칠 정도로 날카로운 찌르기가 공간 그 자체를 관통하듯 작렬하고, 지금까지 라곤이 검 하나로 지배하던 영역을 가차없이 쳐부수며 들어와서 몸을 베고 지나갔다. 그 순간, 알렉스의 눈을 보면서 공격을 예측하고 반응하지 못했더라면 분명 목이 베어졌으리라.

"…훌륭하다."

라곤은 전율을 느끼며 찬사를 내뱉었다.

방금 전의 검격은, 완벽했다.

그 순간 알렉스의 감각은 분명히 마나를 움켜쥐었다. 지금까지 한 번도 완전히 닿지 못했던 그 영역에 방금 전의 일격을 통해서 도달한 것이다.

"으……."

그것으로 마지막 힘을 써버린 것일까, 알렉스가 비틀거리며 그대로 무너져 내렸다. 라곤은 쓰러지는 그를 잡아서 안아

들고는 머리를 쓰다듬어 주었다.

"멋지구나, 내 제자."

라곤은 처음으로 알렉스에게 아낌없는 찬사를 보냈다.

이로써 알렉스는 소드 마스터의 문을 열었다. 물론 다시 깨이났을 때는 그 깊익민이 긱인되어 있을 뿐, 쉽게 나시 재현해 내지 못할 것이다. 다시 도달하는 그때까지는 미칠 듯한 답답함 속에서 몸부림치게 될 터. 하지만 단 한 번이나마 그곳에 도달한 것만으로도 충분했다.

알렉스는 소드 마스터가 될 것이다.

그것은 머지않은 장래의 일이다. 게으름 부리지 않고 노력할 경우 빠르면 1, 2년 안에 오러 블레이드를 생성할 수 있는 단계에 이를 수 있으리라.

"이로써 약속은 지켰다."

라곤은 문을 열면서 중얼거렸다.

그 순간, 라곤은 확실히 느꼈다.

인간이 마나를 움켜쥐는 순간을.

그것이 바로 인간과 마나가 서로 만나는 접점이었다. 라곤이 세워두고 있던 가설이 완성되는 순간이기도 했다.

"고맙다, 알렉스."

라곤은 미소 지었다. 이로써 라곤은, 초인들과 맞서기 위한 또 하나의 무기를 손에 넣었다.

알렉스가 눈을 뜬 것은 그로부터 일주일 후의 일이었다. 알렉스는 덜컹거리는 흔들림을 느끼면서 눈을 떴다.

"어······."

주변이 낯설었다. 잠시 동안 누운 채로 주변을 살펴보던 알렉스는 자신이 누워 있는 곳이 상당히 호화롭게 꾸며진 마차 안이라는 사실을 알 수 있었다. 그리고 그 마차는 지금 일정한 속도로 이동하는 중이다.

"으윽······."

몸을 일으키자 전신이 안 아픈 곳이 없었다. 근육이 비명을 호소하는 게, 움직일 때마다 쿡쿡 쑤시는 느낌이 들 정도였다.

"일어났니?"

문득 뒤쪽에서 익숙한 목소리가 들려왔다. 힘겹게 고개를 돌려보니 시에나가 읽고 있던 책을 무릎에 놓고 자신을 바라보고 있었다.

"누나? 여긴 어디야?"

"지금은 토라스 왕국이야. 왕도 토라디암까지 갈 거야."

토라스 왕국은 엘비라스 왕국과 함께 리할드 왕국과 국경을 맞대고 있는 나라 중에 하나다. 해마다 돌아가면서 3국 친선 무투회가 열리는 곳 중 하나이기도 했다.

"토라스? 우, 우리나라에서 나온 거야?"

"응."

"그럼 설마 우리나라가 망했어?"

"아직은. 하지만 곧 망할 거라고 생각해. 너한테는 이야기하지 않았지만 그래서 예전부터 가문의 기반을 외국으로 옮겨두었어. 이제 우리가 빠져나옴으로써 블랑크스 가문의 일원들은 선부 빠져나온 셈이야."

시에나는 이미 토라스 왕실에 막대한 뇌물을 바치고 막대한 사업권을 약속받았다는 사실을 말해주었다. 블랑크스 가문은 아무런 문제도 없이 토라스 왕국에 정착하여 살아가게 될 것이다. 그리고 전쟁이 장기화될 경우, 시에나가 생각해왔던 귀족의 신분을 손에 넣기 위한 가장 현실적인 방법을 쓸 수 있게 될 것이다. 전쟁 때문에 귀족들의 수가 줄어들고, 전쟁자금을 확보하느라 허우적거리게 되었을 때 돈으로 귀족위를 사는 방법을. 그렇기에 지금 이 상황은 블랑크스 가문에게는 오히려 호기라고 할 수 있었다.

물론 리할드 왕국이 망한다면 토라스 왕국이라고 해서 안전하다는 보장은 없다. 수십 년 전 카르벨 왕국까지 집어삼킨 리할드 왕국은 대륙에서 손꼽힐 정도로 강성한 나라 중 하나였으니까.

그러나 리할드 왕국의 멸망은 분명 다른 나라들에게 경종을 올려줄 것이다. 이제 오크들과의 싸움이 한 나라만의 문제가 아니라 모든 인간의 문제임을 알게 되면 모두가 힘을 합쳐 그에 대항하게 되리라.

"그런······."

"나라가 망한다고 함께 죽어줄 수는 없으니까. 우리는 기사도 아니고 상인이잖니?"

시에나가 쓴웃음을 지었다. 그런 누나를 바라보며 알렉스는 묘한 감정을 맛보고 있었다. 문득 알렉스가 그녀에게 물었다.

"그럼 매형은?"

"······."

"싸우러 간 거야?"

"···응."

시에나는 복잡한 표정으로 고개를 끄덕였다.

정신을 잃은 알렉스를 넘겨준 그는 베날디 신전으로 가서 깨끗하게 시에나와 이혼해 주었다. 그리고 그녀를 떠나보낸 뒤 전투 준비에 열중하기 시작했다.

'바보 같은 사람.'

그가 그랬듯이, 시에나도 딱히 그를 사랑하거나 하진 않았다.

처음 시작부터 라곤과의 결혼은 시간제한을 둔 거래였고, 일종의 도박이었다. 3년이라는 시간 동안 목표를 달성하지 못하면 깨끗하게 이혼하고 다른 방법을 찾을 생각이었으니까.

하지만 그렇다고 해서 그가 싫었던 것도 아니다. 검과 마법에 미친 것처럼 살아가면서, 때때로 자신을 돌아보며 웃어주는 그를 분명히 좋아했었다.

그의 입으로 이혼하자는 말을 들었을 때, 자신이 바라는 말이었음에도 불구하고 가슴이 덜컹했다. 차라리 붙잡아주었으면 좋았을 텐데, 함께 외국으로 떠나자고 해주었으면 좋았을 텐데…….

'그는 그럴 사람이 아니지.'

라곤은 전장이 기다리고 있는데 도망칠 사람이 아니다. 머리부터 발끝까지 전사가 아닌 구석이 없는 남자였다.

시에나가 상념에 잠겨 있는 동안 알렉스는 머리를 짚은 채 의식을 잃기 전의 일을 되돌아보고 있었다. 그때의 기억은 흐릿하다. 마지막에는 제정신이 아니었는지 자기가 생각해도 왜 그랬을까 싶은 기억들이 조각조각 나누어져 머릿속을 떠돌았다.

하지만 분명히… 되새겨봐도 전율이 일어나는 감각이 있었다.

"…훌륭하다."

쓰러진 자신에게 그가 해주었던, 단 한 번의 찬사가 기억난다. 멀어지는 의식 속에서 들은 그 한마디가 분명하게 기억되어 있었다.

알렉스는 그때의 감각을 되새기며 주먹을 불끈 쥐었다. 왠지 모르게 몸이 달아오르는 것 같은 느낌이다. 당장에라도 검을 쥐고 서서 그때의 감각을 재현해 보고 싶어서, 심장이 마구 뛰기 시작했다.

'다시 만나면……'

세상에서 가장 무서웠던 사람.

그리고… 마음속으로 계속 증오해 왔던 사람.

그런데도 그가 해준 칭찬 한마디에 왜 이렇게 가슴이 뛰는 것일까. 알렉스는 자신도 모를 감정에 혼란스러워하다가 헛웃음을 흘리고 말았다.

5

리할드 왕국력 357년 7월.

출진을 위한 준비는 하겠다고 뚝딱 이루어지는 것이 아니었다. 라곤은 평소 영지에 많은 병사를 운용하고 있지 않았고, 휘하의 기사 병력조차도 별로 없었다. 병력이 필요하면 본인이 직접 나서거나 용병을 고용해서 해결했기 때문이다.

그래서 싸울 수 있는 성인 장정들을 징병하고 무장시킬 때까지 보름 이상의 시간이 걸렸다. 물론 다들 기초적인 훈련조차 제대로 되어 있지 않은 상태이긴 하지만 어쩔 수 없었다.

‘너무 신경을 안 쓰긴 했군.’

자신의 뒤를 따르는 천여 명의 병사들을 보면서 라곤은 한숨을 쉬었다. 다들 무기를 들고 있는 것 자체가 어색하고 잔뜩 겁에 질려 있는 게 안쓰러울 정도였다.

평소에 가끔씩 싱병 대상자들을 모아서 군사훈련을 시키긴 하지만 그것만으로는 부족하다. 특히 클란드 백작령은 몇 년 전까지만 해도 왕실 직할령이었기 때문에 다들 전쟁과 인연이 먼 생활을 해왔던 것이다.

그나마 원래부터 병사로 일했던 자들과 블랑크스 가문에서 이혼 선물(?)로 고용해 준 용병단, 그리고 마물들이 출몰하는 지역에서 자경단으로 활동했던 자들 정도가 믿음직했다. 그 외에는 그야말로 오합지졸의 표본이었다.

‘하지만 어차피 오합지졸이든 아니든 다들 죽어나가겠지.’

이 싸움에 희망은 없다.

라곤은 그 사실을 알고 있었다.

하지만 그들보고 승산이 없는 싸움이니 도망치라고 할 수도 없는 노릇이다. 왜냐하면 이것은 그들의 나라를 지키기 위한 싸움이니까.

라곤이 출진 준비를 하는 동안에도 상황은 시시각각 악화되어 가고 있었다. 왕도로 이어지는 루트에 위치한 도시 두

개가 추가로 함락당했고, 이제 남은 것은 최후의 방패인 메이베라와 그 앞의 델센뿐이었다.

"라곤 클란드 백작이다."

마침내 라곤과 천 명의 병사가 메이베라에 도착하자 그 소식을 들은 사람들이 술렁였다. 크루세스의 생존자들은 그의 무력을 알고 있기에 놀랐고, 그렇지 않은 자들은 몇 년 동안이나 은거했던 옛 소드 마스터가 다시 모습을 드러낸 것에 놀랐다.

"이런 분위기도 오랜만이군."

라곤은 자신에게 쏟아지는 시선을 느끼며 중얼거렸다.

그때 사람들 사이를 헤치고 그에게 다가오는 사람이 있었다. 바로 소년의 얼굴을 가진 마법사 카알이었다.

"라곤 경!"

"오, 카알 경. 살아 있었군."

라곤이 말에서 내리며 그에게 반갑게 웃어 보였다. 카알이 그와 악수하며 말했다.

"저도 생존력 하나만은 강하니까요. 다행히 곧바로 여기로 보내지는 바람에 아직 전투를 겪지 않았습니다."

"운이 좋았군. 벨로스 경은 어떻게 됐지?"

"마탑에 들어가 있어요."

메이베라의 마탑에는 벨로스를 비롯해서 여섯 명의 고위 마법사에 의해 운용되고 있었다. 크루세스 붕괴 때 적의 재앙에 가까운 공격력을 맛본 할로드가 필사적으로 도시방어 결계를 개량, 궁극주문조차 버텨낼 수 있도록 만들었던 것이다.

"그렇군."

라곤은 카알과 헤어져서 사령관인 베르드 공작에게 입성을 보고했다. 그리고 베르드 공작에게 자신의 병력 지휘권을 이양하겠노라고 말했다. 그는 열 명 단위의 병사는 지휘해 본 적이 있어도 그 이상으로 많은 규모를 지휘해 본 적은 없었기 때문이다. 그렇다면 차라리 지휘는 경험이 많은 자들에게 맡기고 자신은 언제나 하던 것처럼 초인병으로 싸우는 편이 좋았다.

대신 라곤은 요청했다.

"제 병력은 제 지휘하에 두지 않아도 좋습니다. 대신 저를 소드 마스터들과 함께 최전선에서 싸우게 해주십시오."

"뭐?"

베르드 공작이 무슨 소리를 하느냐는 듯 눈을 크게 뜨며 물었다. 아무리 예전에 소드 마스터였다고 해도 그렇지, 지금은 오러의 힘을 잃었다는 것을 뻔히 아는데 무슨 정신나간 소리란 말인가?

물론 그것은 베르드 공작이 라곤이 크루세스에서 어떻게 활약했는지 모르기 때문에 보이는 반응이었다. 그가 라곤이 정신이 이상해진 게 아닌가 의심하며 뭐라고 말하려고 할 때, 그들 사이로 끼어드는 목소리가 있었다.

“공작 각하, 그렇게 하게 하십시오.”

“할로드 경.”

베르드 공작이 놀라서 목소리의 주인, 대마법사 할로드를 돌아보았다. 그리고 그를 따라 할로드를 본 라곤은 조금 놀랐다.

할로드는 라곤이 마지막으로 봤을 때와 비교하면 10년은 더 늙은 것처럼 보였다. 그는 초췌한 안색으로 라곤을 보며 말했다.

“별로 알려지진 않았지만 그는 크루세스에서 오크 히어로를 쓰러뜨린 적이 있습니다. 우리 측에 소드 마스터가 거의 남지 않은 지금, 그 같은 전력을 놓릴 수는 없는 일입니다.”

“오크 히어로를? 정말인가?”

베르드 공작이 놀라서 물었다. 라곤은 그렇다고 대답하고는 할로드에게 인사했다.

“오랜만입니다.”

“그렇군. 그동안 마력이 더 강해진 것 같구만.”

할로드는 라곤의 마법회로를 보면서 말했다. 라곤의 마력은 그동안에도 계속 발전해서 지금은 거의 전신의 혈관이 마법회로로 바뀌어 있는 상태였다. 거기서 발산되는 마력은 대마법사인 할로드조차도 가늠할 수 없을 정도다.

“그렇습니다. 아마 이제 거의 완성 단계겠죠.”

“차라리 자네가 마법을 배웠더라면… 아니, 의미없는 이야기군. 어차피 시간이 너무 짧았으니까."

"제대로 된 마법사가 될 수 있을 만큼 머리가 좋지도 않아서 말이죠. 몸으로 때우는 쪽이 편합니다."

"그런가. 이젠 오크 히어로 정도는 쉽게 감당할 수 있겠나?"

"아마 이전보다는."

라곤은 확신을 담아 대답했다. 크루세스에서 오크 히어로를 쓰러뜨린 후 또 10개월이 지난 지금, 라곤은 그때보다 한층 더 강해졌다. 필요로 하는 마법을 손에 넣어 완전히 숙련했고, 드워프들에게서 새로운 장비들을 얻었으며, 그것들을 활용하는 전투법을 체화한 지금 오크 히어로는 그의 적수가 되지 못한다.

"믿음직하군. 잘 싸워주게. 힘든… 아주 힘든 싸움이 될 테니까."

할로드는 그렇게 말하곤 몸을 돌렸다. 라곤은 형언할 수 없는 불길함을 느끼면서 속으로 중얼거렸다.

'그건 이미 각오한 바죠. 당신이나, 나나.'

할로드의 보증이 있고 나자 베르드 공작이 라곤을 대하는 태도는 확연히 달라졌다. 처음 맞이했을 때는 별로 많지도 않은 병력을 끌고 온 그저 그런 영주 중 하나로 대했지만, 그 후로는 존중하는 태도를 보였던 것이다.

베르드는 라곤을 활용하는 것을 전제로 전술을 수정하겠다고 말하고는 저녁 회의에 참석해 줄 것을 요청했다. 그리고 현재의 상황을 알려줄 기사 한 명을 붙여주었다.

그 기사는 크루세스의 생존자 중 한 명이었다. 굳이 그런 인물을 붙여준 것은 라곤에게 크루세스의 상황을 전해주려는 의도였으리라. 그 사실을 이해한 라곤은 그를 통해 크루세스에서 무슨 일이 있었는지 상세하게 전해 들었고, 현재의 상황이 얼마나 절망적인지 새삼스럽게 인식하며 한 사람을 찾아갔다.

"질리언."

성벽에 한 청년이 걸터앉아 있었다. 검보랏빛 머리칼을 가진 청년, 질리언은 라곤의 부름에 지친 얼굴로 뒤를 돌아보았다.

"…라곤 경."

"오랜만이야."

"그렇군요."

라곤은 고개를 끄덕이는 그의 앞에 걸터앉았다. 그리고 말했다.

"크루소 경의 소식을 들었다. 훌륭한 분이 가셨어."

"감사합니다."

질리언은 힘없는 목소리로 대답했다.

크루소는 질리언을 살리기 위해 크루세스에서 전사했다.

그 일 때문에 질리언은 심한 자책감을 느끼고 있었다. 자신이 자서스를 구하기 위해 무모한 짓을 하지만 않았어도 지금쯤 둘 다 살아서 이 자리에 있을지도 모른다는 생각이 들었던 것이다.

그러한 감정에 오크늘에 대한 복수심에 더해져서 그에게서는 음울하면서 흉흉한 분위기가 풍겼다. 사람들이 그에게 다가가지 않는 것은 피부로 와 닿은 압박감 때문이리라. 소드 마스터인 그가 풍기는 분위기는 일반인이 풍기는 것과는 달리 심신을 압박하게 되니까.

"……."

잠시 동안 두 사람은 말이 없었다. 무슨 말을 찾지 못해 어색해하듯이 서로의 분위기를 살필 뿐이었다. 곧 그런 상황에 지친 라곤이 한숨 섞인 목소리로 말했다.

"크루세스에서 있었던 일은 들었어. 베르드 공작 각하가 크루세스의 생존자를 붙여주더군."

"……."

"우리 쪽 소드 마스터 중에 현역은 너와 케틸 경, 라루스 경밖에 없다고 들었다. 은퇴자들은 다섯, 이렇게 되면 고작 여덟 명인데 오크 히어로의 숫자는 300이라……."

케틸과 라루스는 크루세스에 참전하지 않았던 소드 마스터들이었다. 케틸은 왕도 방위를 책임지고 있었고 라루스는 남부 국경을 지키고 있었기 때문이다. 그러나 리할드 왕실은

이제 다른 모든 것을 포기하더라도 오크들을 막아내겠다는
각오로 모든 힘을 집중시키고 있었다.

덕분에 전쟁에 휘말려들지 않은 지역에서도 온갖 문제가
드러나고 있었다. 몬스터를 감당할 수 없어 피해가 속출하고,
나라의 운명이 불안하니 치안이 극단적으로 악화되었으며,
오크들에게 휩쓸린 지역에서 겨우 탈출한 생존자들이 난민이
되어 다른 곳으로 몰려들었다.

아직 오크들이 치고 들어온 지 얼마 안 지났는데도 이 정도
이니, 만약 전쟁이 장기화되면 정말 지옥 같은 상황이 벌어질
것이다. 모두가 그 사실을 알고 있었다. 하지만 메이베라에서
오크들을 막아내며 다른 국가들의 원군을 기다리는 것 외에
는 할 수 있는 일이 없었다.

문득 질리언이 말했다.

"…하나 정도는 책임져 줄 수 있겠죠?"

뜬금없는 소리였지만 라곤은 그 말뜻을 알아들었다. 오크
히어로 한 마리 정도는 맡아줄 수 있냐는 소리였다.

"날 뭐로 보고. 이제 너보다 훨씬 나을걸."

라곤이 코웃음을 치며 말했다. 그 자신만만한 모습에 질리
언은 미소를 지었다. 미소를 짓고 나서 스스로도 깜짝 놀랐을
정도로, 아주 오랜만에 짓는 미소였다.

그런 그를 보며 라곤이 물었다.

"하지만 크루세스의 일은 정말 들으면서도 믿을 수가 없더

군. 그 라카둠이라는 놈이 그렇게 엄청났나?"

"믿을 수 없을 정도였습니다."

질리언이 안색을 굳혔다. 도시방어 결계와 함께 성벽을 한 번에 베어버린, 재앙에 가까운 오러 블레이드. 그때를 생각하면 지금도 몸이 떨린다. 동시에 맹렬한 복수심이 치밀어 올랐다. 마지막 순간을 보진 못했지만 크루소와 자서스는 분명 라카둠의 손에 최후를 맞이했으리라.

자신은 반드시 라카둠에게 복수해야만 한다. 현실적으로 승산이 없다고 해서 물러날 수는 없었다.

'두려워하고 있군.'

라곤은 질리언의 몸이 가늘게 떨리는 것을 보며 눈살을 찌푸렸다. 베르드가 붙여준 기사에게 생생한 이야기를 듣긴 했지만 아직도 믿어지지 않는다. 그런 힘을 가진 존재가 이 세상에 있단 말인가? 그가 묘사한 대로의 일이 실제로 벌어졌다면…… 베이런 크로네스조차도 라카둠을 이길 수 없을 것 같았다.

'베이런을 만나기 전에 죽어줄 수는 없지.'

설령 적이 아무리 절망적인 힘을 갖고 있더라도, 자신은 살아남아서 베이런의 목을 베고 말 것이다. 라곤은 다시금 결의를 굳혔다.

6

오크들의 움직임이 관측된 것은 그로부터 일주일 후였다. 그 사흘 전에 델센이 함락되었지만 오크들은 인간들을 깔보듯이 병력을 정비해서 느긋하게 진군해 온 것이다.

라곤이 성벽에 오르자 질리언을 비롯한 소드 마스터들이 차례차례 모습을 드러냈다. 이 중에 가장 지위가 높은 이는 왕도 방위군의 장군 케틸이었다. 겉보기로 30대 중반 정도로 보이는 그는 라곤을 보면서 불편한 표정을 지었다.

"라곤 경, 정말 우리하고 함께 갈 생각인가?"

"이미 그걸 전제로 전술이 짜여졌지 않습니까? 이제 와서 물릴 수도 없는 노릇이지요."

"자네가 마검사가 되었다는 소리를 듣긴 했지만…… 오크 히어로 한 마리와 싸울 때는 어땠을지 몰라도, 이렇게 많은 숫자를 감당하긴 어려울 걸세."

"문제없습니다."

라곤이 딱 잘라서 대답하자 그가 혀를 찼다. 자기 딴에는 마음을 써준 것인데 건방지다고 생각하는 것 같았다.

라곤은 그런 그를 보면서 속으로 어처구니가 없어하고 있었다. 여태까지 왕도에 처박혀 있느니라 아직 오크 히어로를 상대해 보지도 않은 인간이 이러쿵저러쿵 잘난 척을 하다니 기가 막힌다.

'겁먹고 얼어붙지나 않으면 다행이지.'

소드 마스터들은 자신의 힘에 절대적인 자신감을 갖고 있다. 주변에 비교할 대상이 없을 정도로 강력한 힘을 가졌으니 그럴 만도 했다. 여태까지 다른 소드 마스터들 외에는 자극을 느껴보지 못한 케틸이 오만한 태도를 보이는 것은 당연하다면 당연한 일이다.

그러나 그 자신감도 직접 오크 히어로들과 맞서면 산산조각 나고 말리라. 자신과 대등한 힘을 가진 적들과 싸우는 공포가 어떤 것인지, 한 번도 소드 마스터가 아닌 상황에서 싸워본 적이 없었던 그는 절실하게 알게 될 것이다.

라곤이 슬쩍 뒤로 물러나자 라루스가 다가와서 말했다.

"케틸 경이 원래 까칠하니 마음 쓰지 말게. 자네가 크루세스에서 어떻게 활약했는지는 나도 전해 들었다네. 이번에 마탑 쪽에서 투입하는 마검사 전력들을 보니 아주 훌륭하더군. 이 싸움에서 승리하면 국경 쪽에서도 투입을 요청하고 싶을 정도야."

라루스는 서방 국경에서 별로 사이가 좋지 않은 나말 왕국과 대치하면서 소드 마스터끼리의 싸움도 경험해 본 적이 있는 역전의 용사였다. 오크 히어로들의 힘을 충분히 상상하고 긴장하고 있었다.

하지만 라곤은 그의 말에도 쓴웃음을 지을 수밖에 없었다. 그도 역시 라곤이 자신과 대등하다고 생각하진 않는다는 것이 느껴졌기 때문이다. 마검사는 일반 전사들을 초월한 전력이긴 하지만 소드 마스터들이 보기에는 그렇게까지 대단한 것은 아니었으니 당연한 일이다.

이 자리에서 라곤의 전력을 제대로 기대하고 있는 것은 질리언 하나뿐이었다. 하지만 질리언조차도 라곤의 진정한 힘을 가늠하지 못하고 있으리라. 그가 아는 라곤은 크루세스에서 보여준 모습뿐이니까.

'뭐, 아군이 어떻게 보든 별로 상관은 없지.'

곧 전투가 시작되면 다들 놀라서 자빠지게 해주겠다. 라곤은 그렇게 생각하며 오크들을 기다렸다.

왠지 가슴이 뛴다.

이것은 분명 생애 최대의 전투가 되리라. 이제 이 성벽 앞은 무수한 인간과 괴물의 피로 물들고, 수많은 이들이 비명 속에서 죽어가는 아비규환의 지옥이 되겠지.

그것을 알면서도 어째서 가슴이 뛰는 것일까?

돌이킬 수 없을 정도로 망가져 버린 전투 중독자. 적에게 숨통이 끊어져 쓰러질 때까지 전장을 그리워할 수밖에 없는 병에 걸린 존재.

라곤은 자신이 그런 존재임을 깨달았다. 행복은 평화 속에 있을지도 모르지만 살아 있음을 자각할 수 있는 것은 싸움이 있는 곳뿐이니, 불에 날아드는 부나비들을 어리석다고 할 자격이 없는 것이 바로 자신이 아니련가.

뿌우우우우.

곧 뿔나팔 소리가 울려 퍼졌다. 척후병들이 귀환해서 오크들의 접근을 알렸다.

"1만?"

척후병의 보고에 모두가 눈살을 찌푸렸다.

많아서가 아니었다. 오히려 예상했던 것보다 너무 적다.

리할드 왕국이 메이베라에 모든 역량을 집중하고 있음은 오크들도 쉽게 알아차렸을 것이다. 그런데 자신들의 병력을 절반도 채 보내지 않는단 말인가?

게다가 더 거슬리는 것은 하이오크 삼귀장이 없다는 것이었다. 하이오크 삼귀장이 전장에 나설 때는 항상 눈에 띄는 위치에서 자신들을 과시하곤 했는데, 이번에는 1만의 병력 어디에서도 그들의 모습을 찾아볼 수 없다고 했다.

"지휘관들조차 나서지 않는단 말인가!"

케틸이 노성을 토했다.

물론 현실적으로 생각하면 그 1만의 적조차 물리치기 어렵다. 메이베라에 모인 병력은 무려 1만 7천으로 적보다 훨씬 많았지만, 적들에게는 엄청난 숫자의 오크 히어로와 막강한 화력과 방어력을 동시에 갖춘 키메라라는 전술 병기가 존재하는 것이다.

그래도 왠지 다행이라고 생각되는 한편 치욕스럽다고 생각하는 분위기가 일었다.

"큭, 더러운 오크 놈들이 우리를 무시하다니!"

"인간의 기개를 보여줍시다. 우리를 얕본 것을 후회하게 해주면 그만이오. 1만의 병력 따위 대파해서 울면서 돌아가게 해주지!"

흥분하는 지휘관들을 보면서 라곤은 저도 모르게 혀를 찼다. 이 양반들은 도대체 생각이 있는 건가 없는 건가? 자존심으로 똘똘 뭉친 것은 좋은데 현실을 보고 떠들어야 할 것 아닌가?

이쪽 입장에서 볼 때 적이 노골적으로 깔보는 태도로 나온 것은 정말 잘된 일이다. 성벽을 일거에 날려 버리는 힘을 가진 하이오크 삼귀장마저 없다면 1만의 병력을 상대로 수성전을 벌일 때 충분히 승산이 있었다.

'오크 히어로가 얼마나 왔느냐가 문제겠지만…… 뭐, 하이오크 삼귀장도 안 오고, 총병력이 1만이면 300마리가 다 오진 않았겠지.'

일단 이번에 오는 1만을 상대로 얼마나 피해를 최소화하면서 이길 수 있느냐가 중요하다. 승기를 잡고, 외국에서 파견한 지원군까지 와서 인간 연합이 결성되기만 한다면 오크의 전 병력을 상대로도 자웅을 결해볼 만했다.

'하지만 너무 우리 쪽에 조건이 좋은데. 왜 이런 식으로 싸우는 거지?'

거기까지 생각해 보면 도대체 오크들의 의중을 알 수가 없었다. 크루세스가 무너진 과정을 볼 때, 오크를 통솔하는 수

뇌부는 결코 어리석지 않다. 그런데도 왜 이런 식으로 이쪽에게 유리한 판을 펼치려는 것일까?

'불길해.'

라곤은 눈살을 찌푸리며 질리언을 바라보았다. 서로 눈이 마주치자 질리언도 살짝 고개를 끄덕였다. 마치 라곤과 같은 생각을 하고 있었다는 듯이.

질리언은 크루세스에서 오랫동안 오크들과 맞서면서, 그들이 이해할 수 없는 행동 뒤에 장대한 그림을 그려내는 것을 체감했다. 그러니 이번 일을 긍정적으로 생각할 수가 없었던 것이리라.

"온다."

오후 무렵, 마침내 1만의 오크가 메이베라 앞쪽에 모습을 드러냈다. 라곤은 상념을 떨쳐 버리고 전투를 준비하기 시작했다.

7

베이런 크로네스는 하늘 위에서 메이베라를 굽어보고 있었다. 물론 그것은 마법의 힘으로, 아이오네스가 그에게 준 비행용 마법기를 사용하고 있는 것이었다.

1500미터 상공에 떠 있는 그는 오크들이 메이베라 앞쪽에 몰려드는 것을 보며 미소 지었다.

"칼카쿰을 지휘관으로 내세우다니 역시 라카둠의 입김이 강하게 작용했나 보군. 하긴, 실력으로 보면 가장 적절한 선택이지."

1만의 오크들을 이끌고 있는 것은 거대한 전투용 해머를 든 오크 히어로였다. 키도 덩치도 라카둠과 비슷할 정도로 큰 기형의 오크는 붉은 눈동자를 빛내면서 오크들에게 명령을 내리고 있었다.

그들은 메이베라 앞에 집결한 채 뭔가를 기다리기 시작했다. 인간들이 의아해할 정도로 오랜 기다림이었다.

곧 베이런이 하늘 저편을 바라보며 중얼거렸다.

"오는군."

푸른 하늘을 가르면서 검은 유성 하나가 날아오고 있었다. 그 유성을 날게 하는 것은 분명 소드 마스터 전용 장거리 이동마법인 천공의 궤적이었다. 메이베라를 향해 낙하해 가는 그 검은 유성을 보면서, 베이런이 웃었다.

"인간들이여, 인간을 버린 소드 마스터의 힘이 어떤 것인지 충분히 맛보도록 하게나."

"저건 뭐지?"

제일 먼저 그것을 발견한 것은 케틸이었다. 오크들의 뒤쪽 하늘로부터 맹렬한 속도로 날아오고 있는 검은 유성을 발견했다. 불길처럼 솟구치는 어둠을 토해내고 있는 그것은, 그

색을 제외하면 이곳에 모인 소드 마스터들이 아는 뭔가와 너무나도 비슷했다.

"천공의 궤적인가?"

그들이 설마하며 중얼거린 순간, 상공에서 마치 그 말을 들은 것처럼 검은 유성이 변화하기 시작했다.

새카만 흑요석 결정처럼 빛을 삼켜대다가, 고도가 어느 정도 낮아지자 갑자기 확 수축하며 구체형으로 변한다. 그리고 다음 순간에는 새의 날개처럼 양쪽으로 크게 펼쳐지면서 그 속에서 인간의 형상이 드러났다.

"검은 오러라니……."

"베이런 크로네스?"

라곤이 저도 모르게 중얼거렸다. 현존하는 그 어떤 오러와도 다른, 빛 대신 어둠을 발하는 검은 오러의 주인은 그가 아는 한 베이런밖에 없었다.

그러나 마치 검은 날개를 펼친 타락천사처럼 낙하해 오는 그를 온 신경을 집중해서 보던 라곤은, 그것이 베이런이 아니라는 사실을 깨달았다. 고도가 200미터까지 낮아지자 어느 정도 윤곽을 알아볼 수 있었는데, 라곤이 기억하고 있는 베이런의 외모가 아니었다.

"마법사! 공격해!"

모두가 넋 놓고 있는 동안 혼자 정신을 차린 라루스가 명령했다. 인간처럼 보이긴 하지만 정황상 아무리 봐도 아군이라고는 볼 수 없다. 그렇다면 일단 접근하는 것을 막아야 했다.

그러자 마법사들이 퍼뜩 정신을 차리고 검은 오러의 주인을 향해 마법을 퍼붓기 시작했다. 섬광이 어지럽게 휘어지며 날아들고, 불꽃과 뇌격이 그 뒤를 따른다.

상대의 반응은 극적이었다.

"카아아아아아!"

그것은 인간의 성대에서 울려 퍼졌다고는 믿을 수 없는 괴성이었다. 상대는 허공에서 몸을 아래쪽으로 죽 뻗으며 양팔을 벌렸다. 그리고 그것을 마구 휘둘러대니 검은 오러가 거대한 짐승의 발톱 같은 형상으로 변해서 마법들을 갈가리 찢어놓기 시작했다.

"뭐, 뭐야?"

상상을 초월하는 대응에 모두가 경악했다. 그동안 검은 오러의 주인은 마법사들의 포화를 뚫고 지상으로 떨어져 내렸다. 원래는 곧바로 성벽 안쪽으로 뛰어들 생각이었던 것 같지만, 마법사들의 공격 때문에 뒤로 밀려나서 성벽에서 조금 떨어진 곳에 착지해야만 했다.

그리고 그가 고개를 들었을 때, 그와 눈을 마주한 질리언이 깜짝 놀라서 외쳤다.

"아르센드 경?!"

"뭐라고?"

다들 경악해서 그를 바라보았다. 그리고 질리언의 말이 맞다는 것을 알고는 안색을 돌처럼 굳혔다.

리할드 왕국을 수호하는 영광의 소드 마스터 중 하나, 아르센드 데마르트.

크루세스에서 전사한 것으로 알려졌던 그가 누구도 상상하지 못했던 모습으로 다시 나타난 것이다. 흉성에 물든 붉은 눈동자에 산발한 머리칼은 이성이라곤 없는 짐승의 그것 같았다. 그리고 검 대신 양팔에 날카로운 칼날 여러 개를 달고 그로부터 짐승의 발톱을 거대화한 것 같은 검은 오러 블레이드들을 전개했는데, 오러 디펜더가 점점 그 농도를 더해가더니 이윽고 전신을 뒤덮어 그의 인간으로서의 모습을 가려 버렸다.

그렇게 해서 완성된 그의 모습은 검은 괴물이라고밖에 할 수 없었다. 어딜 봐도 인간이라는 느낌이 들지 않는다. 기괴하게 변형된 오러 디펜더가 그 몸을 가리고, 거기서 커다랗게 찢어진 눈동자 같은 빛이 떠오른다.

그 모습을 본 라곤의 머릿속을 스쳐 가는 것이 있었다. 지금 눈앞에 보이는 것과는 좀 다르지만, 분명 그가 읽었던 고문서들에 비슷한 기록이 존재했다.

"설마 이건 어그레시브 비스트?"

"그, 그게 뭔가?"

케틸이 놀라서 물었다. 그러자 라곤이 반신반의하는 태도로 말했다.

"소드 마스터가 인간을 버리고, 자신의 모든 것을 살육을 위해 내던졌을 때 도달하는 짐승의 형상이라고 들었습니다. 카르벨 대왕과 13기사 중에 나라트 경이 홀로 오크의 대군 수천을 학살하고 죽어갈 때 마지막이 그랬다는 기록이 있었는데……."

라곤이 본 기록에서는 영웅 나라트가 절망적으로 압도적인 숫자의 오크들을 막기 위해 마지막으로 인간을 버리고 짐승의 형상으로 변했다고 되어 있었다. 후에 마법사들이 그 형상을 어그레시브 비스트라고 명명했으니, 나라트 경의 오러는 푸른빛을 띠고 있었기에 마치 수십 개의 오러 블레이드를 발톱처럼 휘둘러대는 푸른색 괴물 같았다고 한다.

"그게 진짜였단 말인가……."

라곤이 믿을 수 없다는 듯 중얼거렸을 때, 검은 괴물로 변한 아르센드가 돌격해 오기 시작했다. 소드 마스터들조차 놀랐을 정도로 경이로운 속도로. 땅을 박찼다고 생각한 순간 이미 성벽 바로 앞에 도달, 누구 하나 반응하지 못하는 순간에 그 위로 뛰어올랐는데 그 도약력이 엄청나서 17미터에 이르는 성벽을 한순간에 뛰어넘었다.

"이런 말도 안 되는 일이!"

소드 마스터들이 경악한 순간, 그들이 없는 지점을 급습한 아르센드가 성벽 위의 병력을 학살했다. 양팔을 펼치고 한 번씩 크게 휘두르자 그로부터 뻗어나간 오러 블레이드들이 주변의 병력들을 쓸어버린 것이다. 한 호흡에 토막 난 시체로 변한 병사들이 산산이 흩어지면서 피보라가 몰아쳤다.

"으아아아아아!"

그 광경을 본 이들이 공포에 질려 비명을 질렀다.

뒤늦게 정신을 차린 소드 마스터들이 아르센드를 향해 돌격하기 시작했다. 하지만 아르센드는 그들을 맞이하는 대신 주변의 병력을 몇 번 더 쓸어버린 다음 성벽 아래로 뛰어내렸다.

"카아아아아!"

포효와 함께 학살이 시작되었다.

전혀 예상치 못한 재앙에 병사들은 정신을 차리지 못했다. 제대로 전투 태세를 갖추지도 못한 채 패닉에 빠져서 와르르 무너져 갔고, 그대로 아르센드의 먹이가 되어 쓸려 나갔다. 소드 마스터들이 그에게 접근할 때까지 이미 수백의 병력이 죽어나갔을 정도였다.

"이런!"

아르센드가 성벽 안쪽에서 난동을 부리는 것과 동시에 오크들이 진격해 오기 시작했다. 거대한 키메라들이 기다란 양팔을 앞으로 뻗더니 가속 파이어 볼을 쏟아내고, 폭염으로 물드는 궤도 아래쪽에서 오크 히어로들이 달려나왔다. 그 숫자는 무려 70에 달했다.

라곤이 놀라서 외쳤다.

"상황을 수습해요! 몇 명은 아르센드 경을 막고 나머지는 오크들을 막아야 합니다!"

이미 라루스를 비롯한 소드 마스터 넷이 아르센드의 움직임을 막고 있었다. 변화무쌍한 오러 블레이드로 여러 갈래로 갈라진 아르센드의 검은 오러를 막아내면서 그를 한 자리에 묶어놓는다.

그동안 겨우 정신을 차린 지휘관들이 우왕좌왕하는 병사들을 수습했다. 총사령관인 베르드 공작이 명령을 내려서 오크들을 향해 화살과 마법을 퍼붓기 시작했다. 성벽 안쪽에서 괴물 같은 적이 날뛰는 상황이라 다들 동요하고 있었다. 소드 마스터들이 그 괴물을 막고 있지 않았더라면 다들 공황 상태에 빠져 지휘계통이 붕괴했을지도 모른다.

"젠장! 케틸 경! 여길 부탁합니다!"

"뭐, 뭐라고?"

궁지에 몰린 적이 없는 케틸은 돌발 상황에 얼어붙어 있었다. 그런 그를 한심하다고 생각하면서 질리언에게 외쳤다.

"질리언! 아르센드 경은 내가 막을 테니까, 성벽을 어떻게든 지켜!"

"믿어보겠습니다."

충격에 빠져 있던 질리언도 정신을 수습하고 고개를 끄덕였다. 라곤은 그의 대답을 듣자마자 비행마법으로 아르센드를 향해 날아갔다.

파파파파파파!

소드 마스터 넷이 아르센드와 현란한 격투를 벌이고 있었다. 검은 오러 블레이드와 마주할 때마다 그들의 오러 블레이드가 크게 꺾여 나간다. 그 충격으로 내장이 진탕하고, 버티지 못한 몸이 뒤로 크게 밀려났다. 지면이 깨저 나가며 충격파가 주변을 휩쓸었다.

'역시! 엄청나게 강하군!'

아르센드가 발하는 검은 오러의 힘은 다른 소드 마스터들을 압도했다. 다만 유일한 약점은 팔에서 뻗어 나온 짐승의 발톱 같은 형태에서 변형하지 않는다는 점이었다. 이성이 날아가 버린 탓인지 소드 마스터의 특징인 변화무쌍함이 드러나지 않는다.

"흠!"

라곤은 접근하는 동안 이미 필요한 마법들의 발동을 마쳤다. 정신과 육체가 점입가경으로 가속되고, 그의 발아래 강렬한 기류가 일어나서 그 육체의 움직임을 기기묘묘하게 바꾼다. 그의 발을 감싼, 드워프들이 만들어낸 특수한 신발은 그 기류에 반응하여 미약한 빛을 토해내며 그에게 보다 자유로운 움직임을 허락했다. 그리고 그의 손에 들린 마법검에 임펄스 소드와 버스터 소드가 걸리면서 7미터에 이르는 푸른 섬광의 칼날이 뻗어 나왔다.

퍼퍼퍼퍼펑!

20미터까지 접근하는 것과 동시에 일곱 발의 파이어 볼이 연타로 날아가서 아르센드를 강타했다. 거의 0.1초 간격으로 쏟아진 그 파이어 볼들이 작렬하자 파이어 스톰에도 지지 않는 폭염이 퍼져 나갔다.

아르센드도 그 열압을 이기지 못하고 뒤로 밀려났다. 그와 동시에 라곤이 기다렸다는 듯 포스 볼트를 쏟아냈다.

파파파파파팡!

아르센드의 몸이 정신없이 흔들렸다. 라곤이 쏟아낸 포스 볼트의 숫자는 72발, 일격 일격이 인간을 즉사시킬 수 있는 위력인데 그런 것이 직선으로 쏟아지는 것도 아니고 마치 허공에서 반동으로 튀듯이 갖가지 궤도에서 쏟아져 내린다. 아르센드가 엄청난 반응속도로 양팔을 휘둘러댔지만 가속된 포스 볼트는 그 움직임을 뚫고 그에게 명중했다.

"캬아아아아!"

아르센드가 포효하며 양팔을 라곤을 향해 휘둘렀다. 커다란 오러 블레이드들이 라곤을 노리고 무시무시한 기세로 날아든다.

그러나 그것을 보는 라곤의 눈빛은 소름끼치도록 냉정했다. 아르센드의 움직임이 시작되는 순간, 그 궤도를 읽어내고 10센티 간격으로 피하면서 다음 마법을 발동시킨다.

파지지지직!

라이트닝 볼트가 연사되었다. 포스 볼트만큼은 아니지만

한순간에 33발이 발동돼서 작렬하자, 퍼져 가는 뇌격이 서로 호응해서 빛의 폭풍이 되었다. 라이트닝 스톰에 필적하는 위력으로 뇌광이 폭발했다.

쩌르르릉!

"크아아아아!"

아르센드가 비명을 지르며 튕겨 나갔다. 연달아서 타격을 받자 그의 몸을 감싼 짐승 형상의 오러가 잠깐 옅어지며 그 안쪽의 모습이 드러난다. 하지만 그것은 그야말로 잠깐이었을 뿐, 금방 다시 농도를 회복하고 태세를 바로잡았다.

"젠장! 뭘 넋 놓고 보고 있어!"

라곤이 주변을 보면서 소리쳤다.

그 말에 멍하니 보고 있던 라루스를 비롯한 네 명이 퍼뜩 정신을 차렸다. 갑자기 덮쳐 온 라곤이 보여준 모습이 믿을 수 없을 정도로 압도적이라 현실감을 잊고 말았던 것이다.

"공격해!"

라곤이 그들에게 호통치면서 앞장서서 달려들었다.

기습으로 두들겨 놓긴 했지만 지금의 아르센드는 정말 말도 안 되게 강하다. 인간의 기술을 잃어버리는 대신 압도적인 오러 출력과 반응속도를 얻었으니, 잠깐만 그 움직임을 놓치면 앗 하는 순간에 저승으로 가게 될 것이다.

'하지만 그건 뭘 상대로 하나 마찬가지지!'

라곤이 앞으로 상대할 괴물들은 강하든 약하든, 다 라곤을 한 방에 보내 버릴 수 있는 무기를 갖고 있었다. 그러니 인간을 버리고 짐승이 되어버린 존재 따위에게 밀리는 모습을 보여줄 수는 없었다.

"당신이 인간임을 빼앗겼다면……."

라곤은 현란하게 쏟아지는 검은 오러 블레이드들을 피해냈다. 정신이 가속한다. 육체가 가속한다. 그의 발을 감싼 바람이, 그 바람의 힘을 더욱 증폭시키는 신발이 허공에서 춤을 추는 듯한 움직임을 일으키고 공간 전체를 갈가리 찢을 것 같은 공격을 모조리 벗어나게 한다.

"나는 인간의 힘을 보여주마!"

라곤이 포효했다.

인간이 갈고 닦아온 기술, 이성과 광기가 서로 만나는 접점 속에서 탄생한 무(武)!

마침내 라곤이 검을 휘두르기 시작했다. 드워프들이 최고의 재료와 최고의 기술로 정련한 마검, 그리고 그 위에 마탑의 마법사들이 라곤의 마력으로 전개된다면 오러 블레이드와도 필적할 수 있다고 장담했던 섬광의 칼날이 덧씌워져 사방에서 짓쳐 드는 검은 오러 블레이드들을 막아낸다.

결코 정면으로 부딪치는 일은 없다. 순간을 지루하게 느낄 정도로 가속된 의식 속에서, 적의 움직임과 오러 유동, 주변의 마나가 어떻게 흘러가는지까지 감지하고 모든 움직임을 파악해 낸다. 허공에서 춤을 추는 듯한 움직임으로 공격을 피해내면서 아주 작은 검격으로 검은 오러 블레이드를 살짝 걸어내고 비껴낸다.

"라곤 경에게 길을 열어줍시다!"

라루스가 외쳤다.

소드 마스터들은 자신이 해야 할 일을 알고 있었다. 사방에서 몰아쳐서 아르센드의 움직임을 묶어놓는다. 라곤에게 일격을 허용하기 위해서!

마침내 라곤이 아르센드의 10미터 앞쪽까지 파고들어 갔다. 동시에 라곤이 허리춤에 꽂혀 있던 단검 하나를 들더니 아주 작은 모션으로 집어 던졌다. 그러자 단검이 푸른 섬광으로 화해서, 무시무시한 속도로 공간을 관통했다.

아르센드는 그것을 피하지 않고 맞았다. 이런 소소한 공격 따위, 본체가 보이지 않을 정도로 농밀한 오러 디펜더에 흠집조차 내지 못하리라 생각한 것이리라. 짐승의 전투 본능이 그에게 그렇게 시킨 게 틀림없었다.

그러나 그것은 실수, 승패를 가를 정도로 커다란 실수였다.

"카아아아?"

아르센드의 몸이 뒤로 밀려났다. 라곤이 던진 단검이 그의 오러 디펜더를 꿰뚫고, 그 육체에 깊숙이 박혔던 것이다. 그의 몸이 뒤로 밀려나면서 멈췄고, 그리고……

파학!

그의 코앞에 나타난 라곤이 섬광의 칼날로 그 몸을 깊숙이 가르고 지나갔다.

"……."

잠시 동안 시간이 멈춘 것 같았다.

라곤은 아르센드를 베고 지나간 자세 그대로 멈춰 섰고, 아르센드는 베어진 채 그대로 굳어 있었다.

푸화하하학!

어둠이 갈라지며 붉은 피가 분수처럼 뿜어져 나왔다. 짐승의 형상을 띠었던 어둠이 산산이 흩어지고, 발톱처럼 뻗어나갔던 오러 블레이드 역시 부서져 사라져 간다. 그리고 그 속에서 몸이 반쯤 뜯겨져 나간 아르센드가 비틀거리며 무너져 내렸다.

마지막 순간, 라곤은 흠칫 놀라며 뒤를 돌아보았다. 그리고 그 순간 아르센드의 몸이 완전히 무너져 내리고 그의 몸을 갈가리 찢으며 검은 어둠의 폭풍이 몰아쳤다.

"라곤 경!"

라루스가 깜짝 놀라서 라곤을 불렀다. 아르센드의 옆에 있던 라곤은 속수무책으로 그 어둠에 휩쓸리고 말았기 때문이다. 아무리 놀라운 무력을 보여줬다고 하나 그는 소드 마스터가 아니고, 오러 디펜더가 없다면 저 폭풍을 버텨낼 수 있을 리가 없었다.

"괜찮습니다."

그러나 그는 곧 옆에서 들려오는 라곤의 목소리에 흠칫해

야 했다. 라곤은 그 순간, 블링크를 사용해서 단거리를 이동
하여 피해냈던 것이다. 놀라는 라루스의 시선을 무시한 채 검
에 걸린 마법을 거두는 라곤의 뇌리에 마지막 순간 아르센드
가 내뱉은 말이 스쳐 지나갔다.

　"고맙네……."

　마지막 순간, 그를 폭주시킨 어둠의 오러가 파괴되었을 때
제정신이 돌아왔던 것이리라. 어쩌면 그의 정신은 내내 그대
로였고 육체의 통제권을 빼앗기고 있었을 뿐인지도 모른다.
　하지만 어느 쪽이든 이제는 상관없는 일이다. 라곤이 그렇
게 생각하며 한숨을 토했을 때, 뒤쪽에서 뭔가 들려와서는 안
되는 소리가 들려왔다.
　꽈아아아아앙!
　"설마!"
　라곤이 깜짝 놀라서 뒤를 돌아보았다. 그리고 그의 시선이
닿은 곳에서는 성벽이 부서져 날아가면서 사람보다도 더 큰
해머를 든 거대한 덩치의 오크가 모습을 드러내고 있었다.

　베이런은 경악했다.
　"이럴 수가!"
　그러나 그 경악에는 즐거움이 섞여 있었다. 즐거운 비명이

라는 것이 이런 때 나오는 것일까? 그는 예상을 초월해도 너무 초월한 상황에 가슴이 두근거리며 절로 미소가 지어지는 것을 참을 수가 없었다.

"라곤 클란드!"

그 이름은 한동안 베이런의 뇌리에서 완전히 잊혀져 있었다. 한순간 그의 재능이 흥미를 자극하긴 했지만 성흔이 심어져 영원히 오러의 힘을 잃어버린 그는 더 이상 기억할 가치가 없었다. 그저 비루한 목숨을 연명하다가 오크들에게 짓밟혀 죽어가리라, 그렇게 생각하고 있었다.

그런데 지금 이 순간, 그가 전혀 상상할 수 없었던 모습으로 돌아왔다! 예술적인 검술과 마법의 힘을 결합시켜서 베이런과 아이오네스가 힘을 합쳐 만들어낸 어둠의 마수를 쓰러뜨리다니, 이 순간 치솟는 희열은 그동안의 권태를 단번에 날려 버릴 수 있을 정도였다.

"하하하하하!"

베이런은 미친 듯이 웃었다.

몸이 근질거린다. 당장에라도 내려가서 방해되는 잡것들을 쓸어버리고, 자신을 향해 칼을 갈아온 라곤과 마주하고 싶다.

하지만 그는 그 격정을 가라앉혔다.

'아직은 아니지. 아직은……'

이곳은 그가 활약할 무대가 아니다. 자신이 모시는 주인,

아이오네스의 명령은 고작 이런 격정 때문에 어길 정도로 가볍지 않다. 보다 장대한 무대에서 세계를 피로 물들일 수 있는 기회를 작은 격정 때문에 걷어찰 수는 없지 않은가?

"라곤 클란드, 그래, 계속 발버둥치거라. 내 앞에 서는 그날까지."

베이런은 미소 지으며 라곤에게 시선을 고정시켰다. 그의 일거수일거족을 단 하나도 놓치지 않겠다는 듯이.

8

"크르르르……."

오크 히어로 칼카쿰은 피가 끓는 것을 느끼고 있었다. 대륙의 변방, 야만의 대지에 살고 있던 그는 언제나 이런 싸움을 꿈꾸고 있었다. 모든 오크 앞에서 자신의 무력을 떨칠 수 있는 영웅적인 무대를! 전사의 종족임을 자처하는 오크들에게 있어 이런 전장에서 활약하는 것만큼 영광스러운 일이 어디 있겠는가?

게다가 오래전 모습을 감췄다가 기적처럼 부활한 오크의 신 타할라께서 자신을 인정해 주었다.

타할라, 정확히는 현신한 프로토 오크의 휘하에는 수많은 오크 영웅들이 있었지만 칼카쿰은 그들과는 다른 존재였다. 듣자 하니 그들은 프로토 오크의 은총을 받아 그 힘을 손에

넣었다 하는데, 칼카쿰이 보기에는 그들의 실력이 영 못마땅
했다. 그는 누구의 도움도 받지 않고 영웅의 힘을 손에 넣었
으니 그럴 수밖에 없었다.

　프로토 오크는 물론이고 고귀한 하이오크들 역시 칼카쿰
을 인정해 주었다. 특히 프로토 오크는 친히 그를 위해 영웅
의 해머를 내렸고, 대전사 라카둠은 그에게 1만의 대군을 맡
기며 인간들을 무너뜨릴 것을 명하니 그 믿음에 보답하지 않
고 어찌 사내라 할 것인가!

　"크워어어어어!"

　칼카쿰이 포효했다.

　인간들의 성벽은 무너졌다. 그 앞에는 녹색 섬광의 칼날을
뿌려대던 인간이 쓰러져 있었다. 아마 스스로를 케틸이라고
밝혔던 것 같긴 한데, 워낙 약해서 이름을 제대로 기억하지도
못했다. 주변을 돌면서 쩨쩨하게 흐느적거리는 공격을 퍼부
어대서 귀찮았지만 칼카쿰이 단 두 번 해머를 후려치는 것만
으로도 분쇄당해서 멀찍이 날아가 버렸다.

　그래도 적들의 주력이니 결정타를 먹여둬야겠지만 귀찮
다. 자신이 친히 손쓰기에는 너무 가치없는 적이었다. 다른
녀석들이 알아서 할 테니 자신은 그동안 그 인간 마법사가 만
들어낸 괴상한 괴물이 흘어놓은 안쪽이나 정리해야…….

　"흐응?"

　칼카쿰의 눈동자가 치켜뜨였다. 그의 감각이 성벽 안쪽에

서 폭발했다 흩어지는 검은 오러의 파동을 감지했던 것이다.
그것은 적들을 내부에서 혼란시키기 위해 들여보낸 괴물이
당했다는 사실을 의미했다.

"놀랍군. 인간에게 그런 힘이 있었나?"

재미있다는 듯 웃는 그에게 공격이 날아들었다. 성벽 위쪽
에서 뛰어내린 인간이 검을 휘둘렀던 것이다. 푸른 섬광이 뻗
어 나와서 그를 노렸다.

"흠!"

그러나 그는 붉은 영웅의 빛을 한 곳에 집결시키는 것만으
로도 그것을 받아냈다. 오크를 영웅으로 만들고 전설로 기억
되게 하는 영웅의 빛, 인간이 일으키는 것과 오크가 일으키는
것은 비슷한 것 같지만 질적으로 다르다. 꾸물꾸물거리는 인
간의 그것은 얄팍하고 말랑말랑해서 그가 한 대 후려치면 전
부 박살 날 뿐이다.

"받아라!"

그가 해머를 크게 당겼다가 그대로 뛰어들면서 휘둘렀다.
한순간에 20미터의 거리가 줄어들면서 해머의 끄트머리가
성벽으로 오르는 계단을 후려갈겼다.

콰아아아앙!

엄청난 파괴력이었다.

단 일격으로 계단이 박살 나서 흩어지고, 충격파가 수십 미
터를 휩쓴다. 그를 공격했던 인간은 그 충격파만으로도 그대

로 뒤로 날아가 버리고 말았다.

"끄응. 역시 인간 놈들은 피하는 것 하나만큼은 일가견이 있군. 날파리 같은 것들!"

그가 투덜거렸다. 정확하고 강맹한 일격이었건만 인간은 간발의 차이로 피해 버렸다. 충격파에 밀려나긴 했지만 전신을 두른 푸른빛 때문에 상처도 입지 않았다.

다음 순간, 땅을 박찬 인간이 달려들었다. 칼카쿰이 코웃음을 치며 해머로 그를 요격하려는데, 그의 움직임이 기묘하게 변했다. 검으로부터 채찍 같은 섬광의 칼날이 다섯 가닥이나 뻗어 나오더니 꿈틀거리며 날아드는 게 아닌가?

"호오!"

생전 처음 보는 기술에 칼카쿰이 감탄했다. 칼카쿰은 재빨리 해머를 거두며 팔로 얼굴을 방어했다. 동시에 그의 몸을 감싼 빛이 강렬해지면서 그 몸이 흐려진다.

투두두두둥!

둔중한 소리와 함께 그의 몸을 감싼 붉은 빛이 파문을 그려 냈다. 충격을 이기지 못한 그의 몸이 뒤로 주르륵 밀려난다.

하지만 다음 순간 그는 전혀 타격을 받지 않은 모습으로 땅을 박찼다. 2미터 30센티의 거구가 괴력으로 땅을 박차니 지면이 폭발하듯 터져 나간다. 그 반동으로 칼카쿰이 엄청난 속도로 적에게 쇄도했다. 그의 손에 들린 해머에 영웅의 빛이 집결하며 붉은 혜성이 되어 내리꽂힌다.

꽈아아아아앙!

붉은 충격파가 터지며 수십의 인간들이 갈가리 찢겨져 나갔다. 그와 맞서던 푸른빛을 두른 인간 역시 충격파를 이기지 못하고 몇십 미터나 날아가서 땅에 처박혀 버렸다.

"어떠냐! 이것이 사나이 칼가쿰의 기개다!"

칼카쿰이 기세등등하게 외쳤다. 물론 오크어라서 인간들은 전혀 알아들을 수 없었다.

"크, 크윽……."

질리언은 몸이 부들부들 떨리는 것을 느끼며 일어났다. 방금 전, 저 덩치 큰 오크 히어로가 해머로 날린 일격은 굉장했다. 분명히 1미터 간격을 두고 옆으로 피했고, 그대로 접근해서 옆구리에 한 방 찔러 넣어줄 생각이었다. 하지만 붉게 타오르는 해머가 땅에 작렬하는 순간, 엄청난 충격파가 터지면서 그의 오러 디펜더를 유린했다. 흡사 직격당한 것 같은 충격에 내장이 진탕하는 것을 느끼며 날아갈 수밖에 없었다.

"크하하하하하하!"

그런 질리언을 보며 거구의 오크 히어로가 웃어젖히고 있었다. 질리언이 신경질을 냈다.

"제기랄! 오크 주제에!"

성문이 돌파당한 것도 다 저놈 때문이었다. 이쪽에는 할로드가 매달려서 강화해 둔 결계가 있었고, 마법 전력과 신관 전력들도 집결해 있었기에 오크 히어로들의 전진을 힘겹게 막아내고 있었다. 그런데 저놈이 놀라운 기세로 마법사들의 공격을 돌파해서 달려오더니 그대로 케틸과 격돌, 단 두 합으로 그를 분쇄하고 성벽까지 도달했던 것이다.

'다른 오크 히어로들과는 차원이 달라.'

분하지만 인정할 수밖에 없었다. 저놈은 대전사 라카둠이 생각날 정도로 막강한 실력자였다.

얼핏 보면 그는 검이 아니고 움직임이 커질 수밖에 없는 초대형 해머를 쓰기에 파고들어 갈 틈이 많아 보인다. 하지만 그것은 오산이었다. 케틸이 그렇게 얕보다가 손도 제대로 못 써보고 당해 버렸다.

저 오크 히어로는 적이 반격해 와도 절대 움츠러들지 않는다. 적이 달려들면 달려들게 놔두고 더 가속해서 주변을 쓸어 버리는데, 그 움직임이 어찌나 강맹한지 어딜 쳐야 할지 감을 잡을 수 없을 정도였다. 예를 들어 오른쪽 어깨를 목표로 삼고 피해 들어가면서 공격한다고 치면, 이쪽의 공격이 도달하는 동안에 거침없이 앞으로 달려들어서 스치는 게 고작으로 만들어 버리는 것이다.

그리고 피할 수 없다고 생각하면 오러 디펜더를 집중해서 받아내는데, 이 밀도가 말도 못하게 높은 데다가 반응속도는 순간이라고 말할 수밖에 없을 정도로 빠르다. 어째서 '오크의 오러는 강건하다' 고 말하는지 뼈저리게 실감할 수 있을

정도였다. 여러 갈래로 나뉘어진 오러 블레이드로는 두들겨
봐야 실체까지 도달할 수도 없을 정도로 단단했다.

"질리언!"

라곤이 그의 옆에 서며 외쳤다.

"저놈은 내가 맡을 테니 성벽 쪽으로 가!"

"라곤 경이 맡겠다고요?"

"너보다는 차라리 내가 저놈 상대로는 낫다. 다른 오크 히
어로들이 쇄도해 오기 전에 빨리! 다 들어가면 그대로 무너진
다!"

이미 할로드의 명령에 따라 마법사들 일부가 부서진 성문
을 메우고 있었다. 지형을 조작하는 마법으로 흙을 끌어 모아
서 벽을 세우고, 거기에 에너지 장벽을 겹겹이 걸어서 성벽을
대체한다. 물론 본래의 성벽보다는 떨어지지만 임시방편은
될 것이다.

그리고 각 교단의 사제들이 질리언에게 신성마법을 쏟아
붓고 있었다. 성스러운 빛이 몸에 임하자 지쳤던 육신에 활력
이 돌아오며 자잘한 상처가 모조리 나아버린다. 질리언은 잠
시 미련이 남은 듯 해머를 든 거구의 오크 히어로를 바라보았
지만 곧 입술을 깨물며 라곤의 말에 따랐다.

"야! 덩치 큰 놈!"

거구의 오크 히어로가 질리언에게 따라붙으려고 하자, 라
곤은 곧바로 포스 볼트를 난사해서 그 움직임을 묶었다. 동시

에 적의 대응을 보며 깜짝 놀라고 말았다.

'뭐야, 이놈은?'

저토록 거구인데도 움직임이 기민하다. 라곤이 포스 볼트를 발동시키는 순간, 이미 몸을 크게 뒤로 빼서 표적에서 벗어나는 것과 동시에 해머를 작게 휘둘러서 붉은 오러의 격류를 만들어내는 게 아닌가?

라곤이 쏘아낸 포스 볼트는 다각도에서 날아들기에 그 벽을 우회하여 몸통을 두들겼지만, 그것은 몸에 힘을 주고 오러 디펜더의 밀도를 높이는 것만으로도 버텨냈다. 마치 철탑 같은 방어력이었다.

"칼카쿰이다."

거구의 오크 히어로가 붉은 눈동자를 빛내며 말했다. 서툰 인간어였지만 그 말뜻은 충분히 알아들을 수 있었다.

"칼카쿰이라, 오크 놈들의 이름은 이놈이나 저놈이나 다 비슷하군. 나는 라곤 클란드다."

라곤은 칼카쿰을 노려보며 마법을 발동시켰다. 몸을 보호하는 마법이나 하위 가속마법들은 항시 유지해 두지만 그 이상의 마법들은 부담이 크기에 이렇게 필요할 때만 사용하고 있었다.

다시금 정신과 육체가 가속되고 바람이 일어나 그 몸을 살짝 허공으로 띄운다. 그런데 라곤이 마무리로 몸에 지닌 마법기에 각인된 헤이스트를 발동시키려는 순간, 칼카쿰이 달려들었다.

"아니?!"

라곤의 마법 발동 속도는 엄청나게 빠르다. 하지만 여러 개의 주문을 중첩해서 걸다 보니 모든 마법이 다 걸리는 데는 시간이 걸렸다. 게다가 자체적으로 발동할 수 있는 마법들을 발동하다가 마법기에 각인된 헤이스트로 마력의 흐름을 돌릴 때는 약간의 틈이 발생한다. 칼카쿰은 마치 그 사실을 읽어낸 듯, 강한 마력 파동이 느껴지는 순간 달려든 것이다.

쾅!

해머가 비스듬한 궤도로 땅을 찍었다. 소드 마스터의 눈에는 다소 둔중해 보이겠지만 칼카쿰이 돌진해 와서 해머를 찍는 기세는, 일반인이 전력을 다해서 검을 휘두르는 것보다도 수십 배는 더 빠르다. 동작이 크고 실린 힘이 크기에 멀리서 보면 조금 느리게 여겨지는 것뿐이다.

라곤은 그것을 아슬아슬하게 피해냈다. 충격파가 원형으로 퍼져 나가며 라곤의 몸을 감싼 방어마법들을 찢어발겼다. 그것으로도 모자라서 얼굴에 생채기가 몇 개 나서 피가 흐른다.

"제기랄! 터무니없는 위력이군!"

하지만 라곤은 충격파를 따라 발생한 난기류를 윈드 워크로 제어하면서 허공에서 춤을 추었다. 칼카쿰이 그것을 신기하다는 듯 바라보더니 몸을 날렸다. 박살 나서 떠오른 파편들

중 하나를 힘껏 걷어차자 그것이 포탄처럼 라곤을 노렸다.

'이런!'

거리는 20미터 미만에다 돌조각이 날아드는 속도가 화살보다 몇 배는 더 빠르다. 정확하게 몸통이 조준된 시점에서, 아무리 윈드 워크로 다이나믹한 회피 동작을 시전해도 피할 수 없었다. 라곤은 어쩔 수 없이 블링크를 발동시켰다.

시야가 어둠으로 물들었다고 생각한 것은 그야말로 찰나, 다음 순간 라곤은 칼카쿰의 뒤쪽으로 이동해서 파이어 볼을 발동시키고 있었다.

퍼퍼퍼퍼펑!

다섯 발의 파이어 볼이 연달아 작렬했다. 라곤이 블링크로 사라지는 것에 놀란 칼카쿰은 등판에 고스란히 파이어 볼들을 얻어맞고 쓰러졌다.

"크아아아아!"

아무리 그의 오러 디펜더가 단단해도, 힘을 집중시키지 않은 상태에서 무방비로 얻어맞으니 타격이 올 수밖에 없었다. 그는 화가 머리끝까지 치미는 것을 느끼며 일어났다.

그동안 라곤은 혀를 차며 헤이스트를 발동시켰다. 정신과 육체가 방금 전보다 세 배 이상 빠르게 가속되었다.

'젠장! 남은 블링크는 일곱 개뿐인데.'

라곤은 불길을 헤치고 일어나는 칼카쿰을 보며 짜증을 냈다. 라곤이 입고 있는 갑옷 안쪽에는 드워프들이 만든 목걸이 형태의 마법기가 장착되어 있었다. 그것은 라곤이 아직 터득하지 못한 블링크와 헤이스트를 사용할 수 있게 해주는 도구로, 평소에 마력을 충전해 둠으로써 둘 다 아홉 번씩 사용이 가능했다.

아까 전에 아르센드를 상대하면서 한 번, 그리고 지금 또 한 번 사용했으니 앞으로 남은 블링크 횟수는 일곱 번이다. 게다가 이놈을 상대하면서 몇 번은 더 쓰게 생겼다.

"인간 주제에 감히!"

칼카쿰이 포효하면서 몸을 회전시켰다. 거구를 축으로 붉게 타오르는 해머가 회전하니 이건 그 자체로 태풍이다. 붉은 격류가 몰아치며 주변을 파괴하고, 충격파와 파편이 멀찍이 떨어져 있던 이들까지 우수수 쓰러뜨렸다.

라곤은 윈드 워크로 그것을 피해내며 반격했다. 라이트닝 볼트가 쏟아진다. 칼카쿰이 해머를 휘두르고 오러 디펜더를 이용해 그것을 받아내자 이번에는 파이어 볼 연타!

"한 번 본 공격 따위가 통할 것 같으냐!"

칼카쿰은 으르렁거리면서 가속했다. 몸 앞쪽에 오러 디펜더를 집중시키면서 가속, 한순간에 20미터의 거리를 좁히는 경이로운 돌진으로 파이어 볼이 제대로 폭발하기 전에 돌파해서 들어왔다. 동시에 그의 혼신을 다한 해머가 둥근 궤도를 그리며 내리꽂힌다.

쾅!

지면이 원형으로 깨져 나가고 돌조각과 흙무더기가 솟구친다. 그 사이로 붉은 섬광이 퍼져 나가며 고막을 찢어놓을 듯한 폭풍이 울려 퍼진다.

그러나 그 속에 라곤은 없었다. 해머가 작렬하기 직전, 꺼지듯이 모습을 감추었다.

'어디냐!'

칼카쿰은 감각을 활성화시켜 라곤의 모습을 찾았다. 그리고 다음 순간 칼카쿰의 감각을 파고들며 날아드는 섬광들이 있었다.

"이까짓 것!"

공격 후의 틈을 절묘하게 노린 공격이었지만 타격을 입힐 수 있는 위력이 없으면 소용없다. 칼카쿰이 오러 디펜더를 강화하자 포스 볼트의 섬광이 모조리 튕겨 나갔다. 그러나 그중 하나만은 남아서 그의 오러 디펜더를 관통하고 몸에 박혔다.

"아니?!"

칼카쿰이 경악했다. 소드 마스터의 오러 블레이드마저 막아내는 오러 디펜더가 놀랍게도 포스 볼트들 사이에 섞여 날아든 단검에 꿰뚫린 것이다.

그가 내장까지 파고든 칼날의 존재를 느끼며 주춤하는 순간, 라곤이 흩날리는 파편들 사이를 뚫고 달려들었다. 7미터 길이로 뻗어나간 섬광의 칼날이, 그가 미처 해머를 들어 올려 대응하기 전에 내리꽂혔다.

스칵!

'피했어?'

라곤은 경악했다. 완벽한 타이밍이었다. 자신의 절대적인 힘을 신뢰함으로써 생기는 허점, 그곳을 가차없이 찔러서 흔들어놓았고 노서히 반응할 수 없는 타이밍을 붙잡아서 공격했다.

그런데도 칼카쿰은 그것을 피해냈다. 몸통을 동강낼 생각이었는데 오러 디펜더를 그곳에 집중하면서 몸을 날리는 바람에 반쯤 베이는 것으로 끝나 버렸다.

"큭!"

칼카쿰이 비틀거렸다. 크게 베어진 옆구리는 살점이 뜯겨져 나가서 뼈와 내장이 드러나 있었다. 그로부터 확 튀어 오른 핏방울이 후두둑 떨어져서 땅을 붉게 물들인다.

"…놀랍구나."

칼카쿰은 솔직하게 라곤에게 탄복했다. 자신처럼 영웅의 힘을 가진 것도 아닌 인간, 빈약한 마법으로 그 종잇장 같은 육체를 강화했을 뿐인 존재가 이렇게까지 해내다니 경이로운 일이다.

이 순간 칼카쿰은 라곤을 동급의 적수로 인정했다. 그가 체내의 오러 디펜더를 강화하자 출혈이 멎었다. 상처는 그대로였지만 출혈이 멎은 것만으로도 충분하다. 나머지는 잠깐만 쉬면 오러로부터 비롯되는 초회복 능력이 치료해 가겠지만,

일단은 상처가 악화되더라도 전력을 다해야만 한다.

그가 해머를 들고 당기자 라곤은 긴장한 채 그를 노려보았다. 다른 오크 히어로들과는 격이 다른 실력을 가진 진정한 오크의 영웅. 그가 모든 방심을 지운 채 상처받은 야수처럼 라곤을 물어뜯으려 하고 있었다.

고오오오오오오…….

그런데 그때 이변이 일어났다. 감각을 엄습하는 압도적인 파동에 라곤은 적과 대치하고 있는 순간인데도 불구하고 고개를 돌리고 말았다. 칼카쿰도 같은 곳을 바라보았으니 라곤을 탓할 수만은 없으리라.

하늘이 불타며 갈라지고 있었다.

"오오! 타할라께서!"

칼카쿰이 감탄한 듯 외쳤다.

구름이 불타 검붉은 재가 되어 스러져 가고, 미칠 듯이 소용돌이치는 불타는 어둠의 기류 속에서 온통 황금빛을 발하는 한 존재가 모습을 드러내고 있었다. 전신을 감싼 두터운 황금의 갑옷과 붉은 용의 가죽으로 만든 핏빛 망토를 휘날리는 그를, 이 자리에 있는 모두는 보는 순간 누구인지 알 수 있었다.

"프로토 오크……!"

라곤이 신음처럼 중얼거렸다.

마침내 오크의 신, 프로토 오크가 인간들 앞에 모습을 드러낸 것이다. 그가 아득한 천공에서 지상을 굽어보며 말했다.

—인간들이여, 판결을 내리겠다.

그의 목소리가 온 전장에 퍼져 나갔다. 그의 몸을 감싼 황금빛이 점점 더 강해지면서 미칠 듯이 요동치는 먹구름들이 괴물의 형상으로 변해가기 시작했다.

—사형이다.

9

할로드는 땅에 엎드린 채 피를 토하고 있었다. 대마법사라 불리는 그는 마탑의 고위 마법사들에게 강화된 도시의 방어 결계를 맡기고, 자신은 밀려드는 오크들을 상대로 연달아 대규모의 마법을 날려가며 그들의 접근을 저지해 왔다.

그런데 어느 순간, 정확히 해머를 든 거구의 오크 히어로가 돌진해 오는 순간부터 뭔가가 그의 마법 운용을 방해하기 시작했다. 마력의 움직임 그 자체를 잡아서 뒤틀어놓는 듯한 그 공격에 할로드는 처음에는 하라두쿰이 나타났다고 생각했다.

그것은 커다란 오산이었다. 하라두쿰과는 비교도 할 수 없는 존재, 오크의 신 프로토 오크가 직접 그의 마법을 봉했던 것이다. 그가 먼 곳으로부터 친히 날아오면서 할로드에게 의식을 집중하는 것만으로도 그런 현상이 일어났다는 것을 깨달은 할로드는 전율했다.

그리고 그와의 거리가 육안으로 서로를 확인할 수 있을 정도로 가까워지는 순간, 지금까지 억눌러 오던 반발력이 한꺼번에 그를 덮쳤다. 마력이 역류하자 그 여파가 육체까지 미쳤고, 할로드는 내장이 진탕하는 것을 느끼며 피를 토할 수밖에 없었다.

"할로드 경!"

그의 곁에서 명상으로 마력을 충전하던 젊은 마법사, 카알이 놀라서 그에게 달려갔다. 소년의 얼굴을 가진 그는 실전에서 발휘되는 순발력있는 마력 운용 기술을 가졌지만, 아직 공부가 부족하고 마력이 떨어지기에 큰 활약은 하지 못하고 있었다. 하지만 전투 속에서 그 점을 눈여겨본 할로드가 그를 자신의 곁에 두고 함께 다니고 있었던 것이다.

"크, 크ㅇㅇㅇㅇ……."

할로드는 바닥에 엎드린 채 고개를 들어서 프로토 오크를 노려보았다. 그를 부축하던 카알이 흠칫 몸을 떨었을 정도로 깊은 증오가 어린 눈빛이었다.

"오크의 신……!"

황금빛을 발하는 프로토 오크가 손가락으로 메이베라를 가리켰다. 그러자 먹구름이 뭉쳐 만들어진 거대한 소용돌이가 메이베라를 향해 떨어져 내리기 시작했다.

그에 호응하듯 지상에서도 격렬한 기류가 일어났다. 그 기

세가 어찌나 강했는지 무거운 돌들은 물론 인간들마저도 비
명을 지르며 허공으로 끌려 들어갔다.

그 순간 할로드가 카알을 끌어안았다. 카알이 깜짝 놀라는
순간, 검은 기류가 지상에 작렬했다.

콰아아아아아아!

폭음과 함께 메이베라의 한복판에서 검은 기류가 폭발했
다. 응축되었던 공기가 폭발하면서 그 기세로 건물들이 우르
르 무너져 가고 사람들이 장난감처럼 날아가면서 숨이 끊어
졌다. 할로드가 강화시킨, 궁극주문을 몇 발이나 버텨낼 수
있는 도시방어 결계조차도 그 검은 기류가 닿는 순간 종잇장
처럼 찢어져서 흩어지고 말았다.

쿠구구구구…….

신이 내린 재앙의 철퇴가 직격하고 나니 장대하게 일어났
던 흙먼지가 서서히 가라앉는다. 잠시 후 그 속에서 드러난
도시의 모습은 충격적이었다. 위풍당당했던 도시가 한순간
에 폐허로 변해 버리고 만 것이다. 그 일격으로 수천의 인간
들이 죽어갔으니 그야말로 신의 힘이라는 말이 어색하지 않
았다.

놀라운 것은 이 대파괴의 현장 속에서도 오크들은 전혀 위
해를 입지 않았다는 점이다. 성벽까지 접근해 갔던 오크 히어
로들은 물론, 성벽 안쪽에 들어가 있던 칼카쿰조차도 프로토
오크의 힘으로 보호받아서 털끝 하나 다치지 않았다. 이것을

기적이라 하지 않으면 무엇을 기적이라 할 것인가.

"오오! 타할라, 우리들의 신이시여!"

모든 오크가 프로토 오크에게 고개를 조아렸다. 열광적으로 그의 신으로서의 이름, 타할라를 부르는 소리가 온 전장을 가득 메웠다.

"으으으……."

아직 걷히지 않은 흙먼지 속에서, 할로드는 자신의 몸이 한계에 달한 것을 느끼고 있었다. 프로토 오크의 관심이 그에게서 멀어지는 순간, 뒤틀렸던 마력이 원래대로 돌아오면서 마법회로의 기능이 회복되었다. 그러나 그 과정에서 망가진 육체는 고위 성직자가 달려와서 치료에 전념하지 않는 한 회복될 수 없을 지경에 이르렀다.

"큭큭큭……."

"하, 할로드 경……."

광기 어린 표정으로 웃는 할로드를 보며 카알은 당장에라도 눈물을 쏟을 것 같은 표정을 지었다. 프로토 오크의 일격이 작렬하는 순간, 할로드가 지켜주었기에 카알은 살아남을 수 있었다. 하지만 정작 할로드는 죽어가고 있는 것이다.

문득 할로드가 카알을 보며 말했다.

"카알."

"네, 넷!"

"이것을… 라곤 경에게."

카알은 할로드가 건네주는 작은 두루마리를 건네 받고는 깜짝 놀랐다. 이것을 라곤 경에게 주라니, 대체 무슨 의미일까? 그가 당황하는 순간 할로드의 마법이 그의 몸에 걸렸다. 카알은 왠지 자신의 존재가 희미해져 가는 것을 느끼고는 깜짝 놀랐다.

"이 지옥을 빠져나가게. 라곤 경은… 분명 살아 있을 거야. 나중에라도 반드시 그에게…… 콜록!"

할로드가 다시금 피를 토했다. 카알이 놀라서 뭐라고 말하려고 했지만 목소리가 나오지 않는다. 자신의 존재를 드러낼 수 있는 모든 것이 지워지고 있었다. 모습이, 목소리가, 체온이, 냄새가, 마지막에는 마력 파동과 정신의 자취마저도…….

카알이 사라진 것을 확인한 할로드는 소매로 입가의 피를 슥 닦고는 날아올랐다. 하지만 그가 날아간 곳은 하늘이 아니라 도시 한복판에 있는 마탑이었다.

"다행히 부서지지 않았군."

프로토 오크의 일격이 작렬하는 곳 부근에 있었는데도 불구하고, 특수 공법에 강력한 마법을 더해서 지어진 마탑은 잘 버텨내었다. 물론 그 충격으로 골조까지 너덜너덜해진 것 같긴 하지만 아직 기능 자체가 망가진 것은 아니었다.

"인간을 얕보지 마라, 건방진 오크의 신."

할로드가 중얼거렸다. 그는 마법으로 죽어가는 육신을 지탱하면서, 절망 속에서 준비한 최후의 마법을 시전하기 시작했다.

곧 마탑이 대지를 타고 흐르는 힘을 흡수하면서 격렬한 빛을 토해내기 시작했다. 항상 안정된 에너지 순환을 최우선으로 두고 있는 마탑이라고는 생각할 수 없는 고출력 반응이었다.

동시에 대지 위로 빛의 기류들이 흐르기 시작했다. 그것은 할로드와 마탑으로부터 비롯된 에너지의 흐름이었다. 그 빛은 미리 할로드와 말을 맞춰두었던 마법사와 사제들에게로 이어져서, 그들의 목숨이 붙어 있다면 의식을 일깨우고, 의식을 유지하고 있던 자들에게는 약속된 감각을 부여했다.

"모두, 때가 되었다."

할로드를 중심으로 수백 명의 정신이 이어졌다. 빠르게 이어지는 정신파의 흐름 속에서, 상황을 인지한 자들의 목소리가 들려왔다.

―각오는 되었소.

―큭, 결국 쓰게 되는군.

―젠장. 뭐 한 방이라도 먹여줄 수 있으면 됐지.

―베날디의 이름으로.

고위 마법사들과 고위 신관들이 저마다 각오를 마쳤다. 그 말을 들으면서 할로드가 피식 웃었다.

"모두 미안하네. 늙은이의 길동무로 삼게 되어서."

―다 같이 늙어가는 처지인걸.

―지금 와서야 말하는 건데, 저 대마법사님 되게 싫어했습
니다.

―맞아. 말이야 바른 말이지, 자기 파벌 아니라고 1급 자료
열람도 막고 말이죠. 거 사람이 그러면 안 되는 겁니다.

―허어, 지식의 종아라 불리는 마법사들도 세속의 디리움
으로 가득 찼구만.

마법사들이 투덜거림에 사제들이 혀를 찼다. 할로드는 왠
지 유쾌해져서 피식 웃었다.

"투덜거림은 죽은 뒤에 들어주지. 어쨌든 가겠소. 다 같이
천공의 문을 열어봅시다!"

할로드가 마침내 마법을 발동시켰다.

프로토 오크는 상공에서 그 광경을 조용히 지켜보고 있었
다. 재앙의 일격을 선사한 시점에서 그의 할 일은 끝났다. 아
무리 신이라고 해도, 옛 시대보다 신앙의 농도가 희박한 지금
자기 종족의 몸을 빌려 현신하고 있는 상황에서는 그 힘을 무
한히 발휘할 수 없었다. 그걸 감안해도 저 인간들을 쓸어버리
는 것 정도는 일도 아니었지만, 뒤처리는 자신들의 자식들에
게 맡기기로 했기에 그냥 지켜보고만 있었다.

―뭘 할 생각인가? 무력한 인간들.

그가 살아남은 인간들에게 말을 걸었다. 할로드는 바로 앞
에서 들려오는 듯한 프로토 오크의 목소리에 흠칫했다. 하지
만 곧 씩 웃으며 대답했다.

“인간의 저력을 보여줄 생각이오.”

―신인 내 앞에서 말인가?

“당신은 우리의 신이 아니오.”

―너희들은 온전히 섬길 신조차 갖지 못한 불쌍한 벌레들이다.

“그렇지 않소. 우린 신에게 종속되지 않고 운명을 이겨내 온 오만한 개척자들이니까.”

할로드가 당당하게 대꾸하며 손을 들었다. 처음에 프로토 오크가 신벌을 내리며 손가락으로 메이베라를 가리켰듯이, 이번에는 할로드가 손으로 하늘에 있는 프로토 오크를 가리켰다. 일평생 마법에 매진해 온 대마법사는, 한숨처럼 생애 최후의 시동어를 읊조렸다.

“헤브즈 바운드.”

동시에 대지가 목소리를 내기 시작했다. 거대한 땅울림과 함께 아직까지도 뭉게뭉게 피어오르던 흙먼지가 급속도로 스러져 간다. 그리고 그 위를 빛이 휘감으면서, 이윽고 메이베라 곳곳에 흩어져 있는 마법사들과 신관들의 몸에 새하얀 불이 붙었다.

―이건……!

프로토 오크의 눈이 부릅떠졌다. 그는 지금 발동된 마법이 무엇인지 알고 있었다.

처음부터 마법의 발동을 위해 목숨을 맡긴 자들이 하나하나 불타 스러지고, 그 속에서 생명이 뭉쳐 만들어낸 영롱한 불빛이 떠오르는 것을 보면서 할로드가 공허하게 웃었다.

"모두, 저승에서 만나세."

서로의 영혼이 도달하는 곳은 다르겠지만, 지금 이 순간 그들의 뜻은 하나였다. 자신이 믿는 마법의 가치를 위해, 그리고 자신이 믿는 신을 위해 신념을 굳히고 살아온 강한 의지의 소유자들은, 인류를 위협하는 이종족의 신을 무찌르기 위해 목숨을 초개같이 던졌다.

라곤은 잦아드는 굉음 속에서 눈을 떴다.

"……."

그가 눈을 떴을 때는 주변이 온통 빛으로 물들어 있었다. 문득 몸을 일으킨 그는 속에서 뭔가 울컥 치솟는 것을 느끼곤 피를 토했다. 아무래도 내상을 입은 것 같았다. 오른팔은 부러져서 덜렁거리느라 전혀 힘이 들어가지 않았고, 다리 근육 일부도 찢어졌는지 제대로 걷기가 힘들었다. 그리고 갈비뼈도 몇 개 나간 모양이다.

"으윽, 이 정도로 끝난 걸 감사해야 하나."

프로토 오크의 일격이 시작되었을 때, 라곤은 생존 본능이 경고를 보내는 것을 감지하고 최대한 빨리 그 자리에서 이탈했다. 비행마법은 물론이고 블링크까지 연달아 사용해 가면서 폭심지에서 멀찍이 떨어지고, 디펜시브 필드로 몸을 감싸서 스스로를 보호했건만 충격파에 휘말리는 순간 의식이 날아가 버리고 말았다.

기억을 되살리며 힘겹게 걸어가는 그에게 익숙한 목소리가 들려왔다.

─도망치게나.

"할로드 경?"

라곤이 놀라서 주변을 두리번거렸다. 하지만 어디에도 빛무리만이 가득할 뿐, 할로드의 모습을 찾아볼 수 없었다.

─동쪽으로 100미터 정도 가면 질리언 경이 쓰러져 있을 것일세. 그를 구해서 이곳을 벗어나게……

그것이 끝이었다. 할로드의 목소리는 멀어져서 다시는 들려오지 않았다.

라곤은 주변의 마력을 느끼며 전율했다. 이 도시 전체가 농밀한 마법회로로 변한 것 같았다. 자신의 마력이 밖으로 뻗어나오는 순간 모조리 그 흐름에 삼켜져 버릴 정도로, 마력의 규모와 밀집도의 차원이 다르다.

결국 라곤은 열심히 뛰어서 질리언을 찾을 수밖에 없었다. 질리언은 피투성이가 된 채 쓰러져서 가늘게 숨을 몰아쉬고 있었다. 라곤은 그를 깨우려고 시도해 보다가, 결국 통증을 참아내며 등에 들쳐업었다. 그리고 최대한 빨리 걷기 시작했다.

빛무리 때문에 눈에 보이는 것에 의존해서는 방향을 알 수 없었지만, 라곤은 마법사였다. 이 공간 속에서는 마력 파동이 한순간에 스러져 녹아들어 가긴 하지만, 잠시 파동을 발해서 그 반응을 살피는 것만으로도 동서남북 정도는 판별할 수 있었다.

라곤은 가까스로 방향을 파악하고 실리언을 찾아냈다. 실리언은 피투성이가 된 채 쓰러져서 가늘게 숨을 몰아쉬고 있었다. 라곤은 그를 깨우려고 시도해 보다가, 결국 통증을 참아내며 등에 들쳐 업었다. 그리고 최대한 빨리 걷기 시작했다.

그렇게 라곤이 메이베라에서 탈출하는 동안 할로드의 마지막 마법, 고대에 한 번 신을 봉인했다고 알려진 궁극마법 헤븐즈 바운드가 발동했다. 정체를 알 수 없는 빛에 휘감겨 오크들의 접근을 막은 도시가 격렬하게 요동치기 시작했다.

두근.

심장이 뛴다. 믿을 수 없을 정도로 거대한, 이 세상에 존재할 수 없을 정도로 거대한 생명의 심장이.

드드드드드……!

마침내 빛 속에서 무언가가 일어나기 시작했다.

모든 이들이 숨을 삼킨 채 그 광경을 바라보았다. 현실에 강림한 신의 이적에 필적하는 무언가가 일어난다. 빛으로 이루어진 거대한, 한 도시만큼이나 거대한 인간의 실루엣이 몸을 일으키고 있었다.

"저건……!"

오크들이 입을 쩍 벌렸다. 이 또한 신의 이적인가? 자신들의 신이 친히 강림했듯이, 인간들 역시 그들의 신을 불러들이기라도 했단 말인가?

아니었다. 인간은 여러 신을 섬기고 그들에게 신앙을 바치는 대가로 이적을 일으킬 지혜를 얻지만, 그들을 지배하는 단 하나의 신은 존재하지 않는다. 인간들은 모르겠지만 모든 종족에게는 자신들만의 신이 있다. 오로지 인간들만이 자신들을 이 세상에 태어나게 한 신을 모르니, 가장 많은 신앙의 대상을 가졌으면서도 진정 신앙을 바쳐야 할 대상을 모른다.

"가련한 벌레들이여."

프로토 오크는 자신을 향해 다가오는 빛의 거인을 보며 눈을 감았다. 빛의 거인이 너무나도 거대한 손을 뻗어 프로토 오크의 작은 몸을 감싸안았다. 수십을 움켜쥘 수 있을 것 같은 그 손 두 개가 모여 프로토 오크를 감싸고, 이윽고 그곳을 중심으로 거대한 몸이 떠올라 천공에서 어머니 자궁 속의 아기처럼 웅크리는 자세를 취한다.

이에 호응하듯 불타는 어둠으로 물들었던 하늘이 정화되어 갈라지기 시작했다. 흡사 천상의 문이 열리듯 지금까지 차단되어 있던 상공의 햇살이 일거에 쏟아져 내리자 오크들은 눈이 부셔서 고개를 숙이고 말았다.

오오오오오오……!

무수한 인간들이 합창하는 듯한 소리가 울려 퍼졌다.

프로토 오크를 감싼 빛의 거인이 점점 수축되어 간다. 막대한, 이 세상의 그 무엇도 그 힘 앞에서는 부서져 가루가 될 수밖에 없을 것 같은 압력이 프로토 오크의 몸을 내리눌렀다. 작은 오크의 육체 따위 그 힘 앞에서는 한순간에 박살 나고 말 것이다. 그럴 것이 분명했다.

마침내 빛의 거인이 완전히 수축되어 사라졌다. 상공에서 일어난 장대한 빛무리가 사방으로 흩어지면서 따뜻한 기류가 대지를 스쳐 지나갔다.

털썩.

그 광경을 보면서 할로드는 힘없이 무너져 내렸다. 초췌했던 그의 모습은 완전히 다 말라비틀어진 미이라처럼 변해 있었다. 당장에라도 넘어갈 듯 가는 숨을 토해내는 그의 몸 위로 커다란 그림자가 드리워졌다. 할로드가 부들부들 떨리는 몸으로 가까스로 고개를 들어보니 지난 몇 년간 그의 숙적으로 여겼던 오크의 대마법사, 하라두쿰이 서 있었다.

"큭큭큭……."

자신을 말없이 내려다보는 하라두쿰을 보며 할로드가 웃었다. 당장에라도 숨이 끊어질 듯한 상태에서 발작적으로 웃으니 그 모습이 불안하기 짝이 없었다. 그러나 하라두쿰은 왠지 모르게 복잡한 심경이 드러나는 얼굴로 말했다.

"훌륭했다. 하지만 그런 힘으로는 감히 신께 범접할 수 없느니.”

 “그렇군. 그래…… 너희들은 천 년 전에 당했던 일을 이미 극복한 건가? 그래서 헤븐즈 바운드가 통하지 않았나?”

 할로드는 마지막 가는 순간까지 마법사로서의 욕망을 버리지 못하고 물었다. 흐릿해진 그의 눈에, 천공에서 흩어지는 빛무리 사이에서 펄럭이는 선명한 붉은 망토가 보였다. 프로토 오크는 수백 명의 강자들이 모여 발동시킨 궁극의 이적, 신을 봉인하기 위한 마법 헤븐즈 바운드를 멀쩡하게 버텨낸 것이다.

 그것은 천 년 전에 프로토 오크와 하이오크 삼귀장을 봉했던 마법이었다. 도저히 신성(神性)을 무너뜨리고 그 육체를 죽일 수 없었던 카르벨 대왕과 인간들은 온갖 신들의 힘을 빌리고, 생명마저 불태워 그들을 바렐의 숲에 봉인했다. 할로드는 고문헌을 뒤져 그 마법을 찾아냈고 마침내 복원하는 데 성공했지만, 분명히 완벽하게 발동된 마법조차도 프로토 오크를 봉하는데 실패한 것이다.

 하라두쿰이 애석하다는 듯 고개를 저었다.

 “그렇지 않다.”

 “그럼 도대체…….”

 “다만 너희들은 스스로의 역사를 잊었을 뿐이다. 그때 우리는 지금보다 약했고, 너희들은 국가를 초월하고 나아가서는 종족마저 초월하여 우리에게 맞섰다. 우리의 신께서는 타

종족의 신들을 짓누르느라 힘이 쇠했고 너희들은 그 틈을 파고들어 자신들을 내던졌으니, 그러한 기원이 천 년의 평화를 너희들에게 허했을 따름이니라. 이제 너희가 우리에게서 강탈했던 영광의 시간이 끝났을 뿐이다."

"그런가……."

"또한 아무리 발버둥쳐도, 너희들이 목숨을 던져 사용한 것은 진짜의 불완전한 흉내. 대마법사라 불리는 너 역시 신의 기술을 흉내내어 발버둥치는 어린애에 지나지 않느니, 신을 해하려면 신과 같은 영역에 올라야만 한다."

"……."

할로드는 하라두쿰의 말을 이해했다.

역사에는 기록되지 않았지만, 그때는 필시 훨씬 더 많은 영웅들이 목숨을 던졌으리라. 프로토 오크는 지금은 알 수 없는 과정을 거쳐 힘이 쇠해 있었고 그 틈을 찔러 전 대륙에서 모여든 영웅들이, 인류의 미래를 위해 목숨을 던져 그들을 봉인하는 데 성공했던 것이다.

"후후, 그때에 비해 마법식이 보다 정밀해지고, 그것을 다루는 기술이 훨씬 효율적으로 발달하고, 거기에 마탑 시스템까지 더해졌건만, 그런데도… 인간의 기술로는 신들만이 다루는 원시의 영역에 도달하지 못한단 말인가."

무엇보다 그때의 마법은 지금은 잃어버렸다고 일컬어지는 10서클이었다. 인간 마법사들은 스스로 자신들의 마법이 불

완전하다 여겨 그 수준을 나눌 때 아홉 단계로 나누었다. 그 너머에 있는 것, 10이라는 완전한 숫자가 상징하는 것은 그들이 흉내낸 마법의 원형이자 신들만이 다룬다는 이적이었다. 이전에 프로토 오크를 봉인했던 마법은 지금보다 기술적인 완성도는 떨어질지언정 신의 기적과 동등한 영역에서 이루어졌던 것이다.

할로드는 무수한 생명을 토대로 그것을 재현하고자 발버둥쳤지만 인간의 영역에서 발동된 마법은, 결국 신의 존재를 해할 수 없었다. 그뿐이다.

"하지만 하라두쿰이여."

할로드는 최후의 기력을 쥐어짜 내어 하라두쿰을 노려보았다.

"인간을 얕보지 말거라. 우리의 죽음은 너희들을 상처 입히지는 못했지만, 분열해 있는 모든 인류를 단결시키는 초석이 될지니… 그들이 반드시……."

할로드는 말을 끝까지 잇지 못하고 쓰러져서 숨이 끊어졌다. 우울한 표정으로 그의 시체를 바라보고 있던 하라두쿰은 한숨 섞인 목소리로 중얼거렸다.

"인간의 대마법사여, 나는 알고 있다. 너희들 자신보다도 더… 너희들의 무서움을 잘 알고 있노라."

그렇게 리할드 왕국 최후의 방패라 불렸던 메이베라가 무

너지고, 오크의 대군은 신의 이름을 부르며 진군해 사흘 만에
왕도를 함락시켰다. 이로써 대륙에 이름을 떨치는 굴지의 강
국 중 하나였던 리할드 왕국은 357년의 긴 역사를 마치고, 마
침내 멸망했다.

CHAPTER 16
부서진 희망

1

“이렇게 막이 올랐군.”

아이오네스는 아득한 천공에서 리할드 왕국의 파멸을 지켜보고 있었다. 이렇게 대륙 굴지의 강국 중 하나가 프로토 오크의 부활에 바치는 제물로 사라졌다. 이제 오크들은 곳곳으로 퍼져 활개칠 것이고, 리할드 왕국의 인간들은 오크들의 가축으로 전락하여 절망 속에서 살아가게 될 것이다.

“프로토 오크는 현명하군요.”

그의 곁에서 마법이 비추는 영상을 보던 베이런이 시큰둥하게 말했다. 아이오네스가 웃었다.

“물론이지. 그는 신이니까. 인간과는 달리 과오를 반복하지 않겠지."

"그에게 대적할 신들은 모두 쓰러졌고, 현세에 온전히 메시아로서 군림하는 것은 그뿐. 어떤 의미에서, 천 년 전에 그가 자신을 소진시켜 가며 타 종족의 메시아들을 쓰러뜨린 것은 이때를 위한 포석이 아니었나 싶을 정도입니다."

"이 세상에 육체를 갖고 온전히 기적을 행사할 수 있는 유일한 존재. 그 위치를 손에 넣기 위해 천 년의 굴욕이 필요하다면, 감수할 수 있었겠지. 그것이 신이라는 존재의 인내심이니."

아이오네스가 프로토 오우거의 유해를 발견한 것에서 알 수 있다시피, 먼 옛날에는 온갖 신들이 지상을 활보하고 있었다. 지금도 그 신들은 이름을 갖고 각 종족에게 온전히 섬겨지는 신으로서 존재하지만, 직접 존재감을 드러내며 기적을 행사할 수 있는 육체는 잃어버리고 말았다.

그런 시대에 프로토 오크가 부활했으니 감히 그 앞을 막아설 존재는 없으리라. 인간들은 온갖 신들을 섬기며, 그 신들이 속삭인 지혜로 기적을 사역하지만 그래 봤자 진짜 신 앞에서는 어린애만도 못하다.

베이런이 말했다.

"하지만 다른 종족을 규합하는 속도가 생각보다 빠른 것 같습니다."

프로토 오크는 리할드 왕국의 영토를 점령해 오팔리안 제

국의 것으로 선포하면서, 동시에 인간들이 어둠의 자식들이
라 불리는 종족들을 규합하고 있었다. 이성이 부족하지만 강
력한 오우거와 미노타우로스들을 전투용 가축처럼 사육하고,
뿔뿔이 흩어져 큰 힘을 발휘하지 못하는 놀들을 하나로 모으
고, 간악한 고블린들을 무릎 꿇게 했으며, 어둠을 사랑하는
코볼트들 역시 휘하로 편입시켰다.

그렇게 오팔리안 제국의 첫 시작은 오크들의 국가였으되
그 완성은 어둠의 제국이 되어가고 있었다. 리할드 왕국의 멸
망으로 거대한 종족 전쟁의 서막이 올랐으니 인간들은 경각
심을 갖고 하나로 뭉치게 되리라.

"그러나 장대한 대의 앞에서도 진심으로 단합할 수 없는
것이 인간의 숙명."

인간의 집단은 오로지 이익을 좇으며, 어떠한 상황에서도
타 집단보다 손해보지 않고 우위를 점할 방법을 궁리한다. 개
인은 그것을 초월할 수 있지만 집단은 언제나 그 속박 속에서
허우적댄다.

그에 비해 프로토 오크 아래 모여든 어둠의 자식들은 철저
하게 힘의 논리와 욕망에 지배될 테니 어느 쪽이 유리한지는
자명했다. 인간들은 천 년간 잊고 있었던 거대한 어둠을 맞이
하여 파멸해 갈 것이다.

"하지만 변수는 있지."

아이오네스가 대륙을 형상화한 영상 한 곳을 짚었다.

인간이 만들어낸 가장 거대한 국가, 바이더스 제국.

"비록 단합되지 못한다 할지라도 인간의 힘은 천 년 전과는 차원이 다르다. 그렇기에 나는 오크들에게 그 간극을 메울 수 있는 것들을 주었지만, 과연 그것만으로 충분할까?"

"천 년 전에는 없던 오크 히어로의 내군단, 그리고 인간을 압도할 정도의 마법 전력, 모든 병기를 압도하는 키메라…… 그것으로도 부족하다고 생각하십니까?"

베이런이 좀 의외라는 듯 물었다. 현재 오크들의 힘은 그야말로 최고조에 달해 있었다. 천 년 전에 그들에게는 오크 히어로는 손에 꼽을 정도밖에 없었고, 마법 전력은 거의 전멸에 가까웠으며, 프로토 오크를 모시는 사제들 역시 그리 수가 많지 않았다. 그러나 지금은 그 모든 것들이 이상적인 수치로 보충되어 있지 않은가?

굳이 흠을 잡자면 수적으로 인간에게 밀린다는 점과 전체적인 지능이 좀 떨어진다는 점이지만, 프로토 오크가 완전히 부활한 지금은 그런 문제조차 해결되고 있었다. 프로토 오크가 매일 하나씩 선별하여 자신의 사도로 각성시키는 오크들은 인간과 필적하는 지성을 소유하게 되기 때문이다.

그런데도 아이오네스는 그들의 힘이 대륙을 제패하기에 충분하지 못할지도 모른다고 말한다.

"베이런, 자네는 누구보다도 바이더스 제국의 힘을 잘 알지 않나?"

“뭐, 그렇긴 합니다만.”

바이더스 제국의 악몽으로 각인된 희대의 살인마가 바로 베이런이다. 일대일로 그를 이길 존재 따윈 세상에 존재하지 않겠지만, 바이더스 제국은 압도적인 숫자로 그를 찍어눌러 잡아 가두는 데 성공했었다.

‘지금은 그럴 가능성도 없앴지만.’

베이런은 영상이 비추는 바이더스 제국의 황성을 보며 차갑게 미소 지었다. 아이오네스가 말했다.

“어쨌든 우리는 즐겁게 지켜보기만 하면 되네. 인간들을 분열시켜 가면서 말이지.”

그 말과 함께 대륙의 영상 위로 붉은 점들이 떠올랐다. 대륙 전역으로 퍼져 있는 그것은, 아이오네스와 베이런의 공작에 의해 분쟁을 벌이는 지역들을 표시하고 있는 것이었다. 지금까지 꾸준히 진행해 온 공작에 의해 인간들이 서로 죽이는 지역들을 확인한 아이오네스가 문득 중얼거렸다.

“또 하나의 변수가 있다면 그가 개입하는 것인데…… 뭐, 지금 상황에서 오크들에게 도움을 줄 가능성은 별로 없겠지.”

“그라고요?”

“전에 한 번 말했지 않나?”

아이오네스가 영상을 접으면서 대답했다.

“마법의 신 말일세.”

2

리할드 왕국력 357년 9월.

뒤척거리던 라곤은 상처 부위에서 느껴지는 통증을 느끼
며 눈을 떴다. 침낭 위로 차가운 이슬들이 맺혀 있었고 나무
들 사이로 햇살들이 스며들고 있었다.

"으윽, 아침이군."

"잘 잤어요?"

그렇게 물은 것은 마지막 불침번을 서던 카알이었다. 라곤
은 하품을 한 번 하고는 고개를 끄덕였다. 그가 손가락을 한
번 튕기자 모닥불이 꺼지면서 연기가 흩어졌다.

"질리언은?"

"뭔가 먹을 것을 잡아보겠다고 갔어요."

"아침은 좀 든든하게 먹을 수 있으려나."

소드 마스터인 질리언은 초인적인 감각으로 사냥감을 포
착하고 잡는 것이 가능했다. 웃기지만 소드 마스터의 능력을
사냥에 사용하고 있는 것이다.

침낭을 개는 라곤의 안색은 초췌했다. 메이베라에서 얻은
부상이 낫기는커녕 악화되는 판국이니 어쩔 수 없었다.

메이베라에서 탈출한 지 보름 정도가 지났다. 그 후 라곤은

질리언과 함께 산속에 숨어서 슬금슬금 이동하고 있었다. 인간이 상대라면 좀 더 빠르게 이동할 수 있겠지만, 적들은 오크들을 비롯한 어둠의 자식들이다 보니 숲을 들쑤시는 데도 대단한 능력을 가졌다.

그렇게 나흘 정도 다니다 보니 카알이 갑자기 합류했다. 놀랍게도 카알은 라곤과 질리언조차도 눈치채지 못하게 그 뒤를 따라다니고 있었다. 대마법사 할로드가 마지막으로 건 궁극의 은신마법이 그로 하여금 누구에게도 감지되지 않는 대신 누구에게도 간섭할 수 없도록 만들었던 것이다. 그 마법의 효력이 나흘간이나 계속되었는데 그동안 카알은 물 한 방울 먹지 못해서 다 죽어가는 몰골을 하고 있었다.

그리고 며칠 더 지나자 질리언은 부상에서 완전히 회복되었다. 보통 사람이라면 한 달은 정양해야 할 상처였지만, 그는 오러로부터 비롯되는 초회복 능력을 갖고 있기에 산에서 험하게 구르면서도 일주일 만에 완치되어 버린 것이다.

그에 비해 라곤의 상처는 보름이 지난 지금까지도 좋지 않았다. 일단 비상용으로 갖고 있던 힐링 포션을 마셔서 위험한 고비는 넘겼고, 라곤 자신도 강인한 육체를 갖고 있기에 버텨내고는 있었지만 편안한 환경에서 쉬면서 제대로 된 치료를 받지 않으면 안 되는 상처였다. 계속 이런 상황이 계속되면 위험했다.

"힐링을 익혀둘 걸 그랬어요."

카알이 한숨을 쉬었다.

신성마법에 비교하면 조악한 수준에 불과하지만, 마법에도 치료를 목적으로 하는 주문이 존재한다. 그런 마법이나마 있으면 라곤의 상세를 돌봐줄 수 있었을 텐데, 그럴 수 없는 상황이 카알은 아쉽기만 했다.

라곤이 피식 웃었다.

"맞는 말이야. 나도 여기서 벗어나면 힐링은 무슨 수를 써서라도 익혀야겠다고 생각 중이거든."

라곤이 터득한 주문은 극단적으로 적다. 오로지 전투 병기로서 특화된 존재가 되기 위한 선택이니 어쩔 수 없지만, 이번 일로 조금은 뒷일을 생각해 둘 필요가 있다는 생각을 하게 되었다.

그러면서도 라곤은 품에서 스크롤을 꺼내어 펼쳐 들고 보기 시작했다. 그것은 할로드가 카알을 통해 전달한 것으로, '이그나이트 포스'라는 주문이 적혀 있었다.

"이걸 익히긴 익혀야 하는데……."

라곤이 한숨을 쉬었다.

7서클 마법식 기반으로 만들어진 이그나이트 포스는 상당히 난해했다. 임펄스 소드와 버스터 소드를 7서클 마법식으로 개량해서 특정한 효과를 부여했다는 것은 알겠는데 그게 정확히 뭔지조차 파악하지 못하겠다. 카알과 함께 매달려 봤지만 아직까지는 성과가 미미했다.

그때 바스락거리는 소리와 함께 질리언이 돌아왔다. 질리
언은 토끼 한 마리를 그들 앞에 던져 놓으며 말했다.

"오크들이 근처에 있습니다."

"여기까지 왔나. 이 나라 어디에도 이제 도망칠 구석이 없
는 서군."

라곤이 혀를 찼다.

약 일주일 전, 그들은 부상당한 몸을 이끌고 왕도로 향했었
다. 하지만 힘겹게 도착해 보니 왕도는 이미 오크들에게 박살
나서 왕족들은 모조리 사형당해 그 목이 효수되었고, 살아남
은 인간들은 모조리 팔다리에 족쇄를 차고 노예로 일하고 있
었다.

젊은 여자들은 오크들의 성노리개로 격하되고 다른 이들
은 그들에게 채찍질을 당해가며 성벽을 보수하고, 집을 만들
고, 도구들을 만들어내고 있었다. 오크들을 위해 농작지를 일
구고, 열심히 길러온 가축들을 오크들에게 식량으로 제공하
는 인간들의 모습은, 자신들이 바치는 가축들과 별로 다르지
않았다.

그때 라곤은 분노해서 뛰쳐나가려는 질리언을 막느라 정
말 고생했다. 눈앞의 참상은 너무 절망적이고 참혹해서 눈물
이 날 정도였지만, 지금 일시적으로 난동을 부린다고 해서 달
라지는 것은 없었다. 그들이 해야 할 일은 이 지옥에서 탈출
해서 외국에 몸을 의탁하고, 충분한 전력과 함께 오크들을 쳐

서 리할드 왕국을 해방시키는 것이다.

"그럼 아침은 거르고 이동부터 해야겠군. 콜록."

라곤이 기침을 했다. 반사적으로 입가에 손을 대보니 다행히도 깨끗하다. 가끔 각혈을 하는데 이번에는 그래도 피는 나오지 않았다.

내상도 외상도 완치되지 않은 라곤은 산을 통해 이동하는 것도 힘겨워했다. 당장 오른팔은 부러져서 붕대로 묶어둔 채였고 다리에도 힘이 잘 들어가지 않아서 절룩거린다. 힘이 남아도는 질리언이 그를 업고 이동하는 것은 어쩔 수 없었다.

"아, 정말 꼴사납군."

질리언의 등에 업힌 채 라곤이 자조 섞인 목소리로 투덜거렸다. 질리언이 등뒤로 대답했다.

"그런 소린 하지도 마세요."

"너무 비참해서 그래."

"라곤 경 아니었으면 난 여기 있지도 못했어요. 몸이 회복되고 나면 그런 소리도 안 하게 될 겁니다."

질리언이 핀잔을 주었다.

라곤이 그렇듯이, 질리언도 모든 것을 잃었다.

왕도가 점령당하면서 질리언의 가문도 멸문당했다. 가족들이 전부 죽었는지, 아니면 노예가 되었는지는 잘 모르겠지만 절망적인 상황인 것만은 분명했다. 마음 같아서는 당장에라도 왕도로 달려가서 오크들과 자웅을 결하고 싶었지만, 그래 봤자 개죽음만 당할 뿐이라는 것은 안다. 용암처럼 끓어오르는 울분을 가슴에 묻어둔 채 후일을 기약할 수밖에 없었다.

"라비니아 양은… 어떻게 됐을까……."

라곤이 숨을 헐떡이며 중얼거렸다. 자기를 버린 여자, 그리고 생전 처음으로 반했던 여자 라비니아 오란. 이제는 그녀에 대한 미련을 완전히 버렸다고 생각했는데… 몸이 약해지니 마음도 약해지는 것일까? 왕도가 멸망했다는 사실을 알게 되니 왠지 모르게 그녀의 안부가 걱정되었다.

'아, 나란 놈 정말 문제 있네.'

라곤은 쓴웃음을 지었다. 여기서는 이혼하긴 했어도 살을 부비며 살았던 시에나를 먼저 떠올렸어야 하는 게 아닐까 하는 자조적인 생각이 들었다. 하지만 그녀는 일찌감치 현실을 파악하고 준비를 마쳤으니 지금쯤 외국에 가서 잘 살고 있겠지. 그런 능력은 정말 출중한 여자였으니까.

질리언이 신경질적으로 대꾸했다.

"자길 버린 여자를 신경 쓸 겨를이 있으면 잠이라도 자요."

"응. 그래야 되는데… 왠지 생각이…… 나네."

라곤은 힘없이 대답하며 눈을 감았다. 창백한 안색으로 고개를 엎고 있는 걸 보니 의식을 잃은 모양이었다. 그의 숨소리와 혈행 등으로 그 상태를 확인한 질리언이 카알에게 물었다.

"라곤 경이 얼마나 더 버틸 수 있을 것 같습니까?"

“…….”

카알이 표정을 굳혔다.

라곤의 상태는 정말 좋지 않았다. 팔이 부러지고, 다리 근육이 손상되고, 갈비뼈가 몇 대 나가고, 내상까지 입은 상황인데 힐링 포션 한 병을 마시고 붕대를 감아둔 것 외에는 어떤 약도, 치료도 받지 못한 채 보름이 지났다. 안정이라도 취했으면 모르겠는데 계속 산에서 먹고 자고 하면서 힘들게 이동하고 있으니 부상이 점점 악화되어 갈 수밖에 없었다.

소드 마스터인 질리언은 쉽게 회복했지만, 인간의 몸은 그리 강하지 않다. 라곤이 다른 이들보다 강인하다고 해도 한계가 있었다. 특히 중상을 입은 상태에서 치료는커녕 오히려 더 무리를 해왔으니 슬슬 한계에 달할 만하다.

“잘 모르겠어요. 하지만 빨리 이 나라를 벗어나서 제대로 된 치료를 받지 않으면… 위험해요.”

“사흘이면 토라스까지 갈 수 있습니다. 그때까지만 버텨주면…….”

그들은 왕도에서 벗어나 동쪽 국경으로 이동하고 있었다. 국경을 맞대고 있는 토라스 왕국까지만 가면 제대로 된 치료를 받을 수 있을 것이다. 그냥 난민이라면 꿈도 희망도 없겠지만 질리언은 소드 마스터다. 제대로 대우받을 수 있는 확신이 있기에 희망을 가질 수 있었다.

‘젠장. 절대 죽게 놔두지 않아.’

질리언이 입술을 깨물었다. 가족을 잃은 지금, 라곤까지 잃는다면 견딜 수 없을 것이다. 무슨 수를 써서라도 그만은 살려낼 것이다.

컹컹컹!

그런데 그때 먼 곳에서 개 짖는 소리가 들려오기 시작했다. 카알이 당황해서 중얼거렸다.

"이런, 오크들인가?"

오크들은 전 국토로 퍼져 나가면서 인간들을 사냥하고 있었다. 아직 짓밟히지 않은 지역들도 일단 오크 병력들이 들이닥치면 하루가 지나기 전에 무너지고 말았다.

질리언은 아침 식사거리를 잡으러 나가면서, 인근 마을을 점령한 오크들이 인간들을 줄줄이 묶어서 이송하는 광경을 지켜보았다. 주먹을 피가 나도록 쥐면서 뛰쳐나가고 싶은 충동을 참아내고 돌아왔건만, 오크들은 도망친 인간들까지 남김없이 잡아들이겠다고 작정한 모양이다.

"싸울 수밖에 없나……."

카알은 모습을 감추거나 기척을 지우는 마법을 쓸 수는 있었지만 냄새를 지우는 마법은 못 쓴다. 그들이 인간인 한, 오크들이 사육하는 개들과 늑대들의 후각을 피할 수 없었다.

질리언이 라곤을 내려놓으며 말했다.

"카알 경, 라곤 경과 모습을 감추고 있어요."

"질리언 경은요?"

"저는 저놈들을 쓰러뜨리고 오겠습니다. 다행히 추적대 병력이 그리 많은 것 같진 않으니까, 여기까지 오기 전에 나가서 다 없애 버리고 가는 게 나아요. 라곤 경은 전투를 버틸 수 있는 상태가 아니니까."

"알겠습니다."

카알이 고개를 끄덕였다. 질리언이 적들을 치러 간다고 해도, 그가 커버할 수 있는 범위를 벗어나서 카알과 라곤을 찾아내는 놈들이 나올지도 모른다. 그럴 때 라곤을 지켜내는 것이 카알이 할 일이었다.

질리언은 심호흡을 한 번 한 다음 오크들의 기척이 느껴지는 곳을 향해 달려갔다.

3

라곤은 비몽사몽 간에 헛것을 보고 있었다. 초인적인 의지력을 자랑하는 그였지만 몸 상태가 악화되고, 나을 기미가 보이지 않으니 그 스트레스 속에서 조금씩 마음이 약해져 간다. 전장에서 모든 힘을 다하고 죽어가는 것은 두렵지 않으나, 이렇게 조금씩 무력해지는 것은 힘겨웠다.

"이상하군."

그런 그에게 말을 거는 존재가 있었다.

라곤은 힘겹게 눈을 뜨고 목소리의 주인을 바라보았다. 그리고 조금 놀랐다.

웬 남자가 허공에 떠서 자신을 굽어보고 있었다.

새카만 로브로 전신을 두른, 날카로운 눈매와 매부리코를 가진 중년 남자였다. 마른 얼굴이 약간 신경질적으로 보이는 그는 라곤과 시선을 맞춘 채 물었다.

"자네의 마법회로는 어떻게 얻은 건가? 타고난 건가?"

그의 질문에 라곤은 눈살을 찌푸렸다.

그는 마치 허깨비 같았다. 얼굴과 팔을 비롯한 상반신을 제외하면 나머지 부분은 윤곽이 뚜렷하지 않았다. 반투명하게 저편을 비추면서 연기처럼 일렁거린다.

"말할 수 있는 상태가 아닌가 보군. 그냥 나한테 말하겠다고 생각만 해도 되네. 그러면 의사소통이 가능하니까."

'당신 누구야?'

"내 질문에 대답은 안 하고 그것부터 묻나?"

'당연하지. 정체도 알 수 없는 것이 나타나서 멋대로 질문을 해대는데…….'

"정체도 알 수 없는 것이라. 재미있군."

그가 큭큭 웃었다.

다음 순간 라곤은 뭔가가 변했다는 것을 알 수 있었다. 뭐가 변했나 곰곰이 생각해 보니, 자신의 상태가 변했다. 주변은 하얀 빛으로 가득하고 그 속에서 똑바로 선 채 검은 로브의 남자와 마주하고 있는 게 아닌가?

“뭐, 뭐지?”

“그 상태론 대화하기가 피곤할 것 같아서 말일세. 나는 물리적 현상을 일으킬 수는 없지만 인간의 정신은, 그 인간이 나와 소통을 허가하는 한 여러 가지 상황을 꿈꾸게 할 수 있거든. 이건 그러니까 자네에게는 백일몽과 비슷히디고 생각하면 된다네.”

“당신 도대체 뭐야?”

“음. 유감스럽지만 그 말에 명확하게 대답할 수는 없군. 왜냐하면 나는 이름을 잃은 존재이기 때문이지. 아마도 자네들이 이 세계에 나타난 시점부터 지금까지 줄곧 이름을 찾아 헤맸는데, 짜증스럽게도 다른 놈들은 이름을 되찾았는데 나는 그럴 수가 없었지 않겠나.”

“뭐?”

이놈이 도대체 무슨 소리를 하는 것일까? 미친놈의 횡설수설로밖에 들리지 않는 소리에 라곤은 어이가 없었다.

아니, 생각해 보니 이 상황 자체가 현실인지 아닌지도 모르겠다. 자신이 꿈을 꾸고 있는 것이라면 그냥 요상한 개꿈일지도 모르는 일이지. 꿈에서 이런 생각을 하는 게 정상인지는 모르겠지만, 애당초 뭐가 정상이고 비정상인지조차 헷갈린다.

“고민할 필요는 없네. 그냥 마음 편하게 받아들이게.”

남자는 그렇게 말하면서 손을 한 번 휘저었다. 그러자 또 상황이 바뀌었다. 하얀 외관이 멋스러운 커다란 저택, 새가 지저귀는 소리가 들려오는 아름다운 정원 한가운데에 테이블이 놓여져 있었고 라곤과 남자는 그 앞에 서로를 마주 보며 앉아 있었다. 남자가 김이 모락모락 올라오는 찻잔을 들며 말했다.

"이 정도면 좀 이야기할 기분이 드나? 차도 맛있으니 들게나. 난 미각이라는 게 없지만 여태까지 접한 인간들의 기억에서 추출한 것이니 마음에 들 걸세."

"맙소사. 어처구니가 없군. 당신 신이라도 되는 건가?"

"신이라…… 그렇게 불러도 문제는 없을 걸세. 자네들이 신이라고 섬기고 있는 존재들과 비슷한 기원을 갖고 있긴 하니까."

"뭐?"

"이크크, 지금 단계에서 해도 되는 소리가 아니군. 검열 압박이 오잖아. 내가 횡설수설하는 것처럼 보이겠지만 사실은 횡설수설하는 게 맞으니 신경 쓰지 말게. 하지만 내가 횡설수설한다고 비난하는 건 용서할 수 없다네."

"…도대체 뭔 소리야?!"

라곤은 결국 짜증을 내고 말았다. 도대체 제정신으로 이해할 수 있는 구석이 있어야 대화를 하던가 말던가 하지, 아무리 개꿈이라도 이건 너무하지 않은가?

하지만 남자는 라곤이 짜증을 내든 말든 싹 무시하고 물었다.

"나에 대한 의문이 풀렸을 테니 다시 한 번 묻겠네."

"전혀 안 풀렸거든?"

"자네의 마법회로는 어떻게 얻은 건가? 그냥 타고나서 마법을 터득하니 그렇게 됐나? 나는 그런 마법회로를 가진 인간을 단 한 명밖에 모르고, 인류 역사상 유일한 존재였는데."

"뭐?"

"그 마법회로 덕분에 내가 자네한테 접촉할 수 있었던 것일세. 나는 마법의 새로운 가능성을 쫓아다니는 존재라서, 기존하고 똑같은 것만 터득하고 추구하는 존재들한테는 닿을 수가 없거든. 흠. 설마 그 꼬맹이가 그동안 뭔가 만들어낸 건가? 하긴 인간은 빨리 자라니까 충분히 가능한 일이지만……아니지, 잠깐, 그때로부터 시간이 얼마나 지났더라?"

"……"

"이런. 자네의 의식이 깨어나려고 하는 것 같군. 유감스럽지만 이번 만남은 여기까지로 하지. 다음에 접촉이 가능해지면 부디 대답해 주길 바라네. 자네에 대한 이야기는 그다음에 하고 싶거든."

"어이, 아저씨."

혼자서 북 치고 장구 치고 다 하는 남자에게 라곤이 허탈해하며 물었지만 그는 이미 모습을 감추고 있었다. 허공에 녹아들 듯이 사라져 버리고 뭔가가 또 변한다. 그것이 무엇인가

인식하기 전에, 라곤은 자신의 몸이 누군가에게 업혀 있다는
사실을 깨달았다.

　"으으윽……."
　"어, 라곤 경. 깼어요?"
　그를 업고 가던 질리언이 물었다. 라곤이 힘겹게 손을 들어
서 이마를 짚으니 식은땀이 흐르고 있었다.
　"시간이 얼마나 지났지?"
　"대충 점심때가 다 되어갑니다."
　"질리언, 피 냄새가 나는군."
　라곤은 질리언에게서 나는 피 냄새를 맡고는 중얼거렸다.
질리언이 대답했다.
　"라곤 경이 정신을 잃고 있는 사이에 오크들이랑 한바탕
했거든요. 개랑 늑대를 동원해서 추적해 오는 바람에……."
　"그건 어쩔 수 없지. 그래서 이렇게 험한 지형으로 온 거
야?"
　라곤이 고개를 들어서 주변을 둘러보며 물었다.
　그들은 깎아지른 벼랑에 붙어 있었다.
　다행히 마법사인 카알은 비행마법으로 따라붙고 있었고,
질리언은 라곤의 팔다리를 자신의 몸에 묶어놓은 채 손가락
끝에서 작은 오러 블레이드를 여러 개 생성해서 암벽에 박아
넣어가면서 이동하고 있었다. 일반인이라면 도저히 엄두도

낼 수 없는 이동법이었지만, 그렇기에 오크들이 도저히 추적해 올 수 없는 루트를 타는 게 가능했다.

"재주가 좋아졌네, 질리언."

"하다 보니 되더라고요. 핑거 블레이드쯤으로 이름 붙여두죠."

질리언이 대답했다. 검의 이미지를 기반으로 구현하는 오러 블레이드를 작게 구현하는 것은 생각보다 어려운 일이다. 소드 마스터의 오러 블레이드의 구현과 응용은 철저하게 그들이 숙련한 검술로부터 비롯되기 때문이다. 하지만 부족한 검술을 보충하고, 다양한 오러 운용을 연습해 온 질리언은 조금 노력하니 이런 일까지 가능해진 것이다.

4

그렇게 암벽을 타고 이동한 그들은 계속 동쪽 국경을 향해 나아갔다. 이미 오크들은 토라스 왕국과 전쟁을 시작했는지 국경지대로 가면 갈수록 많은 오크들, 아니, 정확히는 어둠의 자식들이 무장하고 돌아다니는 것을 볼 수 있었다. 하지만 그들은 국경요새 쪽에 집중되어 있었기 때문에 그것을 벗어나서 멀찍이 돌아가자 국경을 넘을 수 있는 루트가 발견되었다.

하지만 문제는 라곤의 상태였다. 오크들과의 접촉 때문에 당초 생각했던 사흘보다 하루 더 걸리는 동안, 라곤은 사경을 헤매고 있었다. 상태가 점점 더 악화되더니 이제는 하루에 깨어 있는 시간이 3, 4시간에 불과할 지경이었다.

설상가상으로 토라스 왕국의 요새로 이어지는 산을 넘기 전에 오크 추적대가 그들을 따라붙었다.

"질긴 놈들."

멀리서 들려오는 개 짖는 소리를 들으며 질리언이 혀를 찼다. 카알이 긴장한 기색으로 말했다.

"마법사가 섞여 있습니다."

"오크 메이지? 그래서 쫓아올 수 있었나 보군요."

나흘 전 추적대를 몰살시킨 이후, 험한 지형을 골라서 잘 피해왔다고 생각했는데 그게 아니었던 모양이다. 오크들이 보낸 추적대는 오크 메이지까지 포함된 정병들이었고, 그들은 훈련된 개와 늑대, 그리고 마법까지 더해서 일행을 따라온 것이다.

"카알 경, 라곤 경을 부탁합니다. 먼저 국경을 넘어요. 저 놈들은 내가 막을 테니까."

"질리언 경."

"이제 코앞이에요. 날아가도 될 겁니다."

질리언은 그렇게 말하고는 적들을 향해 다가가기 시작했다. 카알은 죽은 듯이 쓰러져 있는 라곤을 들쳐업고는 마법으로 기척을 차단하고, 모습을 감추었다. 그리고 방어막까지 둘러친 후에야 비행마법을 사용해서 날아올랐다. 두 사람의 체중을 지탱하자니 속도가 느릿느릿해지긴 했지만 어떻게든 산을 넘을 수는 있을 것 같았다.

하지만 그때였다.

피피피핑!

카알을 향해 마법의 섬광이 날아들기 시작했다. 미치 그의 위치를 사전에 파악하고 있었던 것 같은 정확한 공격에 카알이 경악하는 순간, 포스 볼트가 방어막을 두들기면서 기척차단과 투명화 마법이 깨졌다.

"복병이 있었나?"

큰일이었다. 질리언의 감각을 피해서 우회해 온 추적대가 또 있었던 것이다. 과연 숲에서 오크 메이지 셋이 날아오르고, 완전 무장한 오크들과 놀들이 슬금슬금 다가오기 시작했다.

"젠장!"

먼 곳에서 폭음과 함께 섬광이 치솟았다. 질리언이 적들과 교전하기 시작한 것이 틀림없었다. 이렇게 되면 질리언이 적들을 처리하고 올 때까지 도망치면서 버텨내는 수밖에 없다. 그렇게 생각하고 그쪽을 본 카알은 그대로 굳어버렸다.

"오크 히어로까지……."

치솟는 섬광은 푸른색만이 아니었다. 붉은 색과 녹색 섬광이 여럿 섞여 있었다. 질리언 말고도 오러를 구사하는 존재, 즉 오크 히어로들이 있다는 증거였다.

아무래도 이전 추적대를 몰살시킬 때 질리언이 놓친 적이 있었거나, 아니면 다른 수단을 통해 소드 마스터가 흉수임을 알아낸 것이 틀림없었다. 아니면 오크들이 오크 히어로와 오크 메이지들을 투입하는 강수를 둔 이유가 설명되지 않는다.

쾅콰콰콰콰!

폭음과 함께 충격파가 사방으로 퍼져 나갔다. 질리언과 오크 히어로들이 격돌하면서 나무들이 우수수 쓰러지고 흙먼지가 정신없이 튀어 오른다.

그사이 오크와 놀 병사들이 카알에게 다가오기 시작했다. 카알은 즉시 마법을 시전했다.

"포스 볼트!"

시동어와 함께 포스 볼트가 연달아 날아가서 적들에게 격중했다. 하지만 그것은 그들 앞에 희미한 황금빛 막이 떠오르면서 막혀 버렸다.

"뭐, 뭐야?"

그제야 카알은 그들 사이에 검은 바탕에 황금색으로 치장된 로브를 걸친 오크가 섞여 있은 것을 발견했다. 다른 오크들보다 훨씬 냉정하게 가라앉은 눈으로 자신을 바라보는 존재가 발하는 파동은 분명히……

'오크의 사제인가?'

신성마법의 마력 파동이었다. 메이베라가 함락될 때까지는 오직 한 명, 제사장 파라둠만이 프로토 오크를 섬기는 사제였다. 그러나 리할드 왕국을 점령한 프로토 오크는 하루 한 명의 오크를 선택하여 각성시키니, 빼어난 지성을 갖춘 오크 사제의 수가 계속해서 늘어나고 있었다.

곧 오크 메이지들이 반격을 가했다. 세 발의 파이어 볼이 카알과 라곤을 집어삼킬 듯이 날아들었다. 카알이 디펜시브 필드를 펼쳐서 그것을 막아내자 사방이 화염으로 뒤덮이면서 공기가 후끈 달아올랐다.

"큭……."

카알이 반격을 가할 틈조차 없이, 오크 메이지들이 연달아서 파이어 볼을 퍼부었다. 전장에서 증명된 그들의 화력은 카알로서는 도저히 버텨낼 수 없는 수준이었다. 일단 방어를 시작한 이상 마력이 다 소진될 때까지 버티다가 결국은 불꽃에 먹혀 죽어가게 될 것이다.

'미안해요, 라곤 경.'

자신에게 좀 더 힘이 있었더라면, 그랬다면 이 상황을 타파할 수 있었을지도 모르는데…….

할로드가 부지해 준 목숨이거늘 아무것도 하지 못하고 죽게 되다니, 카알은 너무 분해서 눈물이 날 것 같았다. 그런데 그때 그의 뒤쪽에서 누군가 손을 뻗어서 어깨를 잡았다.

"으윽……."

"라곤 경?"

죽은 듯이 쓰러져 있던 라곤이 카알의 어깨를 지지대로 삼아서 겨우겨우 몸을 일으키고 있었다. 격렬한 마력 파동이 그의 감각을 자극해서 정신을 일깨웠던 것이다.

문득 그가 눈을 부릅떴다. 동시에 마법회로가 요동치며 강렬한 마력 파동이 쏟아져 나왔다.

파파파파파!

포스 볼트가 발동되며 그로부터 수십 발의 섬광이 뻗어나갔다. 그것은 격렬하게 폭발하는 화염을 뚫고 바깥으로 나가서, 이윽고 라곤이 포착한 마력의 주인들을 향해 날아들었다.

"크악!"

곧 비명과 함께 불길이 사그라지기 시작했다. 라곤은 놀랍게도 오크 메이지들을 정확히 저격해서 떨궈 버린 것이다.

오크 메이지들은 디펜시브 필드를 펼쳐 두고 있었지만, 라곤은 수십 발의 포스 볼트를 단 한 점으로 집중해서 연속으로 두들김으로써 그것을 뚫어버렸다. 죽지는 않았지만 잠깐 동안 마법을 운용할 수 없게 되는 것은 어쩔 수 없었다.

'신기(神技)다……!'

그 과정을 깨달은 카알은 입을 쩍 벌리고 말았다. 주변이 불꽃으로 가려져서 보이지도 않는 상황에서 그런 일을 해내다니, 라곤의 포스 볼트 제어 능력은 그야말로 신의 기술이라고 할 수밖에 없었다.

"헉, 헉… 쿨럭!"

하지만 다 죽어가는 몸으로 그런 일을 해낸 대가는 컸다.

라곤은 피를 토하면서 주저앉았다. 몸이 마력회로가 공명하는 부담조차 이겨내지 못한 것이다.

"라, 라곤 경……."

"카알 경. 도망 가… 여긴 내가……."

라곤이 피를 닦으며 힘겹게 밀했다. 그리면서 검을 뽑아 드는 모습에 카알은 시야가 뿌옇게 흐려지는 것을 느꼈다.

"네놈들 정도 쓰러뜨릴 힘은… 남아 있어."

카알을 밀친 라곤이 처절하게 웃었다. 죽어가는 짐승이 마지막으로 발악하듯이 그는 마력을 운용해서 그 반동을 이용, 억지로 정신을 일깨웠다. 정신이 맑아지자 곧바로 마법을 사용한다. 수천 번도 넘게 숙련해서, 이제는 마음먹는 순간 완성되는 마법들.

정신이 가속되고, 육체가 가속되고, 너덜너덜해진 근육에 힘이 깃든다. 드워프의 명장이 벼려낸 검이 마법의 힘을 받아 섬광을 토해내고, 전투 태세를 갖춘 그는 최후의 춤사위를 시작하려 하고 있었다.

"…간다."

한 걸음 내딛는 것만으로도 몸이 비명을 지른다. 그는 속에서 뭔가 울컥 치솟는 것을 느끼며 피를 토했다. 그렇게 한 번 피를 토하고 나니 조금 개운해진 기분이다. 찢어진 근육이 고통을 호소하고, 심장이 뛸 때마다 내장이 우리는 죽어가고 있다고 애원하지만, 멈출 수는 없다.

그저 악의만으로 가득 찬 인생을 살아왔다. 서로 죽고 죽이는 전장에서 버려진 한 자루 칼 같은 인생이라면 적어도 마지막까지 싸우고 싸우다가, 그렇게 힘이 다해 죽어가길 바란다. 안식과 평온은 전사가 아닌 자에게 어울리는 것, 타인을 죽이는 것만을 생각하고 살아오지 않은 선량한 자들에게나 허락된 권리.

"캬아아아!"

놀 병사들이 울부짖으며 돌진해 온다. 마법을 시전하여 강렬한 파동을 발하는 라곤의 모습에도 불구하고, 오크 사제의 가호와 마법사들의 엄호가 함께하는 괴물들의 정예병은 두려움을 몰랐다.

전신에 힘이 넘쳐흐르고 투지가 끓어오르니, 이 순간 그들은 잘 훈련되고 무장된 강력한 병사이면서 동시에 물러섬을 모르는 광전사에 가까운 존재가 되어 있었다. 그것이 하나의 신에게 지배받는 자들이 신의 사도에게 가호받을 때 드러나는 흉성(凶性)인 것이다.

라곤은 그들을 향해 파이어 볼을 날렸다. 연타로 날릴 생각이었지만 잠깐 정신이 아찔해지면서 두 발째는 발동되지 않고 흩어져 버렸다.

'이런……'

그리고 파이어 볼이 터지기 전에 오크 사제가 대응을 개시, 그들의 몸을 감싼 보호의 힘을 강화시켰고, 몇 마리가 화상을 입으면서도 열파를 뚫고 돌진해 왔다.

"젠장!"

그들의 공격을 피하면서 라곤은 경악했다. 고작 오크 사제 하나가 따라붙었을 뿐인데 일개 병사들이 자신의 파이어 볼을 돌파할 정도라니!

오크의 사제는 인간의 사제와는 완전히 다른, 전사들을 가호하고 강화하는데 특화된 능력을 갖고 있었다. 인간의 사제들 역시 전투에 응용할 수 있는 갖가지 주문들을 사역하지만 이쪽은 애당초 '그것만을 위해' 마법회로를 구축하고, 프로토 오크로부터 주문들을 각인받아 터득한 것이다. 과연 전사를 숭상하는 투쟁의 종족 오크답다고 할 만했다.

피피피핑!

라곤은 포스 볼트를 다각도에서 날려서 그들의 움직임을 묶은 다음 검을 휘둘렀다. 7미터 길이로 뻗어나간 섬광의 칼날이 선두에 선 놀 병사를 찢어발긴다. 그 직후 물 흐르듯이 이어지는 제2격이 그 뒤쪽에서 따라붙던 오크 병사를 베어버리고, 그 틈을 타고 돌격해 들어온 또 다른 오크 병사의 공격을 피해낸다.

그리고 그 위로 오크 메이지들이 날린 포스 볼트가 작렬했다. 라곤은 반사적으로 검을 들어 막았지만 그 위력이 생각보다 컸다. 게다가 몸이 받쳐주질 못하니, 몸을 감싼 보호마법들이 상쇄시키지 못한 타격에 그대로 뒤로 밀려나며 피를 토했다.

"크헉……."

타격을 받아서 내장이 조금 진동하는 것만으로도 속을 칼로 찌르는 듯한 통증이 엄습해 온다. 정신이 아득해진다.

그런 상황에서도 라곤은 손을 들어 마법을 시전했다. 방어막이 그의 몸을 감싸고, 그 위로 오크 메이지들이 날린 파이어 볼이 연이어 작렬했다.

화아아아악!

폭염이 소용돌이치며 라곤의 모습을 삼켜 버렸다.

5

질리언은 고전하고 있었다. 설마하니 오크들이 자신들을 잡기 위해 오크 히어로들까지 보내올 줄은 몰랐다. 그것도 두 마리나 되는 데다가 오크 메이지 셋에 오크 사제 셋까지 있지 않은가?

'젠장! 사제의 가호로 이렇게까지 전투 능력이 달라지다니!'

크루세스에서 활약할 당시 질리언은 오크 히어로 셋과 붙어서도 우위를 점할 수 있었다. 그런데 지금은 두 마리를 상대로도 악전고투하는 중이었다.

소드 마스터의 경우, 사제들의 가호를 받으나 받지 않으나 그리 능력의 차이가 없었다. 신성마법의 감각 공유로 보다 많은 범위를 인식할 수 있게 된다거나, 오러 운용에 좀 더 여유가 생긴다거나, 감각이 가속되고 근력과 순발력이 증폭되기는 하지만 그것은 미미한 수준에 불과했다.

그런데 오크 히어로들의 경우는 징밀 한 차원 강해졌디는 느낌이 들었다. 프로토 오크는 자신의 사제들에게 오크 히어로의 능력조차 월등히 향상시킬 수 있는, 아니, 정확히는 그러기 위한 비술들까지 전수한 것이다.

퍼버버버벙!

섬광이 작렬하며 질리언의 몸이 튕겨 나갔다.

오크 히어로 둘을 상대하는 것만으로도 죽을 맛인데, 오크 메이지들의 지원까지 더해지니 계속해서 밀리고 있었다. 이렇게 초고속으로 공방이 이루어지고 있는데도 불구하고 오크 메이지들이 정확하게 질리언을 포착하고 공격을 가해오고 있다는 사실이 경악스러웠다.

이것은 오크 사제들이 정신파를 연계하는 마법을 이용하고 있기 때문이었다. 한 사제는 오크 히어로의 전투력을 증폭시키고, 다른 한 사제는 오크 메이지와 다른 병사들의 전투력을 증폭시키고, 그리고 또 다른 사제는 모든 전투원들의 정신을 하나로 묶어서 유기적인 연계가 가능하도록 만들고 있었던 것이다. 그 결과는 가공할 전투력의 증폭이었다.

질리언은 오러 블레이드를 다양한 형질로 바꾸어가면서

오크 히어로들을 몰아쳤지만, 그들의 대응은 기민했다. 전투 기술도, 오러의 운용도 단순하기 이를 데 없지만 오러 출력이 올라가고 반응속도가 올라가 있으니 질리언의 공격에도 쉽게 대응해 내는 것이다.

'제기랄! 이대로라면 라곤 경이······!'

질리언은 이미 라곤이 전투에 임하는 것을 포착했다. 하지만 도우러 가기는커녕 버티는 것만으로도 힘겨운 상태라 초조함이 극에 달하고 있었다.

"이렇게 된 이상 해보는 수밖에."

질리언은 손을 얼굴로 가져갔다. 동시에 그가 오러 블레이드와 오러 디펜더에 할애하는 에너지의 비율이 바뀌기 시작했다. 소드 마스터가 목숨을 도외시하고 발휘하는 힘, 어그레시브 오러 모드였다.

콰아아아아아!

질리언의 허점을 파고들어 가던 오크 히어로가 갑자기 폭발한 섬광에 튕겨 나갔다. 그들의 앞쪽에서 푸른 섬광이 노도처럼 뿜어져 나오며, 서서히 회전하고 있었다.

'아직 완성하진 못했지만 쓸 수밖에 없지!'

후우우우우우!

질리언의 오러 블레이드와 오러 디펜더가 하나로 엮어져서 회전하기 시작했다. 질리언은 아직 회전기조차 완전히 터득하지 못한 상태다. 그렇기에 어그레시브 오러 모드를 발동시켰을 때, 오러가 폭출되는 기세를 이용해야만 했다.

'큭…….'

오러의 회전이 가속되면서 질리언의 몸에 막대한 부하가 걸렸다. 어그레시브 오러 모드는 그저 발동하고만 있어도 몸 전체를 짓누르는 듯한 압력이 가해지고, 힘을 빌하면 발할수록 그 반동으로 몸이 망가져 간다. 그런데 거기에 한술 더 떠 서 있는 대로 힘을 퍼부어서 회전기를 발동시키고 있으니 뼈가 부러질 듯 삐걱거리고 근육이 끊어지는 소리가 들려오는 것 같았다.

"스파이럴……."

이미지는 완성되어 있다.

머릿속에, 죽을 때까지 잊을 수 없을 정도로 완벽한 이상형이 각인되어 있었으니까.

혼백이 나갈 것처럼 강렬하고 완벽했던 파괴의 구현. 세상 전체를 부숴 버릴 것 같았던 그 힘의 폭출.

주변의 나무들을 산산조각 내면서 기세를 더해가던 회전이 마침내 임계점에 달했다. 질리언은 힘겹게 검을 기울여 회전하며 20미터 길이로 뻗어나가던 오러 블레이드의 방향을 전방으로 향했다. 그리고 혼신의 힘을 다해 땅을 박차며 돌격했다.

"…차징!"

외침과 함께 섬광의 폭풍이 해방되었다.

초고속으로 회전하는 원뿔형의 오러 블레이드가 오크들을 덮쳤다. 오크 히어로들이 놀라서 좌우로 갈라지려고 했지만 그보다 오러 블레이드의 끝이 그들 사이로 파고드는 것이 더 빨랐다. 동시에 발생한 기류가 그들의 몸을 붙잡아서 오러 블레이드 속으로 끌고 들어갔다.

콰아아아아!

숲이 통째로 뜯겨져서 날아가는 것 같았다.

폭발하듯 퍼져 나가는 빛과 충격파, 그리고 그 속에서 부러지고 뽑혀져서 날아가는 나무들과 그 뒤를 따라 일어 오르는 장대한 흙먼지. 나선형으로 회전하는 오러 블레이드는 돌격을 시작한 지점으로부터 100미터 가까이 떨어진 지점에서 멈췄고, 그 사이를 잇는 기다란 빛의 선과 그로부터 나무들이 연이어 쓰러지면서 산의 한구석이 무참하게 깎여 나갔다.

쿠구구구구…….

가라앉는 흙먼지 속에서 질리언은 왈칵 피를 토하며 주저앉았다. 어그레시브 오러 모드를 사용할 때를 대비해서 평소에도 몇 번 훈련을 해놓기는 했는데, 스파이럴 차징을 사용하니 상상 이상의 반동이 돌아왔다. 전신의 근육이 파열되고 경련을 일으켜서 꼼짝하기도 힘들었다.

"으윽……."

질리언은 힘겹게 몸을 일으켜서 라곤이 있는 쪽으로 달려가기 시작했다. 몸이 비명을 질렀지만 한순간이라도 지체했다가는, 아니, 어쩌면 이미 라곤은…….

'아냐.'

그 사람이 죽었을 리 없다.

무슨 수를 써서라도 살아남았을 것이다. 절망적인 열세 속
에서도 자신의 도움을 기다리며 분투하고 있을 것이다.

문득 질리언은 오크 히어로가 죽으면서 솟구친 녹색의 오
러 폭풍을 지나쳤다. 다음 순간 충격적인 깨달음이 그의 뇌리
를 강타했다.

'어째서 녹색뿐이지?'

그렇게 생각한 순간, 측면에서 오크 히어로가 달려들면서
붉은 섬광이 날아들었다. 어그레시브 오러 모드의 반동으로
몸이 둔해져 있던 질리언은 그것에 완벽하게 대응할 수 없었
다. 피할 수 없다는 사실을 깨닫는 순간, 오히려 적의 공격 궤
도를 살짝 피해서 뛰어들면서 검격을 날렸다.

파학!

피가 폭발하듯 튀어 올랐다.

질리언의 옆구리가 뼈가 드러날 정도로 깊게 베이면서 그
의 몸이 땅에 처박혀서 뒹굴었다. 질리언은 정신이 아찔해지
는 것을 느끼며 겨우 몸을 바로잡았다. 그 직후 다리에 힘이
풀려 휘청거리자 검을 땅에 박아 넣고 적을 노려보았다.

왼팔부터 상반신 일부까지 뜯겨져 나간 오크 히어로가 방
금 전 질리언의 일격에 허리가 반쯤 날아간 채 비틀거리고 있

었다. 곧 그가 질리언을 돌아보며 입매를 비틀었다. 아마도 웃는 것 같았다.

콰아아아아!

붉은 섬광이 터져 나오며 너덜너덜했던 육체가 산산조각 나버렸다. 질리언은 그 순간 긴장이 풀리는 것을 느끼며 그대로 쓰러지고 말았다. 저 오크 히어로는, 스파이럴 차징에 죽음에 이르는 상처를 입었으면서도 오러 디펜더로 그것을 억누른 채 최후의 승부를 걸어왔던 것이다. 질릴 정도로 광기 어린 투지였다.

"지독한 놈들……."

질리언은 오러 디펜더로 옆구리의 상처를 지혈하며 몸을 일으켰다. 일어나야 한다. 이대로 쓰러져서 잠들어 버리고 싶었지만, 지금은 일어나서 싸우지 않으면 안 된다.

폭음이 울려 퍼졌다. 질리언이 고개를 들자 멀리서 퍼져 나간 마력 파동이 그의 감각을 스쳐 지나간다.

질리언은 격통을 억누르며 라곤이 있는 곳으로 향했다. 아직 전투가 계속되고 있다는 것은, 라곤이 살아 있다는 증거이기도 하다. 그쪽에는 오크 히어로도 없으니 자신이 도착하기만 하면…….

그런 희망을 품으며 겨우 라곤의 모습이 보이는 곳까지 간 질리언이 돌처럼 굳어버렸다.

뚝, 뚝…….

핏방울이 떨어지는 소리가 선명하게 들려오는 것 같았다.

쓰러진 나무들이 불타고 열기가 끓어오르는 전장 속에서, 피투성이가 된 한 남자가 서 있었다. 악귀 같은 표정으로 적들을 노려보는 그는 너덜너덜해진 갑옷과 옷 사이로 무수한 상처를 입고, 그로부터 흘러나온 피가 온몸을 적시다 못해 바닥으로 떨어져 내렸다.

그리고 그 몸을 한 자루 검이 베고 지나갔다. 가슴을 베인 그가 선혈을 흩뿌리며 무릎을 꿇는다. 그때까지 버티고 있던 것이 기적이라는 듯이.

"라곤 경!"

질리언이 절규하며 뛰쳐나갔다. 그러나 사전에 그의 존재를 감지하고 있던 오크 사제가 반응했다. 오크 사제의 정신파를 받은 오크 메이지가 파이어 볼을 날렸다.

질리언은 오러 디펜더를 펼쳐서 그것을 받아냈지만, 평소 같으면 코웃음쳤을 그 위력이 지금은 감당해 내기 어려울 정도였다. 억지로 출혈을 막아뒀던 상처에서 피가 뿜어지면서 격통이 전신을 마비시켰다. 질리언은 그대로 튕겨 나가서 땅 위를 몇 바퀴나 구르고 말았다.

그리고 그사이 쓰러진 라곤에게 다가간 오크 병사가 검을 들고 있었다. 적이지만 용맹하기 이를 데 없는 전사 앞에서 그는 경의를 표하듯 고개를 숙여 보이고, 천천히 검을 들어 올렸다.

　모든 힘을 잃은 채 무릎을 꿇은 라곤은 그 모습을 공허한 눈으로 바라보고 있었다. 이제는 정말 손가락 하나 까딱할 수가 없었다. 정중하기까지 한 태도로 검을 휘둘러 오는데, 그것이 가속된 감각 때문에 느릿느릿하게 보이는데도…… 도저히 반응할 수가 없었다.

　파학!

　검이 발하는 섬광이 눈부시다고 생각하는 순간, 눈에 보이는 모든 것이 암흑으로 물들었다.

『마검전생』 4권에 계속…

저작권 보호!!
장르문학의 성장에 힘이 되어주십시오.

저작물의 무단 전재와 복제, 불법 다운로드! 이것은 관심이 아니라 무관심입니다!

작가님들은 창의적 열정과 시간을 투자해 자신의 꿈과 생계를 유지합니다.
한 권의 책을 만들어 많은 사람들은 자신의 인생과 미래를 설계합니다.

저작물 속에는 여러 사람의 노력과 희망이 담겨 있습니다!

저작물의 무단 전재와 복제, 불법 다운로드는 여러 사람들의 꿈과 생계를 위협함으로써 장르문학을 심각한 상황에 빠뜨리고 있습니다.

이제는 무관심이 아니라 관심으로 장르문학의 성장에 힘이 되어주세요.

[도서출판 **청어람**은 항시적인 저작권 보호를 통해 장르문학과 여러분의 희망을 지키겠습니다.]

저작물의 무단 전재와 복제, 불법 다운로드는 법률에 의해 처벌받을 수 있습니다.
저작권법 제97조의5 (권리의 침해죄)
저작재산권 그 밖의 이 법에 의하여 보호되는 재산적 권리(제73조의 4의 규정에 의한 권리를 제외한다)를 복제 · 공연 · 방송 · 전시 · 전송 · 배포 · 2차적 저작물 작성의 방법으로 침해한 자는 5년 이하의 징역 또는 5천만 원 이하의 벌금에 처하거나 이를 병과(동시에 두 가지 이상의 형벌을 지우는 일)할 수 있다.

도서출판 청어람

무공을 익힐 수 없는 비운의 천재 제갈수.
공작가의 망나니 공자 슈.

운명을 벗어나려는 제갈수의 노력은 망나니 공자의 죽음과 만나 비상한다.

제갈수의 영혼과 슈의 신체를 이어받은 새로운 슈 부르셀라 폰 레비안또 가누비엔
그것은 하나의 위대한 기적!

홀로선별 퓨전 판타지의 신기원!
『기적!』

따뜻한 그의 이야기가 지금 시작된다.